novum premium

Peer Karlson

Des Neides Brüder

Band 1

novum premium

Bibliografische Information der Deutschen Nationalbibliothek:

Die Deutsche Nationalbibliothek verzeichnet diese Publikation in der Deutschen Nationalbibliografie. Detaillierte bibliografische Daten sind im Internet über http://www.d-nb.de abrufbar.

Alle Rechte der Verbreitung, auch durch Film, Funk und Fernsehen, fotomechanische Wiedergabe, Tonträger, elektronische Datenträger und auszugsweisen Nachdruck, sind vorbehalten.

Parallelen der Handlung zum realen Leben sind rein zufällig und vom Autor nicht gewollt.

© 2017 novum Verlag

ISBN 978-3-903067-84-4
Lektorat: Lucy Hase
Umschlagfoto:
Ron Chapple | Dreamstime.com
Umschlaggestaltung, Layout & Satz:
novum Verlag
Innenabbildungen: Peer Karlson

Die vom Autor zur Verfügung gestellten Abbildungen wurden in der bestmöglichen Qualität gedruckt.

Gedruckt in der Europäischen Union auf umweltfreundlichem, chlor- und säurefrei gebleichtem Papier.

www.novumverlag.com

Cave te invidiam!
Amici eius famam et
libertatem obesam sunt.
O amica gaude amicas,
quae libertam tuam
non caedunt.
Plurae non sunt
amitae verae!

Übersetzung:

Halte dich fern vom Neid!

Seine Freunde sind Verleumdung und zerstörte Freiheit.

O Freundin, erfreue dich an den Freundinnen,
  welche dein Freisein nicht zerstören.
  Wahre Freunde gibt es nicht viele.

1. Kapitel

In der Innenstadt, im Café Hawelka, saßen einander zwei Männer gegenüber und unterhielten sich angeregt. Beide Mediziner. Der eine, ein hochgewachsener, sportlicher Mann Mitte der Dreißiger, etwas dunkler vom Hauttyp mit fein geschnittenem Gesicht und großen, dunklen Augen, hörte seinem Gegenüber interessiert zu. Sein Gegenüber, Hans Waldenstein, war etwas kleiner, ebenfalls schlank und seine Augen, deren Farbe ein helles Blau zeigten, blickten ruhig in das Gesicht des Zuhörers, während er einwarf: „Aber ich muss dir doch nicht erzählen, wie schwer es ist, interessierte Studenten zu finden. Tempora mutantur, Francesco, und das ist immer mehr fühlbar."

Der Angesprochene lächelte und fragte: „Warum stört dich das? Der Zeitgeist ist eben ein anderer geworden und das Internet beschleunigt die Schnelllebigkeit eben. Wir sollten diese Dinge nicht werten, sondern nützen."

Hans nickte nachdenklich und ergänzte: „Möglicherweise sehe ich das tatsächlich zu … einseitig."

Francesco entgegnete: „Ich kann dich verstehen, aber ich sehe alles doch ein wenig anders. Du weißt, wie sehr mir das englische System bekannt ist, und ich finde die Öffnung in dieser Richtung durchaus begrüßenswert. Allerdings sollte man tatsächlich gezielter vorgehen, damit wären manche Stilblüten von vornherein nicht gegeben."

Hans schien noch kurz einem Gedanken nachzuhängen, doch dann streckte er sich durch und meinte: „Egal. Wir werden das sowieso nicht ändern können. Erzähl mir doch von deinen neuen Arbeiten. Du erwähntest, du hättest im Immunsystem einige interessante Details genauer unter die Lupe genommen, die dich faszinieren."

Francesco lächelte: „Es ist noch nicht so weit, dass ich darüber schon vieles erzählen kann."

Hans verdrehte die Augen und entgegnete: „Natürlich! Du brütest wieder über deinem Projekt, wie eine Henne über ihrem Ei, und dann schreibst du eine Publikation nach der anderen. Wie machst du das nur?"

Francesco hob die Schultern und erklärte: „Du kennst mich, wenn ich von einer Sache begeistert bin, dann gibt es eben nur noch dieses Projekt, und ich kann erst aufhören, wenn ich meine Theorie entweder bestätigt oder ausgeschlossen habe. Im Augenblick muss ich allerdings meine Ideen eher ausschließen und kann kaum etwas von meinen Vorstellungen bestätigen. Darum möchte ich darüber auch nichts erzählen, um keine falschen Theorien in Umlauf zu bringen. Aber es ist faszinierend, was ich mache."

Hans erkundigte sich interessiert: „Und seit wann bist du wieder in deiner Wissenschaft verloren gegangen?"

Der andere antwortete: „Seit meiner Rückkehr aus der Toskana, das war vor dreieinhalb Wochen, arbeite ich wieder an einigen Hypothesen und hoffe, dass ich mich nicht zu sehr in ein Hirngespinst verlaufen habe."

Hans nippte von seinem Kaffee, dann erkundigte er sich: „Du bist im Sommer also in Italien gewesen? War das eine Kulturreise?"

Francesco entgegnete kurz: „Nein, ich habe die Weingüter meines Vaters besucht."

Interessiert wollte Hans wissen: „Du hast Weingüter? Ich dachte, dein Vater hätte dir eine Fabrik hinterlassen."

Francesco atmete tief durch und entgegnete: „Nun, bei dieser Fabrik war noch einiges an Ländereien dabei."

Hans zögerte und überwand sich schließlich doch zu fragen: „Es ist jetzt nicht Neugierde, sondern Interesse, wenn ich dich frage, wie deine Bande nach Italien reichen. Empfinde es bitte nicht als aufdringlich."

Francesco entgegnete ehrlich: „Nein, wenn du mich fragst, stört mich das nicht." Er blickte kurz in die Augen seines Gegenübers und erzählte schließlich: „Alles, was ich dir jetzt erzähle, lieber Hans, kennt in Wien nur meine Mutter. Behalte es bitte für dich." Nach einer kurzen Pause fuhr Francesco fort: „Mein

Vater, Eduardo Corelli, hatte von seinem Vater eine Zuckerraffinerie geerbt, die er nach dem verheerenden Zweiten Weltkrieg wieder ganz von vorne aufbauen hatte müssen. Bald hatte er alle Bauern, die in der Region Zuckerrüben anbauten, unter Vertrag und die Fabrik schrieb Gewinne.

Zudem hatte er von einem Onkel, dessen einziger Sohn im letzten Weltkrieg gefallen war, ein Werk für Automotoren übernommen, das mit namhaften Größen der italienischen Autoindustrie zusammenarbeitete. Das sind die beiden Industriezweige, die in der Po-Ebene liegen und die ich nach dem Tod meines Vaters übernommen habe."

Hans fragte weiter: „Und wie kommst du dann zu den Weinbergen?"

Francesco erklärte: „Nun, zu den großen Betrieben der Familie Corelli haben ursprünglich die größten Weinbetriebe der Toskana gehört, die aber in den beiden großen Kriegen des letzten Jahrhunderts verloren gegangen waren. Mein Vater war von einem regelrechten Wahn getrieben, alles, was im Krieg verloren gegangen war, der Familie wieder einzuverleiben. So hatte er bereits in wenigen Jahren alle Ländereien zurückgekauft und diese weitläufigen Weingüter in der Toskana waren wieder sein Eigen. Zudem hatte er noch weitere Betriebe aufgekauft, wodurch er bald zum reichsten Grundbesitzer in der Region geworden war. Er investierte, kaufte, baute um und machte Gewinn. Er war wohl zum richtigen Zeitpunkt am richtigen Ort und jede seiner Ideen ging auf."

Hans blickte ihn fasziniert an und fragte: „Verstehe, diese Weingüter gehören also auch dir. Und das machst du alles so nebenbei? Das ist schon bewundernswert. Im Prinzip müsstest du nicht mehr arbeiten, oder?"

Francesco entgegnete: „Die Medizin ist aber meine große Liebe, und das wird sie immer bleiben. Diese Güter und Industrien in Italien sind das, was ich von meinem Vater behalten habe, es ist mir sehr wichtig, alles anständig und gewissenhaft zu verwalten."

Hans erkundigte sich weiter: „Hast du eigentlich Geschwister?"

Francesco schüttelte den Kopf und antwortete: „Nein, aber ich habe einen Cousin, den ich als Verwalter in meinem prächtigsten Weingut nahe Florenz eingesetzt habe."

Es blieb kurz still, ehe Hans erneut fragte: „Deine Mutter ist aber Wienerin, oder?"

Francesco nickte und erklärte: „Ja, sie ist ein echtes Wiener Mädel."

Die Antwort war Hans doch zu wenig, weshalb er nachbohrte: „Wie haben sich deine Eltern kennengelernt?"

Der Gefragte erzählte: „Du weißt doch, meine Mutter ist Innenarchitektin, und sie war einmal sehr erfolgreich in ihrem Beruf. Mein Vater hatte ein wunderschönes, leider total verfallenes Anwesen südlich von Pisa, inmitten seiner Weinregion erstanden, welches er in mehreren Jahren kunstvoll restaurieren ließ. Allein die Lage dieser Villa ist einzigartig. Sie liegt auf einer hohen Felsklippe. Darunter befindet sich unter einem hervorspringenden Felsen eine weitläufige Bucht. Das Haus thront geradezu auf diesem Monolithen, fast 30 Meter über dem Meer. Mein Vater war fasziniert von dieser Lage, von dem Bau und es wurde bald seine Leidenschaft. Unter dem zweistöckigen Gebäude gibt es im Felsen noch weitere versteckte Bereiche."

Francesco verstummte und wirkte in diesem Augenblick abwesend. Waldenstein war ein guter Beobachter und fühlte, wie sehr Francesco an diesem Haus hängen musste, deshalb unterbrach er die entstandene Stille: „Du bist gerne in diesem Haus?"

Es dauerte, schließlich antwortete der Gefragte: „Es ist mein Zuhause. In diesem Haus bin ich aufgewachsen. Du solltest es sehen. Auf der westlichen Seite endet es über der Klippe, doch die anderen Seiten sind von Gärten und weitläufigen Parkanlagen umgeben, die sich dem sonst hügeligen Land öffnen.

Allein die baulichen Arbeiten für den Umbau sollen, laut Aufzeichnungen, über zweieinhalb Jahre gedauert haben. Mein Vater liebte es, aufwendige Gärten zu besitzen, und orientierte sich teilweise sogar an der Antike, wenn es um die Gestaltung der Brunnen aber auch der Figuren in den Gärten ging. Jedes Stück ist für sich ein Meisterwerk aus weißem Marmor gehauen und entrückt den Besucher in eine andere Welt.

Dieses Anwesen war sein liebstes Projekt, und er steckte ein wahres Vermögen in den Umbau dieser Villa, um sie nach seinen Vorstellungen zu erweitern, zu ergänzen und allmählich zu einem wahren Juwel erstrahlen zu lassen.

Dieses Haus war es auch, weshalb meine Mutter nach Italien reiste. Denn mein Vater hatte für die Innenausstattung des groß angelegten Umbaus eine junge Innenarchitektin aus Wien, die ihm von einem Freund empfohlen worden war, beauftragt. Der Name der Frau war Ellen Buchner, und sie sprach sehr gut Italienisch, was verpflichtend für den Auftrag war. So lernte meine Mutter Eduardo Corelli kennen. Sie lebte ein Jahr lang auf einem Weingut in der Nähe dieses Anwesens, wo sie Eduardos Gast war. Meinem Vater gefiel es einfach, wie genau Ellen seine Vorstellung umsetzen konnte. Er war aber auch sonst durchaus begeistert von ihr, und sehr bald hielt er um ihre Hand an.

Aber auch meine Mutter hat dieser gut aussehende Mann fasziniert, der sie galant umwarb und mit Geschenken zu verwöhnen verstand. Natürlich ist sich meine Mutter wie in einem Märchen vorgekommen, denn sie war aus ärmlichen Verhältnissen kommend, diesen Luxus nicht gewohnt.

Bereits ein Jahr später hat Ellen den Antrag meines Vaters angenommen und dieser hat schließlich eine wahre Traumhochzeit organisiert. Allein das Hochzeitskleid war ein Meisterwerk italienischer Modeschöpfer. Mein Vater hat den Dom von Florenz für das Fest gewählt, der mit weißen Lilien und Callas und roten und weißen Rosen über und über geschmückt war, zumindest zeigen das die Fotos. Das waren auch die Blumen im Brautstrauß. Sogar der Boden war mit einem kunstvollen Blumenteppich ausgelegt, und das den ganzen langen Hauptgang des Domes entlang. Mein Vater war verrückt nach seinem Wiener Mädel, davon erzählen noch immer Freunde von ihm."

Hans entgegnete: „Nun, das kann man nachvollziehen, denn deine Mutter ist eine warmherzige Frau, das ist unumstritten."

Francesco lächelte seinen Freund an und entgegnete: „Ja, das ist sie tatsächlich. Tja, und nach drei Jahren kam auch noch der ersehnte Sohn. Es war alles perfekt."

Der Mann gegenüber von Francesco blickte lange nachdenklich in seinen Kaffee ehe er fragte: „Aber ... warum bist du dann in Wien aufgewachsen?"

Der Jüngere zögerte, dann erklärte er: „Mein Vater verunglückte tödlich bei einem Verkehrsunfall als ich acht Jahre war. Danach ging meine Mutter nach Wien zurück."

Hans fragte eher rhetorisch: „Hatte sie Probleme mit den Verwandten?"

Francesco blieb einen Augenblick ruhig, ehe er wie beiläufig antwortete: „Wo gibt es keine Erbstreitereien? Meine Familie in Italien war da keine Ausnahme. Allerdings war alles geklärt, und ich war der Erbe, was niemand ändern konnte, egal, was man unternommen hätte." Er lehnte sich zurück und meinte lächelnd: „Und somit habe ich im Sommer immer sehr viel zu tun, denn ich muss die Bücher kontrollieren, alle Betriebe aufsuchen, das braucht schon einiges an Zeit."

Hans wollte nun wissen: „Und, hast du auch Zeit für dich? Zum Erholen?"

Francesco nickte und gestand: „Ja, ich ziehe mich gerne in diese Villa am Meer zurück. Dort ist es einfach nur still, man ist fernab von den Empfängen und der lauten Stadt, ja, dort kann ich mich gut erholen. Ich liebe dieses Haus, in dem ich aufgewachsen bin."

Waldenstein blieb einige Zeit still, doch er hatte noch weitere Fragen: „Deine Mutter lebt jetzt in Wien?"

Der andere erklärte: „Nein, derzeit lebt sie in der Nähe von Barcelona. Der Tod meines Vaters liegt nun mehr als 25 Jahre zurück, und sie hat schließlich den Antrag des langjährigen Freundes Paolo del Negro angenommen. Seit vier Jahren ist sie mit ihm verheiratet und lebt in Spanien, nördlich von Barcelona. Paolo ist ein international anerkannter Architekt und erhält immer wieder große Aufträge, besonders im asiatischen Raum. Meine Mutter und er arbeiten schon seit Jahrzehnten zusammen und jetzt natürlich noch viel mehr. Sie hat diesen Schritt aus Rücksicht auf mich sehr spät gemacht. Paolo ist auch mir ein guter Freund geworden. Ich schätze ihn sehr."

Hans war überrascht: „Deine Mutter hat noch einmal geheiratet? Das wusste ich nicht."

Francesco ergänzte: „Ich gönne ihr dieses Glück. Sie war mir immer eine gute Mutter und hat immer auf mich Rücksicht genommen. Ich freue mich, dass sie diesen liebevollen Partner gefunden hat. Wir sehen einander auch immer wieder; einmal besuchen sie mich, dann bin ich wieder einmal ein Wochenende in Spanien. Es ist eine gute Situation."

Hans war noch immer überrascht: „Warum hast du mir das nie erzählt?"

Der andere entgegnete: „Nun, das Leben meiner Mutter war tatsächlich nie Inhalt unserer Gespräche."

Beide lachten. Schließlich fragte Hans: „Wie lange warst du in England?"

Francesco entgegnete: „Vier Jahre. Nach dem Medizinstudium studierte ich in England weiter, machte auch meine Facharztprüfung für innere Medizin drüben und studierte dort mehr zum Vergnügen auch Anglistik und englische Literatur."

Hans antwortete: „Ich weiß, du bist Internist, aber warum hast du dann noch das Fach der Histologie absolviert?"

Francesco überlegte kurz, ehe er gestand: „Weil mich alles fasziniert! Und es hilft mir bei meinen Forschungen."

Hans nickte nachdenklich.

Francesco nahm nun einen Schluck von seinem Kaffee und war selbst etwas überrascht über sich selbst, da er seinem Freund so vieles erzählt hatte. Deshalb ergänzte er: „Ihr, also du und deine Frau, solltet mich einmal in meinem Haus am Meer besuchen. Es wird euch gefallen." Noch ehe der andere antworten konnte, ergänzte Corelli: „Ich werde nächstes Wochenende noch einmal das Haus aufsuchen, da ich noch zwei Verträge unterzeichnen muss. Es wird ein kurzer Aufenthalt werden, also drei bis vier Tage. Begleitet mich einfach. Wir starten am Freitag am Flughafen und kommen am Montagabend wieder zurück. Ihr seid meine Gäste."

Etwas verlegen entgegnete Hans: „Das kann ich nicht so einfach annehmen!"

Auch wenn sich Hans noch etwas wehrte, Francesco hatte bereits entschieden, seinen Freund mitzunehmen, und so sollte es auch geschehen.

Nach der Rückkehr von dieser kurzen Reise in die Toskana zog sich Francesco Corelli wieder zurück in sein großes Labor und nutzte noch die letzten Tage, bevor der Betrieb auf der Universität wieder losging.

Wie jeden Donnerstag arbeitete Francesco auch an diesem Tag bis spät in die Nacht in seiner privaten Ordination. Obwohl er eine Wahlarztordination betrieb, waren seine Termine ausgebucht. Er war dafür bekannt, dass er sehr genau arbeitete und dass er sich für seine Patienten einsetzte. Kurz vor 21 Uhr waren noch zwei Patienten im Wartezimmer. Francesco ging ins Labor, um zu sehen, ob noch eine Blutabnahme zu machen war. Doch die Krankenschwester bereitete gerade alles für den Botendienst vor.

Francesco fragte: „Sind noch Unterlagen zu unterschreiben?"

Schwester Monika schüttelte den Kopf und erklärte: „Nein, es ist alles fertig."

Er überlegte kurz, dann erklärte er: „Ich werde die letzten Patienten allein durchschleusen. Sie können für heute abschließen. Aber am Dienstag bräuchte ich wieder Ihr Hilfe, können Sie sich das einteilen?"

Die Schwester nickte und fragte: „Ab wann soll ich da sein, Herr Professor?"

Er überlegte kurz: „16 Uhr wäre ideal."

Die Schwester notierte alles in ihrem Block und bestätigte: „Kein Problem! Gerne!"

Bevor er in den Behandlungsraum zurückkehrte, sagte er noch: „Danke!"

Während die Schwester die Ordination verließ, rief er den nächsten Patienten auf. Der letzte Patient war schließlich ein älterer Mann. Geduldig hörte sich Francesco die Geschichte des alten Hofrates an, so wie er es immer tat, wenn dieser kam. Es waren auch immer die gleichen Geschichten, aber der Hofrat konnte diese nicht vielen Menschen erzählen, also erzählte er sie seinem netten Arzt, der ihn ernst nahm. Deshalb nahm er sich ja auch immer den letzten Termin, damit danach noch Zeit war. Das Gespräch wirkte immer wieder gut als eigentliche Therapie, denn nach jedem Arztbesuch ging es dem Mann besser.

Es war nach 22 Uhr, als Francesco die Ordination verließ und nachdenklich durch die Gassen des ersten Bezirks schlenderte. Seine Gedanken beschäftigten sich mit einer bestimmten Gruppe von Blutzellen, den T-Lymphozyten, die wohl beim Verlauf des allergischen Asthmas sehr wichtig waren. Sie fokussierten sich auf ein Gen, das ein gewisses Eiweiß produziert. Wenn ...

Sein Handy läutete. Er nahm es aus seiner Jacke heraus und meldete sich. Schon hörte er seinen Freund Michael Schober reden: „Hier ist Michael. Bist du noch in der Ordination?"

Corelli entgegnete: „Nein, ich bin schon auf dem Heimweg. Warum?"

Der andere zögerte, ehe er fortfuhr: „Das ist blöd, ich bin auf dem Weg zu dir."

Francesco fragte besorgt: „Bist du krank?"

Michael erklärte: „Aber nein, ich bin doch nicht krank. Vielmehr habe ich einen Fall, bei dem ich nicht weiterkomme. Könntest du mir da eine Sache erklären?"

Francesco wollte wissen: „Worum geht es?"

Michael bat: „Nicht am Telefon. Ich bin mit dem Wagen unterwegs zu dir. Kann ich dich irgendwo auflesen?"

Francesco überlegte kurz, dann nannte er die Straße.

Wenige Augenblicke später bog Michaels Bentley in die Gasse ein und blieb neben Corelli stehen, wartete, bis dieser eingestiegen war, und fuhr schließlich weiter.

Während der Fahrt erklärte der Anwalt, worum es ging: „Ich habe kurzfristig heute einen Klienten übernommen, und da gibt es einige medizinische Details, die ich vielleicht verstehen sollte, da morgen bereits die erste Verhandlung sein wird."

Francesco nickte und fragte: „Arbeitsrecht? Ich nehme an, du hast die Akte in der Kanzlei?"

Michael antwortete: „Ja, und einige Befunde. Natürlich ist das alles so detailliert, und ohne genauere Ausführungen weiß ich nicht, was ich davon halten soll. Das heißt, einige Dinge sind schon klar, aber dann wird mir das Fachchinesisch doch zu viel."

Francesco entgegnete: „Ist schon gut. Wir werden das gleich haben!"

Nun, von „gleich haben" war in diesem Fall nicht die Rede, denn Francesco musste seinem Freund tatsächlich einige Dinge erklären, damit dieser die Gegebenheiten verstand. Aber sie waren für diesen Fall von großer Bedeutung.

So war es schließlich nach Mitternacht, als die beiden Männer die Kanzlei verließen und Michael seinen Freund zu dessen Wohnung brachte. Obwohl es nun schon sehr spät war, setzte sich Francesco noch an sein Projekt und arbeitete weiter an seiner Theorie, die ihn immer mehr faszinierte. So war es schließlich nach 3 Uhr morgens, als er sich dazu zwang, doch ins Bett zu gehen. Aber auch dort hing er noch seinen Gedanken nach, ehe er in einen erholsamen Schlaf kippte, aus welchem ihn kurz vor 7 Uhr der Wecker riss.

Am Vormittag stand er im Hörsaal und unterrichtete anfänglich teilweise interessierte, zumeist jedoch gelangweilte Studenten. Doch schon sehr bald gelang es ihm, seine Begeisterung auf das gesamte Auditorium zu übertragen. Es war eine seiner großen Stärken, die Hörerschaft mehr und mehr zu begeistern, während er sich in seinen Ausführungen verlor. Sein Vortrag faszinierte nicht zuletzt deshalb, weil die Faszination, die er selbst für all diese Bereiche in sich trug, fühlbar war. Er lebte das, was er erzählte, er lebte darin und darum war sein Unterricht in dieser unvergleichlichen Art lebendig.

Doch kaum hatte er den Hörsaal verlassen, zog er sich in sein Labor zurück und verfolgte seine Arbeit weiter. Irgendwann meldete sich die Sekretärin ab, denn es war Abend geworden. Er wünschte ihr noch ein schönes Wochenende, dann widmete er sich wieder seinem Projekt.

Als er wieder aufblickte, war es draußen Nacht geworden, und er warf einen Blick auf die Uhr an der Wand. Diese zeigte gerade eine halbe Stunde nach Mitternacht an. Unentschlossen blickte er auf den Arbeitsplatz. Schließlich legte er die Präparate zurück, verschloss die Kassette, danach den Schrank, in welchem er alles lagerte. Schließlich versperrte er das Zimmer und danach die gesicherte Tür, die er noch ein weiteres Mal mit einem eigenen Schloss versah. Er war sich nicht sicher, ob es hier nicht doch auch eine gewisse Form von wissenschaftlicher Spionage gab, also hatte er diese Sicherheitstür einbauen lassen.

Schließlich verließ er das Institut über den Ausgang zum Hof, wo sein Wagen stand. Gleich darauf fuhr er auf die Straße.

Es war nach 2 Uhr morgens, als er seine Wohnung erreichte. Müde ging er ins Bad, bald darauf lag er im Bett, wo er aber nicht sofort einschlief. Noch lange überlegte er sich eine Möglichkeit, wie diese Wirkkaskade, die ihn nun beschäftigte, sein könnte. Doch irgendwann schlief er ein.

Am Samstagnachmittag war Francesco bei Michael eingeladen. Für den Abend hatten sie einen Opernbesuch geplant. Michael war, wie Francesco, Junggeselle. Auch ihn drängte es nicht, diesen Status zu verändern, was er gerne auch das ein oder andere Mal betonte. Es war auch nur die Tatsache, weil diese Treffen mit Michael einen gewissen Kultstatus hatten, dass Francesco seine Arbeit kurz unterbrach, um diesen Termin einzuhalten. Doch Francesco wirkte abwesend.

Michael erzählte, als er ihm das gewünschte Glas Whisky reichte, von seinem Erfolg vor Gericht, den er mit Hilfe von Francesco erringen hatte können. Danach besprachen sie allgemeine Dinge. Irgendwann wollte nun Michael doch wissen: „Sag, was beschäftigt dich so sehr, dass du so wortkarg bist? Eine neue Forschungsidee? Oder hast du eine Frau kennengelernt?"

Francesco lächelte und gestand, wobei er den letzten Satz seines Freundes total ignorierte: „Ja … ich bin da wieder einmal auf etwas Faszinierendes gestoßen … Ich habe parallel noch etwas entdeckt. Weißt du, wir wissen einfach nichts, es ist alles erst am Anfang und ich hinterfrage immer mehr alles, was wir kennen. Nichts ist so, wie wir denken. Ich beginne teilweise tatsächlich ganz von vorne, aber es ist unglaublich!"

Michael entgegnete: „Das ist nicht neu, dass du von vorne beginnst, das machst du, seit ich dich kenne. Darf ich wissen, was dich so fasziniert?"

Francesco antwortete: „Ja, ich werde dir davon erzählen, allerdings noch nicht heute! Derzeit wäre es zu früh, über diese

Dinge zu reden … immerhin könnte alles ganz anders sein, als ich jetzt denke."

Diese Antwort kannte Michael bereits und beide begannen nun herzlich zu lachen, da es wohl schon die Standardfloskel war, wenn Francesco noch nicht reden wollte. Michael schüttelte schließlich den Kopf und meinte: „Du und dein Immunsystem. Du wirst irgendwann erkennen, dass dieses in Wirklichkeit weiblich ist und dann wirst du diese wunderbare Frau vom Fleck weg heiraten!"

Francesco entgegnete: „Nein, man sollte seine große, entrückte Liebe nie heiraten, weißt du das nicht? Sonst verliert man irgendwann das Interesse und das wäre in diesem Fall nicht gut. Außerdem werde ich einmal heiraten, und zwar eine Frau, die mich genauso faszinieren wird. Ich bin mir sicher, dass diese kommen wird."

Michael ätzte: „Klar, diese Frau müsste schon splitternackt aus deinem Retortenglas steigen, damit du sie wahrnehmen könntest, mein Freund."

Francesco lachte und fragte: „So schlimm siehst du mich?"

Der andere nickte nachdenklich, eher er ehrlich zugab: „Manches Mal schon. Du solltest ein wenig mehr leben, immerhin, dein Leben kann nicht nur aus Pflichterfüllung und Selbstdisziplin bestehen."

Francesco erklärte: „Ich bin zufrieden. Ich mag meinen Beruf, ich mag meine Arbeit, genau genommen mache ich das, was ich gerne tue. Warum sollte ich etwas ändern? Natürlich stört es mich bisweilen, dass ich allein bin, das wäre gelogen, wenn ich es negierte, aber ich bin eben auch dieser einsame Wolf, der ich bin. So schnell pflückt man mich nicht und ich möchte nicht einfach eine Beziehung, um eine solche zu haben. Das ist mir dann zu wenig. Entweder passt es oder ich bleib allein, was ja auch kein Problem ist. Trotzdem bin ich davon überzeugt, dass ich einst auch eine Familie haben werde. So, und hör du nur auf, mich wegen meines Singledaseins zu maßregeln, denn du sitzt im gleichen Glashaus."

Michael entgegnete etwas reumütig: „Ich bin schon ruhig, aber du weißt schon, dass wir diese Frauen noch kennenlernen sollten, und das werden wir kaum in der Oper tun."

Francesco erklärte: „Warum nicht? Unsere zukünftigen Partnerinnen sollten zumindest in diesen Bereichen zu uns passen, finde ich."

Der andere nickte, blieb aber nun stumm.

Eine Stunde später fuhren sie zur Oper, wo Francesco eine Loge gebucht hatte. Sie hörten an diesem Abend „La Bohème". Francesco liebte diese Oper. Michael empfand die Handlung eher traurig, immerhin hätte man das Mädchen nicht sterben lassen müssen, fand er. Aber Francesco hatte ihm schon mehrmals erklärt, wie sich das Tuberkelbakterium verbreitet, wie schrecklich die Erkrankung ist und wie arm die zugewanderte Bevölkerung in Paris, wie auch sonst überall in den Großstädten auf der Welt damals war. Wien war da keine Ausnahme. Diese Zuwanderer hatten ihr Dasein unter unvorstellbaren Bedingungen fristen müssen, und niemand hatte sich darum gekümmert. Kein Wunder, dass Krankheiten sich so rasch verbreitet und ihre Opfer gefordert hatten. „Das war also die gute alte Zeit", dachte Michael, als sie im letzten Akt das Sterben der Mimi im Beisein des verzweifelten Rudolfo mitverfolgten. Francesco wirkte nun auch abwesend und Michael ahnte, dass er nur physisch in dieser Loge anwesend war. Dabei liebte er doch Puccini. Es musste etwas passieren, sein Freund verlor sich zu sehr in seinen Forschungen und vergaß zu leben. Er sollte doch an eine Familie denken, aber das tat er ganz offensichtlich nicht. So würde er nie eine Frau finden. Er entwickelte sich zum schrulligen Wissenschafter. Das konnte er noch immer tun, nachdem er eine Familie gegründet hatte, dachte Michael und beobachtete stumm seinen Freund.

Nach der gelungenen Aufführung entließ Michael seinen Freund nicht, sondern sie gingen noch in eine Bar. Als sie endlich den bestellten Drink bekommen hatten, erwähnte Michael: „Mich erschüttert diese Oper immer wieder aufs Neue."

Francesco entgegnete: „Das macht für mich Puccini zusätzlich interessant; er spricht die Themen an, die tabu sind!"

Michael korrigierte: „Die damals tabu gewesen sind."

Francesco widersprach: „Nein, sie sind es auch heute. Die Gesellschaft hält es noch immer nicht aus, mit Krankheit und Ungerechtigkeiten konfrontiert zu werden. Also werden diese ausgeblendet. Aber Puccini wählte seine Helden aus dieser Schicht der Unberührbaren und diese leben in seinen unvergesslichen Melodien weiter."

Darauf Michael: „Ich hätte die Mimi schon gerne gerettet."

Francesco lachte und sann: „Das glaube ich dir schon, mein Freund, Rudolfo hätte das sicher auch gerne getan. Dann wäre das Penicillin und idealerweise auch das Rifampicin schon erfunden gewesen, und auch Rudolfo hätte schlussendlich nicht sterben müssen."

Michael erklärte: „Der lebt ja weiter, Mimi ist diejenige, die in dieser Oper stirbt. Sag, kennst du die Handlung nicht?"

Der andere warf ein: „Doch, doch, ich kenne die Handlung sehr wohl, aber ich kenne auch den Infektionsverlauf einer Tuberkulose. Mimi, die Geliebte von Rudolfo, starb an Tuberkulose; an einer Krankheit, die durch Tröpfcheninfektion weitergegeben wird. Als seine Geliebte hat sie ihn sehr wahrscheinlich geküsst und somit auch angesteckt. Das bedeutet, die Krankheit wird auch ihn fordern und einige der Freunde auch. Es reicht, wenn man angehustet wird, um an einer Tuberkulose zu erkranken. Das erlebt der Zuseher nicht mit, doch diese Krankheit wird sehr bald auch das Schicksal von Rudolfo sein."

Michael entgegnete: „Das ist ja grausam! Das sollte doch der Zuseher auch wissen?"

Francesco: „Ja, vielleicht sollte man das schon auch bedenken, denn diese Krankheit erlebt allmählich auch eine Renaissance, worüber wir Mediziner nicht besonders glücklich sind. Es gibt schon einige resistente Erregerstämme, und die Forschung ist da durchaus gefordert!"

Michael warf ein: „Apropos Forschung! Was macht dein Projekt wirklich? Willst du nicht doch wenigstens ein bisschen erzählen?"

Der Gefragte entgegnete: „Ich trete ein wenig auf der Stelle, aber ich weiß, da ist etwas, was ich noch nicht sehen kann. Ich weiß, dass es da ist, es muss vor mir liegen und ich kann es nicht erkennen."

Der Anwalt fragte: „Vielleicht suchst du zu verbissen?"

Francesco entgegnete: „Nein … das glaube ich nicht … wir denken in bestimmten Bahnen, aber wer sagt, dass diese richtig sind? Es ist sicher ganz einfach …"

Michael seufzte: „Du mit deiner Alles-Umdreh-Theorie; wir Juristen dürfen auch nicht alles umdrehen, das geht nicht. Bei uns ist alles genau definiert und benannt und wir müssen genau daran festhalten. Gewisse Dinge haben eben Bestand."

Der andere blickte ihn lange an, ehe er fragte: „Ist es so? Solltet ihr Juristen nicht auch einmal eure Scheuklappen abnehmen? Jedes eurer Urteile betrifft ein oder mehrere Menschenschicksale."

Michael ereiferte sich: „Du, das ist kein leichter Job, hinterfrag nicht alles. Wenn ich mit dir rede, bekomm ich noch ein schlechtes Gewissen. So sehr ich dich und deine Arbeit schätze, Francesco, die Juristerei wirst du nie verstehen."

Francesco nickte und entgegnete irgendwann: „Ja, das stimmt, das werde ich nie. Aber das muss ich auch nicht, denn dafür habe ich dich, mein Freund! Und glaube mir, dafür bin ich sehr dankbar!" Er hob sein Glas und prostete seinem Gegenüber lächelnd zu, eher er einen Schluck nahm.

Ihre Aufmerksamkeit wurde nun gefordert, da man in diesem Augenblick zum Karaokegesang auf einer Bühne aufrief. Es hatten sich einige Menschen gemeldet, und nun wurde die erste Sängerin auf die Bühne gebeten und bald begann sie mit dem Gesang, den sie in das Mikrofon säuselte. Sie hatte „Memory" aus dem Musical „Cats" gewählt, und Francesco hörte erst interessiert zu. Das Mädchen hatte eine nette Stimme, aber zu schwach für diesen Song, wie sich zum Schluss zeigte. Das Publikum applaudierte freundlich, und der Sprecher redete noch ein wenig, ehe er eine neue Kandidatin aufrief, die aus dem Musical „Elisabeth" das Lied „Ich gehör nur mir" vortrug. Diese Stimme war dem Song durchaus gewachsen und entsprechend war auch die Antwort des Publikums.

Nun wandte sich Francesco wieder an seinen Freund und fragte: „Willst du dir das anhören?"

Michael schüttelte den Kopf und entschied: „Lass uns noch ein wenig gehen."

Sie bezahlten, dann verließen sie die Bar.

Sie gingen einige Zeit stumm nebeneinander her und irgendwann begann Michael: „Ich finde, du schottest dich zu viel ab, Francesco."

Dieser blieb stehen und blickte seinen Freund überrascht an, ehe er herausbrachte: „Findest du?"

Michael nickte und erklärte: „Ja, das finde ich. Du brütest über deinen Forschungsarbeiten herum, erfindest das Rad neu und ziehst dich immer mehr zurück. Es gibt nur deine Projekte, deine Patienten, deine Studenten, dann noch ein wenig Reisen und deine Opern. Das war es dann schon. Das ist nicht gut."

Der andere entgegnete: „Ich kenne da einen Anwalt, der brütet über seinen Akten bis Mitternacht herum. Irgendwie ist nicht viel Unterschied zu mir. Aber warum ist es bei dir erlaubt und mich ermahnst du?"

Michael entgegnete: „Weil es dann für mich wieder ein anderes Leben gibt. Ich lasse mich von der Arbeit nicht auffressen, was bei dir mehr und mehr passiert."

Francesco meinte: „Die Grenzen sind verwischt, aber das ist eben die Tatsache. Ich bin zufrieden mit meinem Leben. Sehr sogar!"

Michael erklärte: „Nein, du brauchst eine Familie … und ich brauch das auch."

Nun starrte Francesco seinen Freund an und wiederholte leise: „Wie, du brauchst eine Familie?" Doch schon nach einer kurzen Pause fuhr Francesco erkennend fort: „Hey, du alter Junggeselle hast jemanden kennengelernt! Das willst du mir also den ganzen Abend schon erzählen. Und ich schnall es nicht. Das gibt's doch nicht! Erzähl doch!"

Michael schüttelte den Kopf, ehe er erklärte: „Nein, es geht hier nicht um mich, es geht um dich."

Francesco antwortete: „Ja, schon klar. Also, wer ist sie. Erzähl schon! Lass uns noch in ein ruhigeres Lokal gehen, ich möchte jetzt alles wissen!"

Bald fanden sie ein ruhiges Plätzchen in einer anderen Bar und dort erfuhr nun Francesco von einer Frau namens Andrea, die da ganz offensichtlich seinen Freund ziemlich zu beeindrucken verstand. Erst erzählte Michael nicht viel. Er habe sie bei einer Wohltätigkeitsveranstaltung kennengelernt. Sie wäre beruflich hier gewesen. Francesco wollte natürlich wissen, was sie beruflich mache. „Lehrerin", sprudelte es aus Michael heraus. „Lehrerin mit besonderer Ausbildung für Kinder mit Teilleistungsstörungen. Und um solche Kinder ist es auch bei dieser Veranstaltung gegangen", ergänzte der Anwalt.

Das klang für Francesco gut.

Michael fuhr fort: „Andrea nimmt ihre Arbeit sehr ernst."

Francesco war nun ein überaus aufmerksamer Zuhörer und lauschte, was sein Freund von dieser Frau zu erzählen wusste. Ihm wurde klar, dass sich Michael Hals über Kopf verliebt hatte. Aber so etwas von verliebt. Irgendwie beneidete er ihn, denn er war so glücklich, so liebenswert in dieser neuen Ära seines Lebens. Nachdenklich kam er zu der Erkenntnis, dass er für einen solchen Höhenflug wohl viel zu nüchtern wäre. Nein, diesen Bereich würde er wohl nie in derselben Intensität kennenlernen. Das brauchte es auch nicht. Ja, er war viel zu nüchtern, dann hatte er zu viele Hobbys, keine Frau wäre an allen diesen Bereichen interessiert. Jeder Beziehungspartner hatte wohl auch seinen eigenen Bereich, das war gut so. So wie er nun seinen Freund Michael erlebte, wollte er nie sein. Immerhin konnte er sich das als Arzt nicht leisten, wenngleich Michael dieser Zustand guttat, das musste sich Francesco eingestehen. Deshalb freute er sich aufrichtig mit seinem Freund, der nun nicht mehr aufhörte zu erzählen.

Es war lange nach Mitternacht, als Francesco endlich, nachdem er seinen redseligen Freund heimgebracht hatte, selbst nach Hause kam. Und er war tatsächlich zu müde, um an diesem Tag noch etwas nachzulesen.

Schon wenige Tage später lernte Francesco Andrea kennen und nun verstand er noch mehr, warum sein Freund so beeindruckt war. Diese junge Frau war tatsächlich von einem gewinnenden Wesen beseelt, sie verstand es auch, Francesco als Freund zu gewinnen.

Es war Ende September, als Francesco seinen Freund Michael zu einer Party begleitete.

Francesco war gerade in diesen Tagen absolut nicht nach Unterhaltung, aber er ließ sich schließlich doch von Michael überreden. Junge Leute tummelten sich auf der Tanzfläche und Francesco war unentschlossen, ob er überhaupt einen Platz suchen oder vielleicht doch gleich wieder gehen sollte. Er blickte sich im Raum um und wandte sich nun in die Richtung, aus der er Michael seinen Namen sagen hörte. In diesem Augenblick lief eine junge Frau gegen ihn und er fing sie auf, da er befürchtete, dass sie sonst hinfallen würde. Überrascht blickte er in die großen, blauen Augen der Frau, die seinen Blick suchten. „Was für wunderschöne Augen", dachte er. Ihm gefielen blaue Augen seit jeher. Die Farbe dieser Augen hatte er allerdings noch nie gesehen. Es war ein Graublau, doch nicht hell, eher grau als blau. Diese Augenfarbe faszinierte ihn sofort, und noch in der Kombination mit den dunklen Haaren. Die Haare wirkten schwarz und doch war eine dunkelblaue Nuance darin zu sehen. Das Haar war fein und deshalb kurz geschnitten, klassisch. Diese Frisur betonte das wohlgeformte Gesicht mit der milchigen, makellosen Haut.

„Ein Schneewittchen", dachte Francesco. So weiß wie Schnee ... die Lippen waren seiner Meinung nach zu sehr mit rotem Lippenstift betont. Aber diese Kombination hatte durchaus ihren Reiz, besonders wenn dieser Mund lachte und sich darin die weißen Zähne zeigten. Der Farbton des Lippenstifts war der des Kleides, welches sie trug. Es war ein Kleid aus roter Seide, das sehr eng anlag und ihren perfekten Körper stark betonte. Lydia hatte die Maße eines Models und liebte es, diese zu zeigen.

Nun hielt sich diese Frau unsicher an Francescos Schultern fest und versuchte Halt zu gewinnen. Jener hielt sie noch immer, obwohl sie gleich darauf wieder sicheren Stand gefunden hatte. „Was für eine aufregende Frau", dachte er.

Er hielt sie noch für einen Augenblick, schließlich gab er sie aber wieder frei.

Die Frau entschuldigte sich: „Oh … es tut mir leid, ich … habe Sie nicht gesehen."

Francesco entgegnete knapp: „Kein Problem!"

Die Frau stellte sich nun vor: „Lydia Sanders!"

Auch Francesco stellte sich vor und reichte der Frau seine Hand. Dann blickte er wieder in diese großen Augen, die ihn faszinierten und die nun erneut zu ihm aufblickten.

Um die Situation zu entschärfen, witzelte er: „Sie haben eine durchaus stürmische Art, Bekanntschaften zu machen, Frau Sanders."

Lydia gestand: „Es ist mir sehr unangenehm."

Schließlich fragte Francesco, da ein Kellner an ihnen vorüberging: „Champagner?"

Sie nickte und er gab dem Kellner ein Zeichen. Dieser reichte der Frau ein Glas mit dem Getränk und Francesco bestellte ein Glas Whisky mit Eis, welches ihm bald gebracht wurde.

Bald entwickelte sich zwischen Francesco und Lydia ein Gespräch und sie setzten sich schließlich auf eine Bank auf der Terrasse, um ungestört zu sein. In diesem Gespräch erfuhr er, dass Lydia Sanders aus New York stammte und seit dem siebenten Lebensjahr in Deutschland und in der Schweiz in verschiedenen Mädchenpensionaten aufgewachsen war. Ihr Vater sei Diplomat gewesen, die Mutter habe den Vater begleitet. Lydia sprach fast akzentfrei die deutsche Sprache. Zudem erfuhr er nun auch, dass die Frau Kunststudentin sei und nun wäre sie in Wien gelandet, an der Akademie für bildende Künste. Sie erzählte von ihrer Liebe zur Fotografie und davon, wie es war, Filme zu produzieren, zu schneiden, einfach Regie zu führen.

Ihre Augen begannen zu leuchten, als sie davon erzählte, wie anstrengend es war, die idealen Darstellerinnen und Darsteller zu finden, und ihre Wangen röteten sich leicht, als sie erzählte, dass sie auch in die Schauspielerei hineinschnupperte, weil man alles von jeder Seite auch kennenlernen musste. Wie könne sie mit den Darstellern umgehen, wenn sie nicht wüsste, wie es war, ein solcher zu sein.

Francesco war wie immer ein guter Zuhörer, und nachdem er so viel von ihr erfahren hatte, wusste sie noch immer nichts von ihm. Deshalb fragte sie: „Der Name Corelli klingt ... italienisch? Sind Sie Italiener?"

Francesco erklärte: „Halbitaliener."

Sie nahm einen Schluck aus ihrem Glas, welches sie noch immer in der Hand trug, und flüsterte: „Das klingt aber aufregend, wissen Sie das?"

Francesco hob seine rechte Augenbraue, wie er das immer tat, wenn er überrascht war, und wollte wissen: „Was klingt daran aufregend? Mögen Sie Italien?"

Lächelnd antwortete Lydia, mit tiefer Stimme: „Ich habe bis jetzt nur nette Menschen in Italien kennengelernt! Das sind überaus interessante Begegnungen." Sie nahm erneut einen Schluck, ehe sie ihn leise fragte: „Und ... was machen Sie beruflich?"

Francesco zögerte, doch dann erklärte er knapp: „Ich bin Arzt!"

Sie entgegnete: „Oh ... das finde ich noch viel aufregender ... ich bewundere Ärzte. Das ist ein wunderbarer Beruf."

Francesco knapp: „Ja, bisweilen ist dieser Beruf wunderbar, da stimme ich Ihnen zu."

Auch wenn Francesco nichts von sich erzählen wollte, Lydia schaffte es, von ihm doch einige interessante Details zu erfahren, zum Beispiel, dass er eine Ordination hatte. Nun war es nicht so, dass sie das nicht schon gewusst hätte, aber sie musste es schaffen, diese Dinge von ihm zu erfahren. Das war für sie wichtig.

Sie erwähnte auch, dass sie teilweise ihr Studium mit Partyservice finanzierte, was bedeute, dass sie bei diversen Partys auftrat und die Gäste unterhielt. Sie erwähnte, dass sie bei solchen Gelegenheiten auch singe. Francesco nickte stumm und ihm tat die Frau leid, denn es war sicher nicht immer nett, bei diesen Partys gute Laune zu vermitteln. Studenten hatten es eben nicht immer leicht. In diesem Moment war er schon froh, dass es ihm gegeben gewesen war, sich nur mit den Wissenschaften auseinandersetzen zu können, und dass er nicht fürs Überleben kämpfen hatte müssen. Nach einer Weile fragte er: „Seit wann sind Sie in Wien?"

Lydia antwortete: „Seit einem Jahr." Da Francesco sie nur stumm anschaute, erklärte sie weiter: „Davor war ich in Florenz. Kennen Sie Florenz?"

Er lächelte und nickte, ehe er bekannte: „Ja, ich kenne diese Stadt sogar sehr gut. Was haben Sie dort gemacht?"

Lydia erklärte: „Ich war auf der Suche nach Motiven … ich habe diese Stadt mit der Kamera durchwandert und alles fotografiert, was mir irgendwie gefallen hat. Sie glauben nicht, wie unendlich viele Bilder ich habe … das ist so bei mir. Vor einem Jahr schaffte ich die Aufnahmeprüfung an der Wiener Kunst und nun bin ich hier."

Francesco wollte wissen: „Wie gefällt es Ihnen in Wien?"

Sie überlegte kurz und meinte: „Meistens gut. Wissen Sie, es ist manches Mal gar nicht so leicht, alles unter einen Hut zu bringen, wenn man alleinstehend ist und für sein Studium arbeiten muss. Und das goldene Wienerherz ist nicht immer golden, das habe ich auch schon gelernt."

Francesco blickte stumm in ihr Gesicht und überlegte, ob diese Frau tatsächlich alleinstehend sein konnte. Diese Aussage überraschte ihn etwas, aber er ließ sich nichts anmerken. Deshalb antwortete er nur: „Das … kann ich mir vorstellen."

Es entstand eine Pause und diese wurde durch Lydias Frage unterbrochen: „Sind Sie alleinstehend?"

Er blickte stumm in das Gesicht seines Gegenübers und aus einem Impuls heraus wollte er diese Frage nicht beantworten, deshalb wich er aus: „Irgendwo sind wir das doch alle, oder?" Er war überrascht, dass er nun gelächelt hatte, aber er war sich im selben Augenblick dessen bewusst, dass er es aus Unsicherheit tat.

Lydia fragte: „Wollen Sie nicht auch von sich erzählen?"

Er blickte sie lange an, ehe er ein klares „Nein!" entgegnete. Eine Pause entstand, weshalb er schließlich abschwächend erklärte: „Nein, von mir gibt es nichts Großartiges zu erzählen. Ich bin Arzt und das erklärt schon alles, was es von mir zu sagen gibt."

Lydia hauchte: „Aber … das kann ich mir gar nicht vorstellen."

Er lenkte mit seiner nächsten Frage ab: „Worauf wollen Sie sich spezialisieren?"

Sie überlegte und erklärte: „Auf den Film ... und auf Gesang. Ich liebe es zu singen."

Francesco fragte interessiert: „Welches Gebiet?"

Sie warf ihren Kopf in den Nacken und verkündete stolz: „Englische Literatur ... teilweise Rock ... und ich liebe härtere Musikrichtungen!"

Francesco hob nun überrascht beide Augenbrauen und fragte erstaunt: „Wie, Sie lieben Rockmusik?"

Lydia schwärmte: „O ja, diese Musik ist so stark ... so durchdringend, so erfüllend! Es ... ist wie eine Welle und ich bin in ihr ... es ist stark! Ich liebe es, mit dieser Musik zu arbeiten, und ich liebe es, mich davon inspirieren zu lassen."

Francesco fragte interessiert: „Sie singen auch diese Stücke, die es in dieser Szene gibt?"

Sie nickte und erklärte: „Ja, ich singe die Hits, und ich bin darin ziemlich gut ... wenn man den Kritikern glauben darf. Peter Hofmann, Sie erinnern sich, der Opernsänger, der den Rock in die Klassik eingeführt hat. O, ich bete diesen Meister an. Er war der beste Sänger, den ich kenne."

Francesco erinnerte sich bei diesem Namen vor allem auch an die Diagnose Parkinson, von der man im Zusammenhang mit diesem Sänger immer wieder lesen hatte können. Er beobachtete die Frau, die nun lachend erneut ihren Kopf zurückwarf und weiter ausführte: „Sie sollten mich einmal singen hören. Es würde Ihnen gefallen, da bin ich mir sicher. Mögen Sie Musik?"

Er nickte und erklärte: „Ja, ich mag gute Musik durchaus."

Lydia überlegte: „Dann sollten Sie unbedingt zu meinem Konzert kommen. Es wird ..." In diesem Moment wurde die Unterhaltung von einem jungen Mann unterbrochen, der zu Lydia sagte: „Entschuldigung, aber ich habe für Frau Sanders eine wichtige Nachricht." Schon beugte sich der Mann an ihr Ohr und flüsterte ihr etwas zu. Lydia erhob sich sofort und sagte kurz: „Ich ... muss weg. Sie entschuldigen mich. Es hat mich sehr gefreut, Sie kennenzulernen ... so sagt man doch hier in Wien, oder?"

Francesco erhob sich, doch schon eilte Lydia davon. Nachdenklich nahm Francesco wieder Platz und blickte der jungen

Frau interessiert nach, die schon im nächsten Augenblick durch den Raum eilte und danach hinter einer Tür verschwand.

Im hinteren Bereich des Hauses trat Lydia kurz darauf in einen verdunkelten Raum ein. Während sie auf einen Schreibtisch zuging, hinter dem ein Mann mittleren Alters saß und eine Zigarre rauchte, fragte sie: „Warum hast du mich jetzt weggeholt, wo dein Goldfisch endlich mit mir geredet hat?"

Der Mann erklärte: „Weil du dich wie ein blöder Trampel angestellt hast. Du solltest ihn neugierig und … ein wenig nervös machen, und Sams Droge im Whisky war ausreichend, dass er es auch geworden wäre. Aber so wie du dich gegeben hast, war der Typ nicht einmal interessiert."

Lydia widersprach zornig: „Das stimmt nicht! Er war interessiert und … er wollte bereits wissen, wo ich singe … ich wollte ihn gerade einladen."

„Ich habe dich gesehen … und gehört!", sagte er. „Das mit dem Studium war schon recht gut, die Idee von deinen Singauftritten zu erzählen, auch. Da ist er tatsächlich neugierig geworden. Er liebt Musik, das weißt du doch, aber er liebt die Klassik und die Oper, nicht lautes Blech. Also lass ihn zappeln. Dein Studium war herrlich, er hat es geglaubt … Du hast übrigens nicht gelogen, denn du wirst jetzt wieder sehr oft an der Akademie sein … als Model!"

Sie lachte und flüsterte, während sie sich nun vor dem Mann auf den Schreibtisch setzte und zuließ, dass er ihr unter das Kleid griff und sanft über ihre Oberschenkel strich: „Und … du wirst dabei sein?"

Er nickte und raunte: „Wie immer, meine Schöne!"

Sie lächelte und flüsterte: „Danke!"

Er küsste sie sanft. „Du bist ein Star! Mein Star!"

Am Dienstag in der darauffolgenden Woche traf Francesco Lydia vor einem Geschäft im ersten Bezirk. Er war über das zufällige Zusammentreffen überrascht und doch auch irgendwie erfreut. Ihm war die junge Frau nicht aus dem Kopf gegangen. Sie wirkte auf ihn aufregend und irgendwie gefiel sie ihm. Aufgrund des Wiedersehens lud er sie in ein Café ein, was sie annahm.

Als sie endlich die Bestellung erhalten hatten, fragte Francesco interessiert: „Sie waren das letzte Mal so schnell weg, ich habe es bedauert, Sie an diesem Abend nicht mehr gesehen zu haben."

Lydia lächelte: „Ich habe überraschend nach Hause müssen, eine Freundin hat mich dringend gebraucht."

Francesco nickte und erklärte: „Natürlich, solche Dinge gehen vor."

Sie nickte ebenfalls: „Ja, es kam bei ihr an diesem Abend schon recht dick, also stand ich ihr einfach bei."

Nun erkundigte sich Francesco doch: „Etwas … Ernsteres?"

Sie schüttelte den Kopf und murmelte: „Nein … eher nicht … nur das normale Auf und Ab des Lebens. Sie wissen doch, wie das ist. Manches Mal bekommt man eben mehr davon ab … egal, auf jeden Fall hat es länger gedauert, bis ich dann alles im Griff hatte. Aber nichts, was ich nicht schaffe, wenngleich es heftig war."

Francesco nickte und blieb vorerst stumm. Er war etwas irritiert, denn diese Frau hatte eine eigene Art zu reden. Es hörte sich in einer Weise doppeldeutig an, wie sie die Worte aussprach. Aber vielleicht war das ihre sprachliche Unsicherheit. Das würde es wohl sein, dachte er bei sich.

Nun stellte Lydia eine Frage: „Wie lange sind Sie noch auf der Party geblieben?"

Er entgegnete: „Nicht mehr lange. Nachdem ich meiner netten Gesellschaft beraubt war, bin ich gegangen."

Sie lächelte und fragte: „Werde ich Sie wieder auf einem Event im Hause des Professors sehen?"

Francesco erklärte: „Es könnte möglich sein. Aber … vielleicht auch nicht."

Sie nippte von ihrem Kaffee und auch er nahm einen Schluck, ehe er fragte: „Sie wollten mir das letzte Mal von einem Konzert erzählen, bei welchem Sie auftreten werden."

Lydia erstrahlte und erzählte ihm sogleich von einigen überaus interessanten Projekten und schwärmte geradezu von ihrer großen Liebe zur Rock-Musik. Nebenbei erwähnte sie nun auch einen Termin eines Auftritts, der bereits in zwei Wochen war. Doch bald musste Lydia aufbrechen, denn sie habe einen Termin an der Akademie und wäre nun schon sehr knapp. Sie bedankte sich für die Einladung und eilte davon.

Zwölf Tage später suchte Francesco eine Adresse, die ihm nicht bekannt war. Zumindest war er noch nie dort gewesen. Endlich fand er ein Kellerlokal, und als er eintrat, war der verrauchte Raum bereits gefüllt mit Gästen. Bald wurde er von Lydia entdeckt, die sogleich auf ihn zukam und ihn unbeschwert mit einem Kuss auf die Wange begrüßte. Er empfand es als nett, von ihr so begrüßt zu werden, und blickte sie stumm an. Sie war sehr schön.

Lachend sagte sie: „Wie schön, Sie sind auch gekommen. Ich hoffe, es wird Ihnen gefallen!"

Die Musik war laut, und man konnte sich nicht unterhalten. Irgendwann trat Lydia auf und sang ihren Song, den Francesco nicht kannte. Ihre Stimme war teilweise schön, in den Höhen allerdings schrill und das Mikrofon war übersteuert. Es folgten einige Lieder, die sogar in der Reihenfolge von der Schallplatte des legendären Peter Hofmann genommen waren. Es war der einzige Tonträger im rockigen Stil, den Francesco von diesem Sänger kannte. „Sie kopiert die Interpretation total", dachte er. Und er fand, aus der Stimme könnte man etwas machen. Das Material wäre gut, aber die Ausbildung war mangelhaft. Er verbot sich weitere kritische Gedanken und lauschte nun dem nächsten Lied.

Nach einer halben Stunde sang sie noch den Hit „Michelle" von den Beatles, wobei sie das Stück eher schlecht interpretierte, dann ging sie von der Bühne. Es folgte tosender Applaus und sie verbeugte sich mehrmals, ehe sie zu Francesco zurückkehrte.

Bei der Bar nahm sie zwei Gläser Champagner von einem Tablett und reichte schließlich eines davon Francesco, ehe sie lächelnd fragte: „Und, wie hat es Ihnen gefallen?"

Er blickte lange in ihre Augen, ehe er antwortete: „Streckenweise sehr gut."

Lydia schmollte: „Und ich habe Sie nicht restlos überzeugt?"

Er schüttelte den Kopf und erklärte: „Noch nicht. Ich denke, in Ihnen steckt mehr Können. Sie sollten den Lehrer wechseln."

Sie kam ihm ganz nahe und flüsterte in sein Ohr: „Oh, Sie wollen also mein Lehrer sein?"

Er nahm einen Schluck von seinem Glas, prostete ihr zu und klärte: „Nein, das möchte ich nicht."

Lydia kam noch näher und blickte lange in seine Augen, ehe sie hauchte: „Das finde ich schade. Ich mag Sie."

Er blieb stumm und schaute in ihre Augen, die unruhig schienen. Er nahm dieses feine Parfum wahr; es roch süßlich und da war noch ein Duft, den er nicht zuordnen konnte. Er kannte den Geruch von Pheromonen nicht, welchen sie trug, wenn sie einen Mann besonders ansprechen wollte. Diese Pheromone lockten das Unterbewusstsein und sollten erregen. Lydia wusste, die Liebe ging durch die Nase. Heute hatte sie mit diesen Botenstoffen nicht gespart und nun stand der Mann, den sie auserwählt hatte, vor ihr und roch diesen Cocktail. Sein Unterbewusstsein würde schon wissen, was er mit diesem Duft tun sollte.

Sie war ihm sehr nah und er blickte in ihr Gesicht, das ihm in diesem Augenblick als ebenmäßig erschien. Dieser volle Mund, er dachte, ihn küssen zu wollen, tat es aber nicht. Warum? Er wusste es nicht. Warum hatte er nun das Bedürfnis, diese Frau einfach nur zu küssen, sie zu berühren? Es war nicht seine Art und doch empfand er in ihrer Gegenwart genau diesen Wunsch. Er war irritiert. Schließlich schlug er vor: „Wir sollten zum Du wechseln."

Sie hauchte: „Macht man das hier in Wien nicht mit einem Kuss?"

„Du kennst unsere Bräuche schon gut, Lydia!", flüsterte er. Schon im nächsten Augenblick küsste er sie sanft auf die Wange, dann auf die andere, und schließlich zog er sich ihr Gesicht entgegen und küsste sehr sanft diesen roten, weichen Mund, der sich dem seinen gierig öffnete.

Sie blieb an diesem Abend in seiner Nähe, und als er schließlich ging, kam sie mit ihm. Sie tat es mit einer Selbstverständlichkeit, die ihn überraschte. Francesco war verwirrt. Die Frau stellte alle seine bisherigen Erfahrungen auf den Kopf. Es waren ihre Art, ihr Lachen, ihre Augen, und er konnte sie nicht mehr einordnen. Noch mehr irritierte ihn, dass er große Sehnsucht nach der Nähe seiner Begleitung empfand.

Er machte sich bewusst, dass es Spielregeln gab. In seinem Leben existierten sie und er kannte die Regeln. Diese Frau war ihm genau genommen zu wenig bekannt. Er würde sie wiedersehen, kennenlernen und man würde sehen, wie sich alles entwickeln sollte.

Francesco atmete durch und Lydia drängte sich lächelnd an ihn. Leise fragte sie: „Was willst du mit diesem angebrochenen Abend noch tun? Oder unternehmen wir gemeinsam etwas?"

Er entschied spontan: „Lass uns noch ein wenig durch die Straßen gehen."

Sie nickte und blickte wieder zu ihm auf. Ihr Duft benebelte ihn. Wieder war er ihrem Mund nahe. Die Sehnsucht, die ihn in diesem Augenblick erfüllte, war ihm bis jetzt unbekannt gewesen. Das war absolut neu. Gedanken blitzten in ihm auf; Gedanken, dass er sie nun mitnehmen solle. Aber das ging nicht, sagte sein Verstand. Er konnte das nicht einfach so tun. Etwas in ihm sträubte sich gegen ihre, wie ihm schien, jetzt aufdringliche Art.

Sie wandte sich ihm nun ganz zu und drängte sich in seine Arme. Leise hauchte sie: „Küss mich doch endlich!"

Er tat es sehr sanft und fühlte ihren aufregenden Körper, der sich geradezu in seine Arme flüchtete. Seine Augen suchten ihre und er blickte lange in diese, so, als wollte er darin eine Antwort auf das finden, was nun in ihm alles vorging. Er fand keine Antwort.

Er küsste sie erneut, nicht mehr so sanft, aber noch zurückhaltend. Sie entgegnete diese Zärtlichkeit ebenfalls und bald hielt er sie fest an sich gedrückt und koste dieses Gesicht, diesen Mund. Er verstand sein Verhalten nicht. In ihm war nur noch die Sehnsucht nach dieser Frau. Er ahnte nichts von den Substanzen, die man seinen Getränken beigemengt hatte, die seine Sehnsucht schon längst steuerten.

Lydia kam schließlich mit ihm mit und bereits in dieser Nacht kam es zur ersten, ungeahnt leidenschaftlichen Begegnung zwischen ihnen. Nachdem er nun schon sehr lange allein gelebt hatte, überwältigte ihn das, was er nun durchwanderte. Alles war für ihn unwirklich. Er erlebte eine ungeahnt lustvolle und durchaus erfahrene Frau, die ihn in eine andere Welt mitnahm, die er davor noch nicht betreten gehabt hatte.

Sie blieb das ganze Wochenende bei ihm. Lydia zog wahrlich alle Register ihres Könnens, um diesen Mann an sich zu binden, und es gefiel ihr durchaus, wie stark er auf sie reagierte und wie gut ihr das Vorhaben zu gelingen schien.

Nach diesem Wochenende trafen sie einander immer wieder, vor allem aber lebten sie eine Beziehung, nach der sich Francesco im Geheimen auch gesehnt hatte. Francescos Gefühle für Lydia waren tiefgehend und aufrichtig. Natürlich stellte er Lydia auch sehr bald seinem Freund Michael vor.

Sie trafen einander in einem Café, und Michael war in Begleitung von Andrea. Lydia hatte sich für dieses Treffen vorbereitet, war gestylt und trug, wie immer, ein aufregendes Kleid. Andrea, die eher eine bescheidene Frau war, wirkte nun neben Lydia eher einfach. Lydia genoss ihren Auftritt wie immer. Doch Andrea schien das alles nicht zu stören, sie gönnte Lydia dieses Gefühl der Überlegenheit und verwickelte Lydia in ein Gespräch. Bald unterhielten sie sich über das Studium, von welchem nun Lydia wieder zu sprechen begann. Lydia war in diesem Punkt durchaus selbstsicher und man bemerkte, dass sie Andrea von oben herab behandelte. Was Lydia nicht wusste, war, dass Andrea zwei Jahre an der Akademie studiert hatte, und ihre Fragen waren entsprechend gezielt.

Nachdem keine der Antworten von Lydia der Wahrheit entsprach, meinte sie schließlich in ihrer direkten Art: „Lydia, ich weiß zwar nicht, was und wo Sie studieren, aber eines ist für mich sicher: An der Wiener Akademie studieren Sie keines der angebotenen Kunstfächer. Alles, was Sie mir erzählt haben, sind Lügen. Sie müssen nicht studieren, um hier anerkannt zu werden, das ist nicht Pflicht. Aber ich erwarte, dass Sie Francesco, der der beste Freund von Michael und somit auch mein hochgeschätzter Freund ist, anders begegnen als mit Lügen."

Dann erhob sich Andrea und wandte sich an Francesco: „Sei mir nicht böse, aber ich kann da nicht einfach zuhören und dich ins Unglück laufen lassen, Francesco. Es tut mir leid! Es ist offensichtlich, dass dich diese Frau belügt, und das in einer schändlichen Weise. Ich mache da nicht mit!" Schließlich wandte sie sich an Michael: „Schatz, entschuldige mich bitte." Als Michael aufstand, um sich zu verabschieden, bat sie: „Ich kenne den Weg. Francesco braucht dich jetzt mehr als wir geahnt haben. Bitte!" Michael blickte kurz in ihre Augen und verstand. Sie hatte nur den Stein ins Rollen gebracht, Michael sollte also noch bleiben. Möglicherweise war ja diese Lydia nur an Geld interessiert, welches sie bei Francesco bereits erahnte. Er zögerte noch, doch Andrea verabschiedete sich nun rasch und verließ das Café.

Lydia war zornig geworden. Was hatte sich dieser Trampel eigentlich gedacht, sie so zu blamieren? Ihr Projekt schien gefährdet. Sie fühlte Panik in sich aufsteigen. Was würde nur Jo sagen, wenn er erfuhr, wie das Treffen gekippt war. Sie musste sich schnell etwas einfallen lassen. Francesco hatte sich nun durchgestreckt und blickte Lydia stumm an. Diese kämpfte mit den Tränen, denn damit gewann sie Zeit. Doch schon formte sich in ihrem Kopf die rettende Geschichte. Sie suchte Francescos Blick und gestand: „Andrea hat recht ... ich studiere nicht an der Akademie. Ich ... wurde nicht aufgenommen, aber ich versuche es immer wieder. Ich will genau diese Fächer studieren. Ich ... habe mich vor dir so geschämt ... und deshalb habe ich dir das erzählt."

Francesco überlegte, ob Lydia durch ihre Arbeit das gewünschte Studium versäumte. Er überlegte, ihr anzubieten, für ihr Studium aufzukommen. Sie sollte keine Sorgen mehr diesbezüglich haben. Michael hingegen ahnte, dass diese Frau erneut log. Er entschied, mit Francesco bald allein zu sprechen.

Francesco bemühte sich nun, das Gespräch zu führen, und bald wurde es ein allgemeines Standardgespräch, wenngleich Lydia nur wenig zu sagen hatte.

Schon am nächsten Tag traf sich Michael mit Francesco, dem er seine Bedenken hinsichtlich Lydia offenbarte. Doch Francesco hatte noch am Abend mit Lydia ein langes Gespräch geführt und diese hatte ihm erzählt, warum sie gescheitert war. Er glaubte ihr, und er wollte sie nun unterstützen. Sie musste seinetwegen auch nicht studieren. Sie sollte glücklich sein. Michael wurde immer sachlicher und deutlicher in seiner Argumentation, aber Francesco war keinem Argument mehr zugänglich.

Auch Waldenstein konnte Francescos Schwärmerei für diese Frau, die er bei einem Empfang kennengelernt hatte, nicht nachempfinden. Vielmehr war er entsetzt, wie sehr sie eine gewisse Macht über seinen jungen Kollegen gewann. „Wenn das nur gutgeht", dachte er, behielt aber seine Gedanken vorerst für sich.

Im Advent kaufte Francesco eine alte Villa in Döbling. Er wollte Lydia irgendwann damit überraschen. Schon länger hatte er mit dem Gedanken gespielt, ein Haus zu erwerben. Als er dieses Haus aus dem 19. Jahrhundert gesehen hatte, hatte für ihn festgestanden: dieses oder keines. Die Villa, die etwas zurückgesetzt lag und deren Einfahrt schon zugewachsen war, wirkte von vorn wie ein typischer einstöckiger Villenbau mit Dach. Doch diesem Bau schloss sich im Osten und im Westen je ein Flügel an, die beide weit in den Park reichten. Der Westflügel endete im Park, am Ostflügel zog sich noch nach Südosten ein weiterer Gebäudeflügel, der ebenfalls im Park endete. Von jedem dieser Bereiche führten breite Steintreppen in den Garten. Diese waren zwar in einem schrecklichen Zustand, aber das war nicht das Problem. An die Villa schloss ein Garten an, der in einen Park überging. Der Park war von einer hohen Mauer umgeben. Garten und Park waren verwildert und zugewachsen, so sehr, dass beide nur sehr wenig zu begehen waren. Trotz des schlechten Zustandes der ganzen Anlage kaufte Francesco schlussendlich diesen Bau. Die Verträge liefen über Michaels Büro, und er beauftragte Firmen für die Sanierung.

Mit der Gestaltung der Einrichtung beauftragte Francesco seine Mutter, an die er die Pläne und die vielen Fotos schickte. Bereits eine Woche später kamen Ellen und Paolo auf Besuch nach Wien. Paolo sprach sich mit dem Baumeister ab und überarbeitete die Pläne. Diese wurden eingereicht und der Umbau in dieser Weise bewilligt. Inzwischen plante Ellen mehrere Bereiche und unterteilte die große Villa. Ihr selbst gefiel der nördliche Teil am besten und Francesco entschied, diesen für sie auch zu belassen. Sie hatte bald eine genaue Vorstellung, wie sie das Innenleben dieses unglaublich schönen Anwesens gestalten würde und machte sich Notizen. Sie plante, die Unterlagen in Spanien fertigzustellen und ihrem Sohn zu schicken. Er könne diese danach an die Handwerker weitergeben.

Ellen und Paolo verbrachten zehn Tage in Wien, und an einem Abend lernten sie Lydia kennen. Lydia gab sich sehr nett, aber teilweise wirkte sie derb, und das missfiel Paolo. Auch Ellen war über Francescos Freundin nicht glücklich und hoffte, es würde eine Liaison bleiben. Da Weihnachten vor der Tür stand, vereinbarte man, dass Francesco die Feiertage wieder in Barcelona verbringen sollte, und man einigte sich darauf. Lydia hatte ihm schon mitgeteilt, sie würde über Weihnachten bei ihren Eltern sein, und so erschien ihm diese Lösung ideal.

2. Kapitel

Mirjam Steiner war eine junge Krankenschwesternschülerin im zweiten Ausbildungsjahr. Die schlanke, junge Frau mit den großen, mittelblauen Augen hatte ihre langen, blonden Haare zu einem dicken Zopf zusammengefasst. Wie alle trug sie die Uniform der Schwesternschülerinnen. Niemand durfte hier private Kleidung tragen, nur dieses hässliche, klein karierte Kleid mussten sie alle anziehen. Mirjam saß in der Klasse und beobachtete zwei Kolleginnen, die sich über ein Fotoalbum gebeugt hatten und kichernd unterhielten.

Der Unterricht würde gleich beginnen und sie schlug ihre Mappe auf, in der sie ihre Mitschriften sammelte. Neurologie. Es war so spannend. Sie liebte dieses Fach!

Bald kam der vortragende Neurologe in die Klasse, und der Unterricht begann. Mirjam konzentrierte sich auf das, was der Arzt erzählte. Er sprach von degenerativen Erkrankungen im Gehirn. Die Erkrankung, von der er sprach, hieß Morbus Parkinson. Da zogen dopaminerge Neurone zum Corpus Striatum von der schwarzen Substanz und hemmten im Striatum bestimmte Zellen. Sie versuchte sich das vorzustellen. Der Vortragende zeichnete die Vorgänge auf die Tafel, und Mirjam übertrug alles in ihre Mappe. Schließlich erzählte der Arzt von den Symptomen. Die Unterrichtseinheit verflog wie immer viel zu schnell und irgendwann endete der Vortrag. Es war nun Abend und Mirjam traf sich eine halbe Stunde später mit ihrer Freundin Sophie.

Sophie Karner, eine bereits ausgebildete Kinderschwester, hatte sich während ihrer Ausbildungszeit mit Mirjam angefreundet. Sie war drei Jahre älter als ihre Freundin, die noch in der Ausbildung stand. Es war nicht üblich, dass Schülerinnen eines höheren Jahrgangs mit den Jüngeren Kontakt hielten. Sophie war da anders. Sie kümmerte sich nicht darum, was üblich war. Sie war auch nicht die große Partymaus, dafür war sie sehr belesen. Das war auch einer der Gründe, warum sie sich mit Mirjam so gut verstand. Mit ihr konnte sie sich unterhalten, und es waren wohltuende Gespräche.

Sie fanden einen kleinen Tisch beim Chinesen hinter dem Krankenhaus. Nach der Bestellung fragte Sophie interessiert: „Was hast du am Sonntag für ein tolles Postludium gegeben. Ich war begeistert." Sie sprach ihre Freundin auf deren Orgeltätigkeit an, welche die Jüngere mit großer Leidenschaft verfolgte.

Mirjam war erstaunt: „Du bist da gewesen?"

„Natürlich!", kam zur Antwort, ehe Sophie weitersprach: „Und was war das jetzt?"

Mirjam erklärte: „Bach! Dir ist doch nicht vorborgen geblieben, ich habe derzeit „die Bäche" für mich entdeckt. Das Choralvorspiel heißt „In dir ist Freude" und es ist sauschwer zu spielen. Echt, ich übe das Stück schon seit Wochen. Jetzt läuft es schon recht gut und ich denke, es ist auch gut gekommen."

Die andere nickte zustimmend, ehe sie einwarf: „Aber so schwer hat es gar nicht geklungen."

Mirjam war über dieses Feedback erleichtert und flüsterte: „Danke!"

Sophie erkundigte sich weiter: „Du hast mir das schon einmal erzählt, aber ich habe es irgendwie nicht mehr in Erinnerung. Seit wann spielst du dieses Instrument? Du bist noch so jung und spielst doch recht gut; wie kann man nur so schön spielen."

Mirjam nahm einen Schluck aus ihrem Glas, dann versuchte sie, die Fragen ihrer Freundin zu beantworten und überlegte, wo sie einsteigen sollte. Ihre Gedanken kehrten zurück in das kleine Dorf, in dem sie aufgewachsen war. Und dann war alles wieder da. Alles, was sie hier vergessen wollte.

Schon sehr früh war Mirjams musikalisches Talent aufgefallen. So ein Talent war eigentlich etwas Schönes. Allerdings kann es auch zur Last werden. In Mirjams Fall bedeutete das, dass es keine Förderung gab, zumindest nicht bei diesem Leiter der Volksschule, der im Dorf sehr viele Dinge mitentschied. Er erklärte immer wieder, ihr Talent reiche nicht aus, in die Gruppe der förderungswürdigen Kinder des Dorfes zu fallen. Was dieser Lehrer entschied, das war wie eine Regel. Die übersteigerte Obrigkeitshörigkeit der Gesellschaft förderte diesen Zustand und ermöglichte dem Mann ein enormes Missbrauchspotential, welches dieser auch nutzte. Für die Bevölkerung war das normal gewesen. Niemand hinterfragte, dazu hatte man ja auch nicht das Recht.

In Mirjams Fall spielte dies allerdings auch eine bedeutende Rolle, denn sie war ein Kind, welches nicht in das Konzept dieses Mannes passte, der sehr klare Erwartungen an seine eigenen Kinder hatte. So hatte sich dieser Lehrer, der in diesem Ort alle Kinder musikalisch unterrichtete, vehement geweigert, dem heranwachsenden Mädchen Musikunterricht zu geben. Ihre Leistungen im Chorgesang wurden von ihm als mittelmäßig bis schlecht befunden und dieses teilte er auch bei jeder Gelegenheit mit. Er arbeitete gezielt, besprach demonstrativ ihr angebliches Nichtkönnen mit Dritten, und diese lachten über sie. Andere nahmen sich bald auch das Recht heraus, über sie zu urteilen und sie zu verreißen. Man tat ja nur das, was der Lehrer vorgab, es würde schon seine Richtigkeit haben. Das ist eben auch eine Möglichkeit, Neid zu rechtfertigen.

So war es diesem Mann in wenigen Jahren gelungen, dem Mädchen ein gewisses Grundvertrauen zu nehmen und in ihm das Gefühl der Minderwertigkeit zu verankern.

Das Ganze wurde noch von einem nebenehelichen, sehr schmutzigen Verhältnis dieses Lehrers mit einer ebenfalls verheirateten, nymphoman veranlagten Frau verstärkt. Das Liebchen gierte nach Macht und tat tatsächlich alles, solche zu erlangen. Ihre Liaison war bekannt und gleicherweise pietätlos, wie sie selbst. Das zweifelhafte Verhältnis mit dem alternden Schuldirektor zählte, neben anderen Gelegenheiten, die sie wahrnahm, zu ihren größten Erfolgen und sollte ihr tatsächlich auch noch einen gewissen gesellschaftlichen Aufstieg in ihrem Dorf bringen. Es war schon eine eigene Mixtur aus Kreaturen, die sich hier zusammengefunden hatten und deren kranke Denkweise sehr gezielt ein Leben zu zerstören begann. Genau diese Erfahrungen hatten das Mädchen seit frühen Tagen geprägt. Sie sollten auch der Grund sein, warum Mirjam mit Menschen, die sich über sexuelle Verhältnisse im Berufsleben etablierten, immer große Probleme hatte, zumal sie derlei Vorgehen zutiefst verachtete.

Einziges Ventil in dieser Zeit: das Kleeblatt! Ihr älterer Bruder Gernot und der gleichaltrige Nachbarjunge Christian, eine eingeschworene Jungenfreundschaft, hatte sie, ein Mädchen, in ihrem Bund aufgenommen. Sie taten es, weil Kinder eben Unrecht erkennen, aber nicht akzeptieren können. Man hört manches Mal von solchen Freundschaften, die bereits im Kindesalter begonnen haben und ein Leben lang halten. Hier war eine solche entstanden. Dabei hatten die Buben anfänglich nichts mit dem Mädchen zu tun haben wollen und eine Apartheid betrieben, von der die Politik wohl einiges hätte lernen können. Aber mit der Zeit hatten die Buben Mirjam verziehen, dass sie nicht das ersehnte Brüderlein war, und sie hatten die Vorurteile abgebaut.

Mirjam war von Anfang an ein verträumtes, empfindsames Ding gewesen, das in seiner Welt der Klänge glücklich war. Von den Buben lernte sie die essenziellen Dinge des Seins. Das waren eben das Schnitzen von Figuren, das Fußballspielen, das Fischfangen mit den Händen, das Bootfahren, aber auch das Raufen, das Boxen und das Dichthalten, wenn Streiche aufflogen. Mirjam war überaus willig, dies alles zu lernen, was den Eltern weniger gefiel.

Das Kleeblatt bildete sich, nachdem Mirjam den Buben bei einer Rauferei geholfen hatte und als sie dabei wirkungsvoll einen Gegner, der ihren Bruder in die Mangel genommen hatte, angesprungen war und diesen durch einen kräftigen Biss in dessen Schulter in die Flucht geschlagen hatte. Diese heroische Tat wurde anschließend im Stadel gefeiert und Mirjam wurde feierlich im Kreis der beiden Buben aufgenommen. Der Pakt wurde schlussendlich mit Spucke besiegelt und hatte somit lebenslange Gültigkeit. Das war die Geburtsstunde des Kleeblatts gewesen.

Alles wurde im Rat des Kleeblatts besprochen und entschieden. Es waren dann auch die Buben, die für Mirjam eine Klavierlehrerin in der Stadt suchten und sie zum Unterricht begleiteten. Daraus wurde mehr.

Mirjam fühlte sich nun wieder wie in diesem Augenblick, als sie von einem Musiker auf eine Orgelbank gesetzt worden war und ihren ersten Unterricht erhalten hatte. Die Erinnerung machte sie lächeln. In jenem Sommer hatte sie täglich Unterricht bei diesem Mann gehabt. Ja, das war der Beginn gewesen, damals. Von da an hatte der alte Lehrer Krieg geführt in einer subtilen Weise, die eine Zehnjährige nicht verstand. Ein erwachsener Mann bekämpfte ein Mädchen, machte es lächerlich, erzählte Lügen. Die Strategie eines Pädagogen, der in seiner Ohnmacht gefangen war. Mirjam hatte nicht die Erfahrung, derlei Angriffe parieren zu können. Die Eltern waren befangen und begriffen anfänglich gar nicht, was hier passierte. Auch, weil ihnen die Art des Denkens nicht bekannt war. Es geschah ja auch nicht offen, sondern subtil. Man musste kein Prophet sein, um die Konsequenzen zu erahnen.

Mirjam hörte, wie Sophie sie nun fragte: „Ist alles in Ordnung?"

Sie blickte auf und lächelte ihr Gegenüber an. Dann erklärte sie: „Entschuldige, ich bin wohl jetzt etwas in der Vergangenheit verloren gegangen."

Sophie überlegte: „Bist du wieder in deiner Erinnerung gegen das Schweigen der Lämmer gelaufen?"

Die Jüngere nickte nachdenklich, ehe sie sagte: „Ja, das Schweigen der Lämmer ... Warum ist das so? Was ist das, Sophie?"

Die andere entgegnete: „Menschlich. Das ist menschlich."

„Nein, das war nicht menschlich", dachte Mirjam. Diese Verhaltensmuster waren im Kleinen und im Großen schlimm. Im Großen machten sie sogar einen Holocaust möglich, durch das Wegschauen und das Mitmachen in der Gruppe. Im Kleinen betraf es eben nur einen oder wenige Menschen. Es war immer wieder das gleiche Verhalten von Herdentieren. Aber das war nicht menschlich, vielmehr war es erbärmlich!

Sie hörte Sophie die ursprünglich gestellte Frage wiederholen: „Und seit wann spielst du nun?"

Sie machte noch eine Pause, ehe sie fortfuhr: „Ich war zehn, als ich das erste Mal auf einer Orgel gesessen bin, und seit damals bin ich von diesen alten Damen fasziniert. Es war immer Faszination, die mich zu diesem Instrument geführt hat. Ich kann es dir nicht anders erklären."

Sophie fragte nun: „Warum quälen dich die Erinnerungen noch immer? Du bist nun erwachsen, was kümmern dich noch diese Leute?"

Mirjam dachte über diese Fragen nach. Sie wusste es nicht. Was hätte sie sagen sollen?

Sophie überlegte: „Du solltest vielleicht doch nach Wien gehen, da bist du anonymer und diese schreckliche Wadelbeißerei von diesen kleinen Musikanten fiele weg."

Mirjam entgegnete: „Ich bin jetzt schon weit weg und somit aus den Augen dieser Pharisäer."

Sophie hingegen betonte: „Nicht weit genug, meine Liebe. Ich möchte dich trotzdem lieber in Wien sehen. Wien ist eine tolle Stadt und voll Kulturleben. Das wäre die Stadt für dich, Mirjam! Unterrichtet da nicht auch dieser Organist, der dich gefördert hat?"

Mirjam überlegte: „Noch eineinhalb Jahre, dann habe ich mein Diplom und kann überall hingehen. Jetzt ist es zu früh, um das zu entscheiden. Und ich kann mir auch keine Luftschlösser erlauben, Sophie, sonst schaffe ich diesen Hexenkessel nicht."

Sophie nippte nun von ihrem Weißwein – im Unterschied zu Mirjam trank sie ein Glas Wein – und stellte ihn wieder zurück. Nachdenklich fragte sie nun: „Du hast recht. Das hier ist ein Hexenkessel! Was hältst du wirklich von dem Gedanken, in dieser Stadt die Zelte abzubrechen und nach Wien zu gehen? Ich meine generell, nicht nur wegen der Musik."

Mirjam überlegte: „Ich weiß es nicht. Ich lebe gerne hier, ich mag diese Region und habe hier meine Freunde, meine Eltern, Gernot, meine Orgeln. Irgendwie kann ich mir nicht vorstellen, dass ich das alles zurücklasse und weggehe. Warum fragst du?"

Sophie blieb kurz stumm, da nun ihr Essen aufgetragen wurde. Danach gab sie zu bedenken: „Aber du bist hier nicht glücklich, deine Freunde mögen dich weiter, auch wenn du nicht mehr hier wohnen solltest, Wien hat auch schöne Orgeln und vor allem auch eine Musikszene. Du würdest dich vielleicht sogar verbessern. Hier ist es ein Leben voller Kompromisse und du redest dir die Dinge schöner, als sie sind. Du wärst übrigens nicht allein, wenn du dich für diesen Schritt entscheiden könntest … denn ich überlege, nach Wien zu übersiedeln." Mirjam blickte sie überrascht an, wartete aber, bis sie weitererzählte, was diese bald tat: „Du weißt doch, dass Robert und ich heiraten wollen. Rob muss nun beruflich nach Wien wechseln. Es ist die Frage: Bleibe ich hier und er pendelt oder gehe ich mit. Als Krankenschwester werde ich in Wien auf jeden Fall arbeiten können, da gibt es gute Möglichkeiten; bessere als hier. Ich möchte keine Fernbeziehung führen. Somit wird dieses Thema für mich bald aktuell werden. Wir suchen schon eine Eigentumswohnung. Das heißt, das macht Robert, aber er denkt, er bekommt da etwas in einem Randbezirk, wo es nicht weit zum Zentrum ist."

Mirjam hörte nun ihre Freundin vorschwärmen, dass sie sich bereits nächste Woche in einem Kinderspital vorstellen könne; sie habe auch die Ambulatorien angeschrieben, und Mirjam begriff, dass Sophie bald nach Wien ziehen würde. Sie fühlte Bedauern, denn Sophie war ein Mensch, der alles verstand. Sie war der Mensch, der sogar das, was damals im Dorf passiert war, verstanden hatte. Sophie redete nun über ihre Pläne und Mirjam hörte stumm zu.

Am Abend lag Mirjam in ihrem Bett, und ihre Gedanken kehrten zurück nach damals. Im gleichen Ausmaß, wie sie sich mit der Orgel beschäftigte, wurde sie von den Gleichaltrigen zurückgewiesen. Aber sie hatte wohl nie wirklich dazugehört.

Mirjam erinnerte sich, wie Christian den Rat des Kleeblattes einberufen hatte, um mitzuteilen, dass er entschieden hätte, Priester zu werden. Gernot hatte es ihm anfänglich nicht geglaubt, sie hatte sofort gewusst, dass er es ernst meinte. Sie war nicht einmal überrascht gewesen. Irgendwie war das für sie so logisch gewesen, dass Christian diesen Schritt tun würde. Er hatte ab diesem Tag sein Vorhaben sehr zielstrebig verfolgt. Aber es dauerte noch zwei Jahre, bis er im Stift am Berg eintrat und mit dem Probejahr begann. Gernot und Mirjam waren damals beim Fest seines Eintritts dabei. Danach war Christian in diesem Kloster geblieben. Die Freunde waren auch ein Jahr später zum großen Fest der Einkleidung geladen. Christian erhielt den Namen Raphael.

Das Kleeblatt gab es noch immer, anders, aber es gab es noch und es hielt. Die Blätter hielten noch immer zusammen. Christian studierte nun in Salzburg und war seltener da. Aber Gernot und Mirjam besuchten ihn dort und er sie umgekehrt.
Raphael bestärkte Mirjam darin, eine Musikausbildung anzustreben. Er schickte sie auf Kurse und auf diesen lernte sie auch einen Professor kennen, der sie für längere Zeit begleiten und prägen sollte. „Krato", wie dieser Musiker von allen genannt wurde, war Professor für Tonsatz und selbst ein anerkannter Komponist. Er nahm Mirjam als außerordentliche Hörerin in seiner Hörerschaft auf und ermutigte sie, ihre Ideen zu Papier zu bringen. Es entstanden die ersten sakralen Werke, die auch zur Uraufführung gelangten. Auch Krato riet Mirjam zu einem Musikstudium und unterstützte sie weiter.

Den Eltern waren die Wellen des Unmuts noch gut in Erinnerung, die es gegeben hatte, als Mirjam mit dem Orgelspiel begonnen hatte. Gerade deshalb erschien ihnen eine Berufswahl in der Musik als wenig sinnvoll. Sie war doch nur ein Mädchen und vielleicht wäre es nicht so leicht für sie. Zudem waren sie noch immer nicht von ihrem Talent überzeugt und konnten es zu wenig beurteilen. Es gab viele Diskussionen bezüglich ihrer Berufswahl. Aber das Mädchen verschloss sich immer mehr. Irgendwann hatte es dann einen Entschluss gefasst. Es hatte diesen im Alleingang getroffen, ohne sich mit dem Kleeblatt zu besprechen. Es war seine alleinige Entscheidung, den Beruf der Krankenschwester zu erlernen. Das war ein anständiger, sozialer Beruf, wie man es von Mirjam erwartet hatte, und sie wollte niemanden enttäuschen. Raphaels Frage, warum sie sich selbst so enttäusche, blieb unbeantwortet. Jede weitere Frage hatte Mirjam unbeantwortet gelassen.

Mirjam rollte sich ein und atmete tief durch. Nein, heute wollte sie nicht mehr lernen, die Reise in die Vergangenheit hatte sie viel Kraft gekostet. Sie war erschöpft. „Nur nicht mehr nachdenken", dachte sie. Sie zog die Decke über den Kopf und schlief bald ein.

Francesco überwachte nun auch noch die Umbauten der Villa und diese schritten durchaus zügig voran. Das Mauerwerk wurde ausgebessert, Zwischenwände wurden eingezogen, das gesamte Dach wurde abgetragen und vollständig erneuert. Die alten Bäume des Parks blieben stehen, sonst wurde der Park neu angelegt. Das Nebengebäude wurde vollständig renoviert. Im Sommer waren die Bauarbeiten nahezu abgeschlossen, und die Innenarbeiten konnten beginnen. Francesco ließ den Südtrakt überaus geschmackvoll und aufwendig gestalten. Lydia sollte sich hier wohlfühlen.

Francesco und Lydia lebten vorläufig in einer Wohnung in der Stadt. Sie verbrachten eine gute, unbeschwerte und durchaus aufregende Zeit. Lydia war in seinen Gedanken immer gegenwärtig und sie verstand es, ihn immer aufs Neue zu faszinieren. Er vernachlässigte mit der Zeit alles, was ihm noch vor wenigen Monaten wichtig gewesen war. Auch seine Forschungsarbeiten. Es blieb auch deutlich weniger Zeit für Treffen mit Michael. Lydia verfolgte nach dem Zwischenfall im Café sehr gezielt, dass es solche Treffen immer weniger gab. Nicht offensichtlich, sondern da gab es immer etwas zu tun. Francescos Freizeit war nun zu einem großen Teil von Lydia bestimmt. Er kam zu der Erkenntnis, dass dies der Lauf der Dinge und eine normale Entwicklung im Leben eines Mannes war.

Immer mehr überlegte sich Francesco, ob Lydia seine Lebenspartnerin werden könnte. Für ihn war es so und sie sprach auch davon. Ihre Kaufräusche störten ihn nicht, sie sollte sich wohlfühlen. Sie liebte es, sich neu einzukleiden. Sie liebte ihre große neue Wohnung, die ihr Francesco gekauft hatte, sie liebte ihr Leben. Es gab Arbeitstage und dann gab es die Zeit, die sie gemeinsam hatten. Es war eine gute Zeit.

3. Kapitel

Das zweite Semester verlief schnell und schließlich begann Mirjam das vorletzte Ausbildungsjahr. Die Ausbildungszeiten waren intensiv. Die Schülerinnen hatten zwar viele Unterrichteinheiten, aber parallel auch Praktika zu absolvieren.

Es war ein Montagabend und Mirjam war froh, dass der Tag endlich vorüber war. Nach dem anstrengenden Wochenenddienst freute sie sich auf diesen freien Abend sehr. Sie war überrascht, als sich ihr eine Lehrschwester in den Weg stellte, die sie direkt ansprach: „Frau Steiner, man hat gerade vom Haus hier angerufen. Auf der Intensivstation braucht man dringend eine Sitzwache, würden Sie das bitte übernehmen?"

Mirjam erklärte: „Ich hatte auf der Herzstation Wochenenddienst. Könnte das nicht jemand anderer übernehmen, zum Beispiel jemand, der die letzten Tage frei gehabt hat?"

Die Lehrschwester meinte: „Nun, die Kolleginnen, die ich ansprach, haben schon alle etwas vor."

Mirjam entgegnete: „Das habe ich auch!"

Die Lehrschwester erklärte: „Aber Sie wollen doch bald das Diplom machen."

Mirjam antwortete: „Ja, die anderen auch."

Da meinte die Lehrschwester knapp: „Dann muss ich eben eine Entscheidung treffen und bestimme somit Sie, diesen Dienst zu übernehmen. Das ist jetzt eine Dienstanweisung! Sie sollten sich beeilen, in einer halben Stunde müssen sie auf der Station sein!"

Mirjam sagte: „Ich habe morgen Unterricht."

Die Lehrschwester antwortete: „Ich weiß! Und ich erwarte deshalb auch, Sie morgen in meinem Unterricht zu sehen. Das hat eben mit Disziplin zu tun."

Mirjam blickte sie wortlos an, wandte sich ab und ging zu den Stufen. Während sie diese hinaufging, hörte sie die Vorgesetzte hinter sich sagen: „Ich wünsche Ihnen einen schönen Dienst, Mirjam!"

Sie murmelte wie aus Reflex ein „Danke" und eilte in ihr Zimmer. Dort warf sie sich auf das Bett und atmete tief durch. Es hatte ja sowieso keinen Sinn mit dieser Schreckschraube zu diskutieren, dachte sie.

Sie konnte aber versuchen, noch jemanden zu finden, fiel ihr ein. Conny, dieser Name schoss ihr durch den Kopf. Conny hatte sie schon zweimal um einen Dienst gebeten, vielleicht würde ihr nun Conny bei diesem Dienst einspringen. Sie setzte sich auf und wählte die Zimmernummer der Kollegin. Als sich diese meldete, fragte sie: „Hier spricht Mirjam. Sag, hast du heute schon etwas vor? Der Drache hat mich gerade zu einer Sitzwache verdonnert und ich hatte Wochenenddienst. Im Augenblick ist es mir wirklich zu viel. Sag, würdest du mir den Dienst abnehmen?"

Doch die andere erklärte: „Geht leider nicht, ich bin heute auf einer Megaparty und möchte die nicht versäumen. Ein andermal gern … Tut mir leid, geht heute wirklich nicht. Schönen Dienst … vielleicht wird es ja nicht so schlimm!"

Mirjam flüsterte: „Aber ich kann einfach kaum mehr gehen und eine Sitzwache ist echt anstrengend." Sie hörte noch, dass sich ihre Kollegin beeilen müsse, und dann nahm sie noch das Surren aus dem Hörer wahr.

Sie atmete durch, dann griff sie erneut zum Hörer und rief den Portier an. Leise bat sie: „Georg, ich habe eine Bitte, könntest du mir eine Nummer heraufgeben? Ja, auswärts. Ich muss einen Termin absagen, hab gerade eine Sitzwache dazubekommen. Ginge das?"

Sie hörte den Mann sagen: „Sag mir die Nummer, bitte!"

Sie nannte die Zahlenkombination und wartete. Gleich darauf hörte sie das Freizeichen und bald meldete sich ein Mann: „Gernot!"

Mirjam antwortete: „Hi, Brüderlein, hier ist Mirjam. Du hast doch heute diese Sitzung wegen Christian einberufen … also, ich habe eine Sitzwache dazubekommen und darf nicht weg. Bitte sei mir nicht böse, aber ich kann heute nicht!"

Der junge Mann fragte: „Sag, sind die verrückt? Du hast doch das ganze Wochenende gerackert. Das ist doch nicht normal!"

Sie antwortete: „Egal, ich muss unter die Dusche und dann laufen. Gib mir morgen bitte Bescheid, was ihr ausgeheckt habt! Ach ja, ich habe ein schönes Programm auf der Orgel; denkst du, wir können da etwas Musikalisches gestalten?"

Gernot entgegnete: „Alles klar ... ich melde mich morgen bei dir. Die Musikwünsche kläre ich." Dann legte er auf.

Mirjam wählte nun noch einmal die Nummer des Portiers und fragte: „Was macht es aus? Ich bring dir das Geld vorbei, wenn ich in den Nachtdienst gehe."

Der Portier murrte: „Das war ja ein Dienstgespräch, oder? Die pflastern dich mit Diensten zu und dann musst du Termine absagen ... das war jetzt ein Dienstgespräch. Passt schon!" Er hörte noch, dass sich Mirjam bedankte, dann legte sie auf.

Sie blieb noch für einige Minuten liegen, dann schwang sie sich hoch und eilte unter die Dusche.

Kurze Zeit später erreichte sie die Station. Als sie eintrat, waren fünf Schwestern anwesend. Zwei von ihnen würden Nachtdienst haben, die anderen waren noch vom Tagdienst da, das wusste sie. Man nahm ihr Eintreten wahr, aber man beantwortete nur knapp ihren Gruß. Das Klima hier war frostig, das wussten die Schülerinnen sowieso. Aber heute war, was diesen Bereich anging, offensichtlich das Paradeteam da und die Raumtemperatur schien in Sekundenschnelle auf minus 150 Grad Celsius gefallen zu sein. Das übertraf sogar die Antarktis und es sorgte bei Mirjam nicht gerade für ein zuversichtliches Glücksgefühl. Aber sie durfte sich die Übergabe anhören und erfuhr somit einmal die Namen der Patienten, ihre Diagnosen und die laufenden Therapien. Sie erfuhr von dem jungen Mann, der einen Verkehrsunfall gehabt hatte und für den sie als Sitzwache bestellt war. Man sagte ihr an, was sie zu tun habe, und dann brachte man sie in die Koje und sie führte auch gleich die ersten Kontrollen durch. Viertelstündlich, hatte man ihr gesagt.

Wie Mirjam befürchtet hatte, blieb Elisabeth, von allen Schülerinnen in ihrem Jahrgang nur pseudo-liebevoll „Das Lieschen" genannt, im Dienst. Lieschen war eine dauerquakende Person, die alles besser wusste und sich einfach selbst zutiefst zuwider sein musste, weil nur so ihre abgrundtiefe Böswilligkeit zu erklären gewesen wäre. Eine ihrer Lieblingsbeschäftigungen war es, den zugeteilten Schülerinnen zu beweisen, wie unfähig sie waren. In dieser Disziplin hatte sie geradezu Meisterklasse errungen, wobei sie sich offensichtlich ihrer Funktion, den Schülerinnen etwas zu zeigen, in keiner Weise bewusst schien. Wenn es irgendwo Intrigen zu spinnen gab, dann war man bei ihr an der richtigen Stelle. Allerdings den Vorgesetzten gegenüber erwies sie große Unterwürfigkeit und zeigte sich willig. Besondere Hilfsbereitschaft entwickelte sie für männliche Oberärzte, doch nur wenige nahmen diese Art von Hilfsbereitschaft an.

Dieses Lieschen brachte nun die Schülerin in die Koje, erklärt knapp, was diese zu tun habe, und verschwand schließlich durchaus schnell wieder aus diesem Raum. Drei Stunden später erschien die Schwester wieder, kontrollierte, ob alles passte und was die Schülerin aufgezeichnet hatte. Gleich darauf kam auch der diensthabende Arzt in die Koje und kontrollierte die Vitalzeichen des Mannes. Er fragte gezielt einige Dinge, die ihm Mirjam beantwortete. Bevor er ging, bedankte er sich bei Mirjam für ihr spontanes Einspringen, da dies eher eine Ausnahme sei.

Mirjam blickte ihn fragend an, doch er verließ bereits die Koje. Sie wandte sich an die Schwester und fragte: „Was hat er gemeint?"

Doch diese erklärte nur: „Nichts, was für Sie von Bedeutung wäre. Machen Sie weiter." Sobald ein Arzt in der Nähe war, wurden Schülerinnen von ihr korrekt angesprochen. Wenn sie alleine mit ihnen war, duzte sie alle, die dem Rang nach unter ihr standen.

Schon war Mirjam wieder allein. Von draußen hörte sie Stimmen und lautes Lachen und sie konnte auch die Erzählungen von Lieschen von ihrem Platz aus sehr gut verfolgen, was dieser sicher nicht angenehm gewesen wäre.

Eine Stunde später kam die andere Kollegin, sie hieß Silvia, und meinte: „Geh einmal kurz hinaus und vertritt dir die Füße. Nimm dir auch Kaffee, du kannst dir auch Kaffee dann hierher mitnehmen, oder auch Wasser, wie du das willst. Steht alles in der Küche, und wenn du magst, nimm dir auch Brot. Ich habe einige Brote gerichtet, da kannst du dir gerne auch davon nehmen. Oder geh auf den Balkon und rauch einmal eine Zigarette. Wie du magst. Ich bleib solange hier."

Mirjam war tatsächlich froh, dass sie jetzt einmal aus dem dunklen Zimmer gehen konnte, und ging zuerst ins Bad, um sich mit kaltem Wasser etwas frischer zu machen. Als sie in die Küche kam, fuhr sie das Lieschen an: „Na, hast du den Weg in die Küche nicht gefunden?"

Sie entgegnete ruhig: „Doch, wie Sie sicher leicht erkennen können."

Die andere fragte: „Und ist alles in Ordnung?"

Mirjam bestätigte: „Ja, derzeit passt alles." Sie fragte, ob sie sich Kaffee nehmen dürfe, die andere nickte, stand auf und verließ die Küche.

Mirjam nahm Kaffee, dann noch eine Tasse und schließlich richtete sie sich noch eine Schale für das Zimmer. Essen wollte sie vorläufig nichts, um nicht noch müder zu werden. Dann kehrte sie in die Koje zurück.

Silvia erklärte: „Um Mitternacht machst du die Bilanzen, wechselst, was zu wechseln ist, misst spezifisches Gewicht des Harns und die Dinge halt. Du weißt schon. Das ist wichtig. Ich bring dir die neuen Bilanzblätter herein, die musst du austauschen. Übrigens, wir brauchen eine Harnprobe fürs Labor, aber das sieht ein Blinder, dass da noch genug Blut ist. Um Mitternacht sind wir dann auch in den anderen Kojen. Es ist in Ordnung, wenn du dafür kurz die Koje verlässt … du bist ja sowieso gleich wieder zurück. Bilanziere vorher und nachher, okay?"

Mirjam nickte und versprach, es so zu tun. Dann war sie wieder allein.

Sie hörte wieder die Stimme von Elisabeth, die nun erzählte, wie sehr sie sich auf den nächsten Tag freue. Jonny werde sie gleich abholen, gleich vom Dienst weg. Drei Tage Berge und Skifahren. Mirjam dachte sich nichts dabei, aber sie hatte nun peripher wahrgenommen, dass das Lieschen am nächsten Tag wohl gleich wegfuhr, und das würde wohl ihre Laune schon bessern.

Die Zeit schien nur sehr langsam zu vergehen und Mirjam tat viel, nur um nicht einzunicken. Um Mitternacht bilanzierte sie, wechselte den Beutel des ableitenden Harnsystems und ging mit dem anderen Behälter in die Spüle, um alles so zu tun, wie ihr Silvia gesagt hatte. Als sie aus der Spüle kam, stand Elisabeth mit ihrer Kollegin am Gang und sagte: „Also ich bin eh da, wenn was ist, hol mich bitte gleich. Aber ich muss jetzt eine Runde schlafen, sonst schaffe ich den morgigen Tag nicht. Jonny ist einfach nur sauer, wenn ich dann müde herumhänge. Du hast diese … Schülerin, den Rest schaffst du mit links."

Silvia antwortete nicht und schaute unentwegt auf Mirjam, die vor der Spüle stand.

Nun drehte sich Elisabeth um und fragte: „Passt etwas nicht?"

Mirjam entgegnete: „Ich habe nur die Tests gemacht und wollte die Ergebnisse nach vorne bringen."

Die andere fuhr sie an: „Und warum stehen Sie dann so blöd herum? Herumschnüffeln, das könnt ihr Schülerinnen, sonst könnt ihr ja eh nichts! Aber wehe Ihnen, Sie reden morgen blödes Zeug!"

Mirjam wandte sich ab und ging in die Koje. Dort blieb sie dann bis 3 Uhr allein. Um 3 Uhr brachte ihr Silvia frischen Kaffee und kontrollierte alles. Sie fragte: „Ist das deine erste Sitzwache?"

Mirjam entgegnete: „Nein, davon hatte ich schon einige."

Die andere erklärte: „Dann ist es gut. Willst' dir die Füße vertreten?"

Mirjam überlegte: „Ich geh kurz einmal ins Bad, bin gleich wieder da."

Als sie zurückkam, redeten sie noch ein wenig, dann holte das Telefon Silvia wieder zum Stützpunkt zurück.

Um 5 Uhr war nun die Morgenarbeit zu tun. Deshalb kam Silvia zu ihr und half mit. Sie fragte: „Was hast du da vorhin mitbekommen?"

Mirjam antwortete ehrlich: „Alles! Schläft sie noch?"

Silvia meinte: „Ich hol sie gleich, wir haben draußen jetzt dann genug zu tun. Das war nur eine Ausnahme."

Mirjam entgegnete: „Ich finde das nicht in Ordnung!"

Silvia: „Na, mach da jetzt kein Drama draus, so schlimm ist es auch nicht."

Mirjam betonte: „Es ist nicht in Ordnung. Sie bekommt die Nacht ja bezahlt."

Silvia nickte: „Schon, aber sie macht auch genug andere Dienste, die anfallen. Du wirst schon noch einmal mitbekommen, wie es ist, wenn man in einem Team ist. Da fällt immer wieder ein Dienst an, und sie macht diese Dienste oft, um die man sie fragt."

Darauf Mirjam: „Klar, und bekommt diese auch bezahlt. Diese Sitzwache wäre eigentlich nicht notwendig gewesen, wenn sie ihren Dienst gemacht hätte. Aber die Sitzwache wurde notwendig, weil Sie den Dienst nicht allein tun konnten."

Silvia entgegnete: „Nein, der Chef wollte eine Sitzwache für diesen Patienten, weil er gestern so instabil gewesen ist."

Darauf Mirjam: „Kein Problem, wenn es wirklich notwendig ist. Aber ich fühl mich schon veräppelt. Ich hatte Wochenenddienst und habe dabei auch noch fünf Überstunden zusätzlich gearbeitet und gestern den ganzen Tag Unterricht gehabt. Die Lehrschwester hat niemanden gefunden, also gab sie mir eine Dienstanweisung, diesen Dienst zu machen. Und eigentlich war er nicht notwendig. Jetzt muss ich um 8 Uhr wieder im Hörsaal sein ... ich find' das nicht gerade fair."

Silvia flüsterte: „So ist es halt in unserem Beruf! Lehrjahre sind eben keine Herrenjahre. Du bist auch jemand, den man gut einteilen kann, weil du so ein Gutmensch bist. Also solltest du dich jetzt nicht bei mir beschweren, sondern dir das einmal anschauen, warum du immer zum Handkuss kommst. Und den Rest vergiss einfach! Zumindest wäre es klug, wenn du das könntest."

Mirjam entgegnete: „Vielleicht, wenn ich wieder einmal geschlafen habe ... dazu wird es aber vorerst noch nicht kommen, weil ich jetzt noch Unterricht und somit Anwesenheitspflicht habe."

Die andere schaute auf die Schülerin und sagte: „Ich versteh dich wirklich. Aber leg dich doch hin, die haben dich eingeteilt, also sollten sie dich auch in Ruhe ausschlafen lassen. Das Recht hast du. Sag in der Kanzlei drüben, wie anstrengend es war. Leg dich am Vormittag nieder. Das wäre das Gescheiteste. Und danach schaut die Welt auch wieder anders aus."

Nach der Morgenarbeit half Mirjam bei den anderen Patienten noch mit, Elisabeth war wieder dabei. Gegen 7 Uhr war Dienstübergabe und Mirjam wurde von der Station geschickt. Sie gab im Büro einen kurzen Bericht über ihre Nacht und ging in ihr Zimmer, duschte und zog sich frisch an. Danach ging sie in den Unterricht. Die Lehrschwester, die sie am Vortag zur Sitzwache geschickt hatte, kam und kontrollierte, ob Mirjam auf ihrem Platz saß. Dann begann der Unterricht und Mirjam quälte sich durch den Vormittag. Er endete gegen 11 Uhr. Doch statt zum Essen ging Mirjam in ihr Zimmer, um endlich zu schlafen. Sie bat eine Kollegin, sie kurz vor dem Nachmittagsunterricht zu wecken. Dann schlief sie innerhalb von wenigen Minuten ein.

Am Nachmittag war sie allerdings, wie verlangt, wieder im Unterricht.

Am Abend wurde sie nach dem Unterricht von ihrem Bruder abgeholt. Sie gingen in ein nahes Café, um ungestört reden zu können. Gernot erzählte: „Wir haben gestern einige Dinge ausgemacht, allerdings nicht so viele Dinge, denn es ist noch mehr Zeit, als wir dachten. Raphaels Priesterweihe wird doch erst im Juli sein; das hat der Abt nun entschieden. Wir haben also noch genug Zeit, um uns etwas einfallen zu lassen. Du sollst etwas Musikalisches gestalten, darüber würde er sich freuen, zumindest hat er mir das gesagt."

Mirjam wollte wissen: „Okay! Und, war Christian dabei?"

Gernot lachte und erklärte: „Nein, der ist doch in Salzburg, aber wir hatten davor telefoniert, er hat mir nun den endgültigen Termin gesagt und gefragt, wie er dich derzeit am besten erreichen kann. Er wünscht sich auf jeden Fall dein musikalisches Mitwirken bei der Feier."

Mirjam nickte und erklärte: „Klar, mach ich, das hatten wir sowieso vor. Hat er einen besonderen Wunsch?"

Gernot entgegnete: „Keine Ahnung, das kläre bitte selbst mit ihm ab." Er trank einen Schluck und fragte: „Und, wie war deine Nacht?"

Mirjam schaute einen Moment stumm auf die Tasse, dann sagte sie: „Wie eben eine Sitzwache ist, anstrengend."

Der andere fragte: „Und worüber ärgerst du dich?"

Sie blickte ihn an, dann erzählte sie kurz, was gewesen war.

Gernot überlegte: „Du solltest das melden."

Mirjam schüttelte den Kopf und erklärte: „Das macht keinen Sinn. Das Lieschen schläft sich durch die Welt der lokalen Politik und der zuständigen Verwaltungsbereiche und hat wahrlich überall ihre Finger im Spiel. Das wäre nicht klug, da anzustreifen. Sie geht jetzt auch zur Gewerkschaft … da könnte ich mir wahrlich ein Problem schaffen."

Gernot entgegnete forsch: „Na und? Nur weil sie mit jedem schläft, kann sie sich trotzdem nicht alles herausnehmen. Ausnützen musst du dich deshalb auch nicht lassen und einschüchtern auch nicht. Was soll das?"

Mirjam entgegnete: „Willkommen in der Realität, Brüderlein."

Gernot antwortete: „Wir sind nicht in einer Diktatur und das ist ein Dienstverstoß."

Mirjam blieb stumm und trank ihren Kaffee aus, dann bat sie: „Gehen wir noch eine Runde? Ich muss ins Bett, aber etwas frische Luft würde mir guttun."

Gernot bezahlte, und sie verließen gemeinsam das Lokal, um noch entlang eines kleinen Flusses zu wandern und noch weiter zu reden.

Nun fragte Mirjam: „Was gibt es bei dir an Neuigkeiten?"

Gernot zögerte, dann sagte er: „Meine Neuigkeit heißt … Margit!"

Mirjam blieb stehen und fragte: „Wie? Margit? Doch nicht etwa die Tochter vom alten Weinhauer?"

Gernot nickte und gestand: „Doch, genau diese Margit meine ich."

Mirjam boxte ihren Bruder leicht und neckte ihn: „Na, du steckst ja voller Überraschungen, Brüderchen. Was denkst du, wie der Alte reagieren wird?"

Gernot meinte: „Das ist mir egal, ich mag die Margit und sie mag mich. Wir kriegen das hin."

Mirjam nickte und sagte nach einer kurzen Pause: „Lass mir die Margit schön grüßen. Aber wehe, sie macht dich nicht glücklich, dann verdresche ich sie nach altem Wissen! Das schwöre ich!"

Gernot lachte und flüsterte: „Davon gehe ich aus!" Während sie weitergingen, fragte Mirjam: „Und jetzt erzähl schon, wie seid ihr zusammengekommen? Also ein wenig kannst du mir ja erzählen, oder?"

Und danach lauschte sie den Erzählungen ihres Bruders. Sie hoffte inständig, dass auch Margit diese große Begeisterung ihrem Bruder gegenüber empfinden könnte wie er sie für sie hegte, was sie aber insgeheim bezweifelte.

Es war eine Woche später, als eine der Lehrschwestern in der Klasse über die Notwendigkeit von Sitzwachen erzählte und was bei einer solchen zu tun wäre. Die Schülerinnen machten zwar diese Dienste schon seit längerer Zeit immer wieder, aber nun wurde dieses Thema wiederholt, auch weil die Bereitschaft dafür in der Gruppe sehr gering war. Die Lehrschwester erklärte: „Leute, es wird ja sowieso nur eine Sitzwache angefordert, wenn es unbedingt erforderlich ist. Zudem lernt man auch etwas dabei. Ihr solltet das schon ernster nehmen. Es sind dann immer dieselben Leute, die man einteilen kann. So geht das nicht. Ich verlange ab jetzt in diesem Bereich eine größere Kollegialität. Für euch alle sind nun diese Dienste Pflicht. Ihr müsst somit eine bestimmte Anzahl von Sitzwachen in der Ausbildung nachweisen. Also, ich möchte nicht mehr hören, dass eine Kollegin eine von euch per Dienstanweisung einteilen musste, weil die Bereitschaft nicht dagewesen ist." Mirjam blieb stumm, während sich die Diskussion zu entwickeln begann. Da fragte die Lehrschwester: „Nun, Mirjam, erzählen Sie ein wenig. So schlimm war es ja nicht."

Da reichte es Mirjam und sie antwortete: „Nein, es war nicht so schlimm, aber dieser Dienst wäre definitiv auch nicht notwendig gewesen."

Die Lehrschwester schaute sie an und sagte: „Was heißt das?"

Mirjam tat eine abwehrende Handbewegung und sagte: „Nichts!"

In der Mittagspause suchte die Lehrschwester Mirjam in ihrem Zimmer auf und fragte nach: „Jetzt möchte ich allerdings wissen, was Sie vorhin in der Klasse wegen des letzten Nachtdienstes tatsächlich gemeint haben."

Mirjam antwortete: „Es ist vielleicht anders herausgekommen, als ich es sagen habe wollen."

Doch die andere ließ nicht locker und sagte: „Also, was haben Sie sagen wollen?"

Mirjam überlegte kurz, dann erzählte sie von dem Nachtdienst. Die Lehrschwester schaute sie erneut an und fragte: „Wie, Elisabeth hat sich im Dienst schlafen gelegt?"

Mirjam nickte.

Da wirbelte die Lehrschwester zur Tür und meinte: „So geht das aber auch nicht. Ausnützen müsst ihr euch nicht lassen. Wenn es notwendig ist, keine Frage, aber nicht so!"

Schon war sie draußen und Mirjam wurde es absolut unwohl, da sie ahnte, was dieser Abgang nun bewirken würde. Diese Lehrschwester würde reagieren und somit bedeutete das Konsequenzen für Mirjam.

Die Reaktion ließ auch nicht lange auf sich warten. Mirjam musste bald erneut zu einer Sitzwache auf diese Station gehen. Man erteilte ihr diesbezüglich wieder eine dienstliche Anweisung, und es kam zu dem befürchteten Zusammentreffen mit dem Lieschen. Diese lief geradezu auf die Schülerin zu, rieb auf und bewegte ihre Hände so vor dem Gesicht des Mädchens, als wollte sie dieses jeden Moment ohrfeigen. Sie tat es aber dann doch nicht. Dabei schrie sie: „Wenn Sie noch einmal erzählen, wir würden im Dienst schlafen, dann gibt's was! Und jetzt ab in die Koje ... heute Koje fünf!"

Mirjam fragte: „Darf ich nicht bei der Dienstübergabe dabei sein?"

Die andere erklärte: „Was Sie zu wissen haben, wird man Ihnen schon noch sagen."

Die Schülerin antwortete: „Aber wir sollen doch bei der Dienstübergabe zuhören!"

Die Dienstältere drehte sich um und blickte sie abschätzend an, ehe sie zischte: „Sie nicht! Ich weiß auch nicht, warum man immer nur solche unfähigen Leute wie Sie zu uns schickt. Offensichtlich gibt es nur mehr Abschaum in der Schule da drüben." Dann wandte sie sich ab und Mirjam ging in die genannte Koje.

Der Nachtdienst wurde aber deshalb gut, da das Lieschen außer Dienst ging und ein anderes Team blieb. Diese Schwestern waren freundlich, zeigten der Schülerin einige Dinge, holten sie auch aus der Koje, und es wurde ein produktiver Dienst. Doch Mirjam erfuhr in dieser Nacht auch, dass Lieschens beste Freundin Mitzi im kommenden Monat auch auf die Intensivstation wechseln würde.

Mitzi war dem Lieschen ebenbürtig. Sie hatte es schon mehrmals geschafft, dass Schülerinnen weinend von der Station gegangen waren. Das gab ihr dann den Kick, den sie für ihre Selbstbestätigung brauchte. Die Mitzi war sehr auf ihr Äußeres bedacht. Selbst im Winter war ihr Gesicht braun gebrannt und ihre struppigen, langen Haare waren auch in der Arbeit nie zurückgebunden. Das brauchte sie nicht, es war zwar gegen die Vorschriften, aber das störte Mitzi nicht. „Möglicherweise machten die Bakterien um sie einen Umweg", hatte eine Kollegin in ihrer Klasse einmal gewitzelt.

Wenn Mitzi mit Schülerinnen sprach, regte sie sich auf, und jedes Mal, wenn sie sich aufregte, begann sie beim Reden intensiver auszuatmen, weshalb es bald zu bellenden Geräuschen kam. Diese entstanden aber nur aufgrund der wilden Luft, die sie schnaubend ausströmen ließ. Diese Tatsache reduzierte die Verständlichkeit des Gesagten auf nur wenige Worte, denen keinerlei Inhalt mehr zu entnehmen war.

Aber sie arbeitete ja auch nicht, um verstanden zu werden. Sie war auch nicht da, um zu arbeiten, es reichte ihr, körperlich anwesend zu sein und die Arbeit zu delegieren. Darin hatte sie bereits meisterhafte Reife erreicht, und sie verwendete tatsächlich den Großteil ihrer geistigen Kapazität, dieser Aufgabe nachzukommen.

Mitzi kam nicht nur auf diese Station, nein, sie kam sogar mit dem Lieschen in die gleiche Schicht. Mirjam schwor sich insgeheim, dass sie ab nun krank sein würde, falls sie noch einmal in einen solchen Dienst eingeteilt werden sollte. Manche Leute verstanden es, sich ihre Situation zu richten.

Doch dieser Nachtdienst lief gut. Es war immer etwas zu tun, und die Arbeit ging gut von der Hand. Die ältere Schwester, die im Dienst war, kam immer wieder zu Mirjam und erklärte interessante Bereiche, besprach die Befunde mit ihr, zeigte, worauf sie zu achten hatte. Es gab nichts, was diese Frau aus der Ruhe bringen konnte. Sie war eine der Schwestern, die aus Überzeugung in ihrem Beruf waren, und so sah sie es auch als ihre Pflicht an, einer Schülerin möglichst viele Wissen zu vermitteln. Das tat sie auch, wann immer eine in ihrem Dienst war. Es war so ungleich anders im Vergleich zum Dienst davor, und Mirjam war dankbar für diese Begegnung.

Sophie hatte Mirjam vor Kurzem gesagt, dass die große Mehrheit der Schwestern ihren Dienst gewissenhaft erfüllten, und dann gab es eben jene, die sich jede Situation richten konnten und das um jeden Preis. Diese Schwestern waren zwar in der Minderheit, aber sie verrissen den Berufsstand. Sophie hatte wohl, wie so oft, auch in diesem Punkt recht.

Am Morgen meldete sie sich nach dem Nachtdienst zurück und ging ins Zimmer. Am Vormittag hatte sie frei und konnte endlich schlafen. Am Nachmittag war sie im Unterricht.

Am Abend zog sich Mirjam in eine Kirche in der Nähe des Krankenhauses zurück, suchte dort die Orgel auf und packte ihre Noten aus. Seit langem hatte sie für die Zugangstür zum Choraufgang einen Schlüssel erhalten, doch die Zeiten, in denen sie hier übte waren deutlich weniger geworden. Heute war sie wieder hierhergekommen. Sie musste sich etwas Luft besorgen, da es ihr nicht gut ging. Während sie spielte, fanden ihre Tränen den Weg über ihre Wangen, und sie spielte und spielte bis in den Abend hinein. Als sie endlich zusammenpackte, nahm sie im Kirchenraum die Gestalt eines älteren Herrn wahr. Sie versperrte die Orgel, nahm ihre Noten und eilte die Stiegen in Richtung Ausgang hinunter. Noch einmal wischte sie sich über ihr Gesicht, „nur keine Spuren", dachte sie. Vor der Kirche traf sie nun den Mann, der soeben aus der Kirche gegangen war und auf sie zu warten schien. Sie grüßte und reichte ihm die Hand: „Guten Abend, Herr Dechant. Habe ich bei der Abendvesper gestört?"

Der Geistliche erklärte: „Nein, du störst nicht. Aber du bist schon länger nicht hier gewesen. Dafür hast du heute kein Ende gefunden. Ist alles in Ordnung?"

Sie bestätigte: „Na ja, es passt schon, im Großen und Ganzen. Ich habe derzeit mehr Dienste, als mir guttun. Es ist eben bisweilen intensiver, als ich es haben will. Und jetzt brauch ich ein wenig mehr Luft."

Der Mann nickte und erklärte: „Klar, ich versteh dich schon. Es geht dir also nicht gut. Und ich bin darüber auch nicht so übermäßig überrascht, wenn du mich danach fragen solltest … was du wahrscheinlich aber wie immer nicht machen wirst." Er lächelte sie an, da sie nicht antwortete, und meinte: „Ist es in Ordnung, wenn ich dich noch ein Stückchen begleite? Ich sollte sowieso noch ein wenig gehen und du bist mit dem Rad da, also könnten wir ja noch ein Stückchen gemeinsam gehen."

Mirjam nickte und entgegnete überrascht: „Gerne!"

Sie gingen einige Zeit stumm nebeneinander und schließlich meinte der Geistliche: „Was macht deine Musik?"

Sie erklärte: „Im Augenblick eher nicht so viel, da so viele Dienste anfallen."

Er entgegnete: „Es ist doch immer wieder das Gleiche. Du solltest nicht alles annehmen, was man dir an Arbeit überlässt. Es ist ja recht bequem, wenn man jemanden hat, der immer jede Anfrage übernimmt. Aber es gibt noch andere Schwesternschülerinnen in deinem Jahrgang; lass dich nicht so unter Druck setzen. Dir fehlt dann der Ausgleich und das tut dir nicht gut. So wirst du nicht glücklich. Du und deine Orgel, das ist die

Einheit, die dir die Kraft für alles andere gibt, egal, was du tun wirst. Vergiss das nicht."

„Ich werde es versuchen", antwortete Mirjam leise.

Sie gingen noch eine Zeit weiter, da fiel dem Priester ein: „Ich wollte dir noch etwas sagen. Seit einigen Wochen arbeitet eine Pastoralassistentin in der Pfarre. Eine wahrlich gute Seele. Die ist verheiratet und ihr Mann ist Diakon in einer kleinen Pfarre in der Nähe von hier. Johannes, so heißt der Mann, ist gerade Diakon geworden. Verheiratet waren sie schon vorher. Na ja, du weißt ja, wie das geht. Also, Johannes braucht dringend jemanden für die Orgel. Würde dich das interessieren? Bezahlen kann er aber nicht mehr als wir hier."

Die junge Frau nickte und erklärte: „Natürlich interessiert mich das."

Der Priester entgegnete: „Komm in den nächsten Tagen einmal vorbei, ich möchte euch bekannt machen."

Mirjam überlegte: „Das ginge nur am Samstag, davor habe ich Unterricht."

Er entschied: „Dann komm doch am nächsten Samstag zum Frühstück in den Pfarrhof."

„Soll ich frisches Gebäck mitnehmen?", war noch ihre Frage.

Er schüttelte den Kopf und meinte: „Nein, bring nur dich mit! So, und jetzt schwing dich auf dein Rad, du hast nicht mehr lange, ehe das Internat die Türen versperrt. Du weißt ja, wie das ist."

Am nächsten Samstag traf Mirjam im Pfarrhof zur vereinbarten Zeit ein und lernte nun Elisabeth und Johannes kennen. Man verstand sich auf Anhieb gut und vereinbarte bald einen Termin, damit sich Mirjam die Orgel in der neuen Pfarre anschauen konnte. Gegen Ende des Treffens erwähnte der Dechant: „Mirjam, du solltest vielleicht wissen, dass Johannes auch Latein unterrichtet, falls du dies doch noch einmal brauchen solltest und du mit diesem Anliegen aus mir nicht erklärlichen Gründen doch nicht zu mir kommen willst. Vielleicht wäre das ja eine Option für dich."

Johannes war sofort interessiert: „Was höre ich? Gibt es da möglicherweise ein Opfer für Latein?"

Der Dechant entgegnete: „Nein, keine Delinquentin, sondern eine potenzielle Schülerin … falls sie das endlich einmal zulassen könnte." Zu Mirjam gewandt fuhr er fort: „Ich bin mir nicht ganz sicher, ob du das schon weißt, aber … Latein kann man immer lernen, auch wenn man meint, man braucht es nicht. Kirchenmusiker sollten ein gewisses Basiswissen haben. Und Leute, die sich mit Medizin beschäftigen, erst recht. Na ja, ein wenig Basiswissen hast du zwar schon, aber … überleg dir doch, ob du da nicht noch mehr machen willst. Eines ist sicher, ohne Latein wird eine Matura nicht möglich sein!"

Mirjam entgegnete: „Das ist mir durchaus bekannt. Unbekannt scheint jedoch in meiner unmittelbaren derzeitigen Umgebung zu sein, dass ich das Diplom in der Krankenpflege und nicht die Matura machen möchte."

Der Dechant nickte und erklärte: „Ja, ja, das ist mir schon klar. Man darf die Matura auch auf Umwegen machen. Jeder so, wie er will. Der liebe Gott hat da wenig Ansprüche an die Seinen."

Johannes warf dem Älteren einen kurzen Blick zu, blieb aber stumm.

Zwei Tage später traf Mirjam am Abend in der neuen Pfarre ein und wurde bereits von Johannes erwartet. Dieser führte sie durch die Kirche, zeigte ihr ihren Bereich in der Sakristei und schließlich die Orgel, die sie kurz ausprobierte. Als sie fertig waren und die Kirche verließen, fragte der Mann eher betont beiläufig: „Wir sollten noch klären, wann du zur ersten Lateinstunde kommen willst. Wie wäre es am Wochenende?"

Mirjam schaute ihn verblüfft an und rang nach Worten, brachte aber keines heraus.

Der andere meinte: „Komm, sei jetzt nicht ungeschickt, die Basics kannst du sicher immer brauchen."

Sie schüttelte den Kopf: „Ich kann mir privaten Unterricht nicht leisten."

Johannes entgegnete: „Wer redet von leisten? Wir sind doch jetzt ein Team und in einem Team hilft man einander. Also, wenn es eine Geldsache sein sollte, mach dir da keine Sorgen."

Sie schüttelte den Kopf und antwortete: „Nein, so geht das aber nicht. Außerdem mache ich mir wegen Geld keine Sorgen, ich habe ja auch keins, somit bin ich schon aus dem Rennen."

Johannes nickte und gestand: „Ich versteh dich schon, aber ... willst du kommendes Wochenende beginnen oder doch erst nächste Woche? Ich kann mir noch einige Termine einteilen."

Mirjam seufzte und fragte: „Hörst du mir eigentlich zu?"

Er lachte und konterte: „Ja klar, du suchst nach Ausreden, aber du hast keine Argumente. Es gibt auch keinen vernünftigen Grund, Latein nicht zu lernen." Und theatralisch fügte er hinzu, als würde er eine Ode aufsagen: „O, edle Schülerin, Latein wird dein Leben verändern, du wirst süchtig werden. Ein Tag ohne Latein ist ein verlorener Tag!"

Sie entgegnete: „Aber ich muss mich doch auf das Diplom vorbereiten."

Johannes erklärte in gleicher theatralischer Weise weiter: „Wie sehr dir dabei Latein helfen wird, ahnst du jetzt noch gar nicht." Um schließlich total nüchtern zu fragen: „Also: wann?"

Mirjam schüttelte den Kopf und entgegnete: „Latein, ohne Geld?"

Er meinte entschuldigend: „Na ja, es ist ja vorläufig nur das Kirchenlatein ... und die Basics, Cicero oder so! Zu Ovid werden wir nie kommen ... und sehr wahrscheinlich auch nicht zu Cicero, wenn du so weitermachst."

Sie überlegte: „Du meinst, das Kirchenlatein ist nichts wert? Na dann, bei diesen Perspektiven sollte ich annehmen."

Sie lachten beide und Johannes fragte: „Wann willst du beginnen?"

Sie überlegte kurz und gestand: „Ich werde es tatsächlich gerne wenigstens versuchen."

Johannes antwortete nun mit sehr viel Verständnis in der Stimme: „Ich weiß! Solltest du auch tun!"

Doch dann gab Mirjam zu bedenken: „Aber ich befürchte, ich werde im nächsten Jahr nur wenig Zeit haben und nicht alle Termine einhalten können."

Er nickte: „Wir werden schon Zeit finden, es wird sowieso ein längeres Projekt werden. Lass es einfach zu."

Und so geschah es, dass Mirjam mit Johannes den ersten Termin für eine Lateinstunde vereinbarte. Dabei wirkte alles so unwirklich für sie. Johannes versprach, Unterlagen zu kopieren und ihr die erforderlichen Bücher gebraucht zu besorgen. Doch Mirjam bestand nun doch auf eine weitere Vereinbarung. Sie würde Johannes die Gage vom Orgeln für die Unterrichtseinheiten überlassen, damit sie wenigstens einen Teil bezahlte, wenngleich weit unter dem Wert. Zudem wollte sie möglichst viele Orgeldienste abdecken. Er lachte und meinte: „Darüber werden wir noch reden, junge Dame." Es kam für ihn nicht in Frage, ihre Arbeit nicht abzugelten.

Als Mirjam an diesem Abend ins Internat kam, saßen Schülerinnen vom letzten Jahrgang in der Halle und brachten „ihr allabendliches Rauchopfer" dar. Sie huschte eilig an ihnen vorbei zu den Stufen und im Vorbeigehen grüßte sie, wurde aber kaum wahrgenommen. Man unterhielt sich über eine Party, es gab ein großes Thema: der neue Freund einer Mitschülerin. Mirjam lief die Stufen hinauf und in ihren Ohren klang das Gelächter der Mädchen in der Halle nach. Gott, wie sie dieses Getratsche hasste. Als wenn es nichts anderes auf dieser Welt gäbe, als einen Kerl zu bekommen. Das war doch nicht mehr normal. Sie beschleunigte ihren Schritt. „Nur weg von hier", dachte sie.

Im Zimmer setzte sie sich auf das Bett und lehnte sich gegen die Mauer. Ein Lächeln erhellte ihr Gesicht, aber sie merkte es nicht. In ihrem Kopf war sie auf einen Gedanken fixiert und dieser war es, der sie lächeln machte. Immer wieder dachte sie diesen einen Satz und der war: „Ich lerne Latein!" Es war genau dieser eine Satz, der ihre Seele mit einem Glücksgefühl flutete. Dieser noch vor wenigen Stunden unerreichbare Traum stand nun direkt vor ihr. Er war real geworden, und sie nahm ihn als Aufgabe an. Mirjam schreckte hoch, da das Telefon läutete. Ihre Stimme klang leise, als sie sich meldete. Am anderen Ende gab sich Christian zu erkennen … nein, er hieß ja nun Raphael, sie sollte sich daran gewöhnen. Er meldete sich ja auch mit seinem neuen Namen, doch schon sprach er weiter: „Endlich erreiche ich dich, Mirjam. Hat dir Gernot gesagt, worum es geht?"

Sie entgegnete: „Ja, hat er! Natürlich geht das alles in Ordnung. Ich freu mich, dass ich mitgestalten darf. Hast du einen Wunsch?"

Der andere bat: „Ich werde nächstes Wochenende im Stift sein, könntest du da irgendwann vorbeischauen? Ich möchte das in Ruhe besprechen."

Sie krabbelte aus dem Bett und griff nach dem Kalender, blätterte darin und starrte einige Zeit auf diesen. Schließlich sagte sie: „Es ginge am Samstag, am Nachmittag … oder am Freitag am Abend … oder … am Sonntag über Mittag. Wie passt es für dich?" Sie notierte den von ihm genannten Samstagnachmittag ab 13 Uhr 30 und vereinbarte den Treffpunkt in der Stiftskirche.

Nun fragte Raphael: „Was gibt es bei dir an Neuigkeiten?"

Voll Freude erzählte sie: „Ich … habe heute meine erste Lateinstunde vereinbart!"

Der andere war erstaunt: „Ich wusste gar nicht, dass das ein Thema ist?"

Sie gestand lachend: „Ich auch nicht, aber nun ist es so."

Da überlegte Raphael: „Also, falls ich dir helfen kann: Du musst es nur sagen. Du weißt doch, ich habe viele Unterlagen. Darüber sollten wir auf jeden Fall noch reden. Aber was macht deine Ausbildung? Gernot hat mir erzählt, du wärest dienstlich ziemlich eingedeckt."

Mirjam entgegnete: „Ich erlerne einen Beruf, der eben nicht Standard ist. Es passt schon. Und wie geht es dir?"

Der andere entgegnete: „Schon bist du weggeflutscht und bei einem anderen Thema. Darin bist du schon meisterhaft. Lenk nicht immer ab, Mirjam."

Mirjam erklärte: „Tu ich nicht, es gibt nicht mehr zu sagen. Wie geht es dir?"

Der andere machte eine kurze Pause, beantwortete aber schließlich ihre Frage: „Mir geht es gut, Mirjam. Ich freue mich schon so auf meine Priesterweihe, dann kann ich endlich das tun, was ich tun möchte."

Sie entgegnete: „Dann lass uns ein unvergessliches Fest gestalten! Oh, jetzt weiß ich, was wir machen. Wir schmeißen eine Megaparty! Und ich organisiere und manage sie! Glaub mir, es wird mir ein Vergnügen sein!" Nach einer kurzen Pause fügte sie möglichst belanglos hinzu: „Sag, denkst du, dein Abt exkommuniziert mich, wenn ich Tänzerinnen vom Broadway einfliegen lasse? Ich bekomm da sicher einen Sonderpreis bei diesen Leuten! Diese wunderschönen, blinkenden Kostüme, diese grazilen Bewegungen beim Tanz ... alles ist so glitzernd und eine echte Augenweide. Allerdings befürchte ich, werden wir schon noch wegen deren Kostümen kleine Veränderungen durchführen müssen, aber ..."

Raphael lachte lauthals heraus, ehe er ein ernstes „Untersteh dich!" herausbrachte.

Sie erwiderte schmollend: „Na ja, ich befürchte sowieso, dass bei deinem Fest derlei großartige und effektvolle Highlights an so etwas Banalem wie dem Geld und alter katholischer Engstirnigkeit scheitern werden. Also keine Tänzerinnen? Und wenn ich sie in eine Kutte stecke? ... Nein? Auch nicht, oder? Du weißt aber schon, somit ist mein geniales Konzept gestorben. Dürfen es dann vielleicht einige Bongotrommler sein?" Sie machte erneut eine kurze Pause, redete aber dann gleich weiter: „Du machst es mir echt schwer, Christian! Hm ... wir müssen also eher Verstaubtes und Altes herausholen. Ich verstehe." Sie unterbrach sich mit einem theatralischen Seufzer, ehe sie frage: „Was hältst du von einem oder zwei „Bächen", da kann so gut wie nichts schiefgehen. Oder von einem Telemann, zum Beispiel: „Jesus, komm in meine Seele"? Dieses ist zwar für einen anderen Anlass geschrieben worden, aber es würde zu einer Priesterweihe durchaus passen. Nicht dass ich meine, dass du derlei Bitten notwendig hättest, aber allein der Optik wegen ... und deines Bosses oder so."

Der andere lachte herzlich und gab dann zu, das von ihr angesprochene Werk nicht zu kennen. Sie würde es ihm vorstellen, versprach sie. Nun unterbrach er ihre Erklärungen und fragte gezielt: „Mirjam, dir geht es nicht gut, oder? Solche Nummern schmeißt du nur, wenn du kurz vorm Aufgeben bist. Was ist los?"

Sie entgegnete: „Nein, diese Nummer kenn ich nicht, ist das eine Kantate von Bach?"

Er ließ sich nicht abbringen und fragte mit Nachdruck: „Mirjam, was ist los?"

Sie verstummte und erklärte schließlich: „Lass uns am Samstag reden, jetzt ist es nicht gut." Nach kurzer Pause fuhr sie fort:

„Ich möchte, dass du mir jetzt deine Wünsche sagst, Christian!"
Sie notierte seine Vorschläge, schlug selbst noch aus Mendelssohns Elias das Doppelquartett vor, doch danach beendeten sie das Gespräch bald.

Mirjam nahm sich vor, die genannten Wünsche der Literatur bis Samstag vorzubereiten und spielen zu können. Nun, was sollte sie Christian sonst schenken? Sie überlegte, eine Stola zu sticken, und in ihrem Geist formten sich kurz Ideen, wie sie eine solche gestalten könnte. Aber zuerst musste sie noch an den Musikstücken arbeiten. Gleich morgen würde sie diese üben, damit alles am Samstag passte. Doch noch vor diesem Treffen am Samstagnachmittag wäre ihre erste Lateinstunde, gleich am Vormittag des gleichen Tages. Sie legte sich auf das Bett und hing verträumt ihren Gedanken nach, die sie nun wieder lächeln machten.

Irgendwann setzte sie sich wieder auf, lehnte sich gegen die Wand und griff nach dem Buch auf ihrem Nachttischchen. Sie hatte sich das Buch bereits vor einem Monat in Wien besorgt. Eigentlich war es ein Buch für Mediziner und somit wesentlich genauer als die Zusammenfassungen, nach denen sie hier lernen hätte sollen. Diese Skripten brachten sie einfach nicht weiter. Da standen Dinge drin, die als gegeben angeführt waren. Aber für sie waren die Dinge nicht nur gegeben, sie wollte alles genauer wissen, vor allem wollte sie begreifen, warum die Dinge so waren, wie sie waren. Das große Wort „Warum"! Es war so wichtig für sie. Dabei war nun die Neurologie in den letzten Monaten ihre große Liebe geworden. André Heller ahnte wohl nicht, wie recht er hatte, wenn er behauptete: „Die wahren Abenteuer sind im Kopf, und sind sie nicht in unserem Kopf, dann sind sie nirgendwo!" Es gab nichts Faszinierenderes als den Kopf, vor allem das Gehirn, das Nervensystem zu begreifen. Sie schlug nun sogleich das Buch auf, dort wo das Lesezeichen eingelegt war, blätterte einige Seiten zurück und betrachtete die Bilder, dann begann sie zu wiederholen: „Das autonome Nervensystem. Zum autonomen oder vegetativen Nervensystem gehören der Sympathikus, der Parasympathikus und das Darmnervensystem. Der Sympathikus …"

4. Kapitel

In diesem Sommer flog Francesco Ende Juni für fünf Tage nach Barcelona. Er kam diesmal nicht mehr allein, sondern Lydia begleitete ihn. Im vergangenen Jahr hatte sich die Beziehung zu Lydia intensiviert, und die Frau war ein fixer Teil seines Lebens geworden. Noch immer bemerkte er nicht, wie konsequent Lydia ihre Ziele verfolgte. Er wusste nur, dass er diese aufregende Frau über alles liebte.

Ellen bemühte sich, mit Lydia in Kontakt zu kommen, was an Lydias Verhalten scheiterte. Paolo hielt seine Distanz zu Lydia aufrecht, beobachtete sie bewusster und ihm missfiel diese Frau jeden Tag mehr. Er konnte nicht sagen, warum, sie gab keinen Anlass, ihr zu misstrauen. Sie wirkte verliebt, eine Spur zu verliebt, für seinen Geschmack. Das betonte Glück störte ihn. Francesco war offensichtlich tatsächlich verliebt. Nun, Paolo hoffte, er irre sich. Allerdings wusste er auch, dass er sich in derlei Dingen noch nie geirrt hatte.

Nach dieser Woche in Spanien flog Francesco mit Lydia nach Italien weiter. Er zeigte ihr sein geliebtes Haus am Meer und wollte mit ihr dort den Sommer bleiben. Lydia zog nun alle Register ihrer Liebeskunst und bescherte Francesco ein wahres Märchen an Zweisamkeit. Schließlich entschied Francesco, mit Lydia nach Venedig zu fahren und sie dort in den nächsten Tagen zu heiraten.

Lydia wollte kein großes Fest, keine Freunde, nur die Trauzeugen. Wenn sie in Wien zurück wären, wurde die Party steigen. Sie wollte umgehen, dass Michael vorzeitig von der Hochzeit erfahren könnte. Aber Francesco lud Michael und Andrea ein, denn sein Freund sollte sein Trauzeuge sein.

Michael brachte eine Überraschung für Lydia mit. Es war ein Ehevertrag, den er schon vor längerer Zeit für jegliche Eventualitäten ausgeklügelt hatte. Wie gut seine Überlegung war, sollte sich nun bei der spontanen Entscheidung zur Hochzeit zeigen. Lydia musste diesen Ehevertrag vor der Trauung unterzeichnen, darauf bestand Michael. Es überraschte allerdings, dass Lydia dies sofort tat. Sie las den Vertrag nicht einmal durch.

Lydia selbst wollte nur ihre Freundin Sabrina als Trauzeugin. Francesco kannte diese Frau nicht, und er war etwas überrascht, wie wenig er über Lydias Leben wusste. Er beschloss das zu ändern.

Francesco kaufte seiner Braut einen Traum aus weißer Seide und Lydia war tatsächlich eine wunderschöne Braut. Sie heirateten kirchlich und standesamtlich und obwohl im kleinen Rahmen, war es eine wunderschöne Feier. An diesem Tag war Francesco sehr glücklich. Lydia kniete neben ihm und schwor ihm Treue bis in den Tod und das in guten und in schlechten Zeiten. Er würde darauf achten, dass es gute Zeiten waren, das schwor er sich in diesem Augenblick selbst.

Auch Lydia hatte in ihren Gedanken einen Satz fixiert: „… bis dass der Tod euch scheidet!". Das war durchaus eine nette Herausforderung. Ein eigens Lächeln legte sich um ihre Lippen, als sie diesen Satz sprach.

Nach den Festtagen in Venedig überließ es Francesco seiner schönen Frau, ein Ziel für die Hochzeitsreise zu wählen. Lydia wünschte sich eine Safari und die erhielt sie auch. Zwei Wochen Kenia sollten es werden und Francesco sparte an nichts. Sie waren in einem Camp untergebracht, welches circa 70 Kilometer landeinwärts von Nairobi entfernt war. Lydia genoss dieses Land, diese Art zu leben und die Hitze. Sie verbrachten herrliche Tage, fuhren durch die Gegend, filmten wilde Tiere, und Lydia machte unzählige Bilder.

Es war Mitte der zweiten Woche, als Lydia frühmorgens mit einer jungen Frau und deren Mann in die Hauptstadt mitfuhr. Sie hatte Francesco nur eine Nachricht hinterlassen und versprach, am Nachmittag zurück zu sein. Als Francesco erwachte, fand er Lydias Nachricht. Er war sehr überrascht und überlegte, in die

Stadt zu fahren und sie zu suchen. Es war in diesem Land für eine weiße Frau nicht ungefährlich. Warum tat sie so etwas? Doch nach längerem Überlegen verwarf er seinen Plan. Er schickte aber einige Mitarbeiter des Camps, um sie suchen zu lassen. Er wusste auch gar nicht, wo er sie dort finden hätte können. Die Männer fuhren sofort los. Francesco wartete. Doch Lydia kam auch am Nachmittag nicht wie geplant zurück, auch die Suche nach ihr blieb vorerst erfolglos.

Lydia hatte an diesem Vormittag in der Stadt ein Treffen gehabt, auf welches sie schon sehr lange sehnlichst gewartet hatte. Nun endlich konnte sie den Mann wiedersehen, den sie liebte. Jo, mit dem sie seit Jahren ein äußerst freizügiges Verhältnis hatte, war nur deshalb nach Nairobi gekommen. Er musste Lydia wiedersehen, auch um ihr neue Anweisungen zu geben.

Lydia wusste eigentlich gar nicht, wie Jo wirklich hieß, denn alle nannten ihn nur Jo, und sie tat es auch, da sie dachte, es wäre sein Name. Sie hatte keine Ahnung, dass Jo in Wahrheit Cesare hieß. Das ging sie auch nichts an, fand dieser. Er würde es ihr irgendwann sagen, später. Unter seinem Künstlernamen würde man nie auf seine wahre Identität kommen, das wusste er.

Jo hatte in den letzten Jahren im Filmgeschäft einige Erfolge erzielt. Er war Produzent von mehr oder weniger seichten Filmen und Softpornos, und Lydia war sein Star. Sie war nun auch die Frau, die er für sein größtes Projekt namens Francesco Corelli gezielt einsetzte. Es war Cesares lang geplantes Projekt, dass er eine Frau fand, die attraktiv genug war, um Corelli den Kopf zu verdrehen. Er war mit Lydias Leistungen zufrieden. Sie hatte Corelli schneller eingefangen, als er gedacht hatte. Dieser Trottel ahnte nicht, dass die Frau, die er offensichtlich liebte, schon bald sein Untergang sein würde.

Jo wartete in der Halle des Hotels, als Lydia kam. Lächelnd ging er auf sie zu, nahm sie bei der Hand und sie liefen, ohne ein Wort zu sagen, zum Lift und fuhren in den dritten Stock, wo sein Zimmer lag. Erst als er die Tür seines Zimmers hinter ihr versperrt hatte, zog er sie wortlos in seine Arme und küsste sie stürmisch. Er fühlte ihr Drängen und entkleidete sie hastig.

Lydia tat das auch bei ihm. Endlich drängte er „sein Mädchen" auf das Bett, um es gierig zu lieben. Er wusste, was Lydia gefiel. Wie hatte er nur so lange auf sie verzichten können?

Als Lydia schließlich in seinen Armen lag, fragte er: „Was macht dein frisch gebackener Ehemann?"

Sie flüsterte verträumt: „Er macht mich unbeschreiblich reich!"

Der Mann küsste sie sogleich und raunte: „Das ist gut so, aber ich bin der Mann, der dich glücklich macht! Unser Plan beginnt zu reifen, meine Schöne. Nur … ich vermisse dich mehr, als ich geahnt habe. Ja, ich vermisse dich sehr! Diese langen Wochen ohne dich waren die schlimmste Zeit, die ich je erlebt habe."

Während er sie erneut stürmisch zu küssen begann, gestand sie: „Ich bin so froh, dass diese endlosen Wochen mit ihm allein endlich vorbei sind. Ab jetzt werde ich immer wieder Zeit für dich haben. Ich kann ohne dich nicht sein! Wenn ich bei ihm liege, denke ich an dich. Ich schließe meine Augen und will zu dir. Jo, ich mache alles, was du sagst, ich spiele diesem Mann die große Liebe vor und ertrage seine Nähe, auch wenn es für mich furchtbar ist, wenn er bei mir ist. Ich mag ihn nicht. Er ist so still geworden, denkt über so viele Dinge nach, liest seine schrecklichen Bücher. Ich hasse seine beschissenen Bücher, aber ich lächle und lenke ihn ab. Du weißt, ich kann jeden Mann haben, den ich will. Er war da keine Ausnahme. Du ahnst nicht, wie er mich mit Geschenken überhäuft, das ist für mich okay. Aber ich liebe ihn nicht, ich liebe dich, Jo, und ich kann es nicht mehr erwarten, bis ich wieder frei bin, um dann endlich für immer dir zu gehören! Ja … mach weiter!"

Jo hatte ihr genau zugehört. Er wusste, dass sie keinen Fehler machen durfte. Sie musste noch einige Dinge für ihn erledigen und er wollte ihr die Details noch erklären. Später…

Francesco hatte die halbe Nacht gewartet. Endlich kam Lydia zurück, sie wirkte aufgelöst, aber auch euphorisch. Er reagierte voll Sorge: „Wo bist du so lange gewesen? Die Frauen sind schon seit Stunden zurück und erzählten, du wärst auf einmal verschwunden gewesen. Sie haben dich mehr als eine Stunde gesucht, aber du warst wie vom Erdboden verschluckt, sagten sie.

Ich habe einen Suchtrupp in die Stadt geschickt, aber niemand hat dich gesehen! Wo bist du gewesen? Warum kommst du erst jetzt? Wie bist du jetzt in der Nacht in dieses Camp gekommen?"

Sie lachte ihn aus: „Wie, du misstraust mir? Hast du etwa Angst, dein kleiner, aufregender Ziervogel könnte sich einen anderen Käfig suchen?"

Francesco zog sie sanft in seine Arme und küsste sie, ehe er gestand: „Nein, aber ich liebe dich und ich hatte Angst um dich. Es hätte dir doch etwas passieren können! Sei etwas achtsamer." Er küsste sie erneut.

Aber sie flüsterte: „Lass das. Ich brauche keine Kontrolle von dir und mir ist heute nicht mehr nach Nähe."

Als er sie wieder küsste, wies sie ihn zurück: „Schatz, kannst du mich heute etwas schonen? Ich schaffe das nicht. Außerdem gehst du zu wenig auf mich ein."

Ihre blauen Augen blitzten auf und es lag sehr viel Kälte in diesem Blick, mit dem sie nun ihren Mann bedachte. Gleich darauf ging sie ins Bad und duschte lange. Anschließend ging sie sofort zu Bett, drehte sich zur Seite und schlief aufgrund ihrer Erschöpfung bald ein.

Francesco lag noch lange wach und überlegte, was er falsch gemacht habe. Er wusste es nicht, nahm sich aber vor, noch vorsichtiger zu sein. Er zog sie sanft an sich und hielt sie einfach nur fest. Sie sollte alles haben. Er wollte ihr sagen, dass er sie liebte, aber die Worte kamen ihm nicht über die Lippen.

Die restliche Woche verlief nun wieder harmonisch, obwohl Lydia ihm vermittelte, dass sie seine Nähe derzeit nicht genießen konnte. Er war unsicher geworden und versuchte noch mehr auf sie einzugehen. Der Erfolg blieb gleich. Sie schien seine Liebe nicht mehr zu genießen, und er suchte die Schuld bei sich.

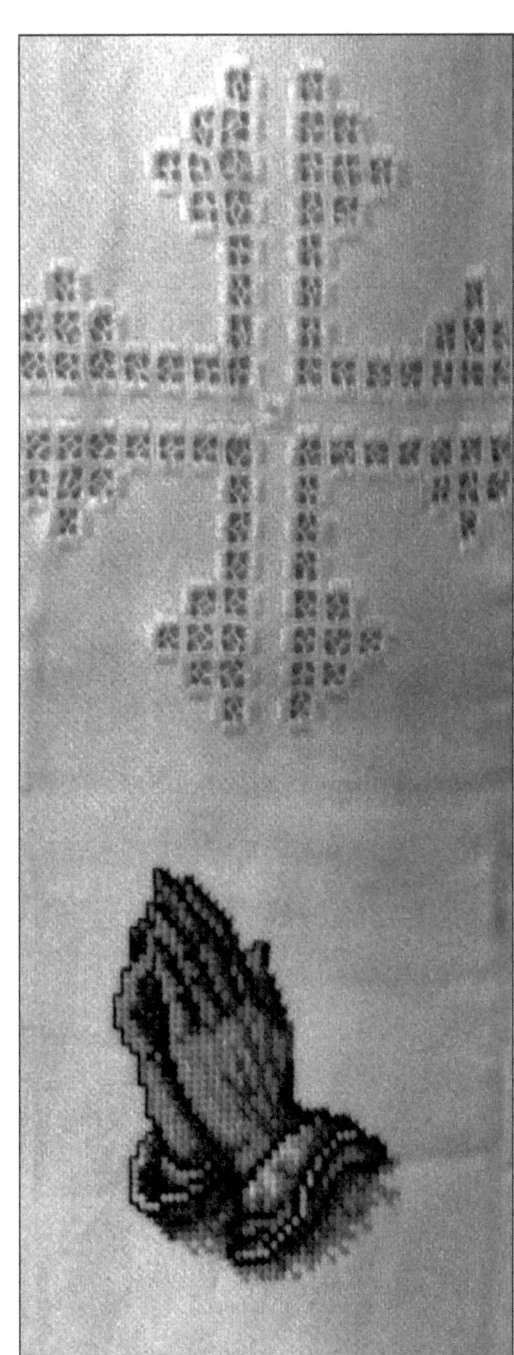

5. Kapitel

Im Juli fand im Stift am Berg eine sehr feierliche Priesterweihe statt. Es war ein großes Fest, und Mirjam sang die Arie von Telemann, die sie einst vorgeschlagen hatte, und sie tat dies in ihrer Weise schön. Wunderschöne zeitlose Musik zu diesem großen Fest, bei welchem ein relativ junger Mann seiner Berufung, die ihn trieb, folgte. Nach dem großen Festgottesdienst wurde zur Agape geladen, und man überreichte Geschenke. Mirjam hatte in den letzten Monaten eine Stola gestickt, welche sie sehr kunstvoll gestaltet hatte. An beiden Seiten waren symmetrische Kreuze kunstvoll in nordischer Lochstickkunst ausgearbeitet und mit leuchtend gelber Seide unterlegt. Darunter hatte sie Dürers betende Hände in einer Kreuzsticharbeit gestickt. Sie überreichte Raphael die Stickarbeit in einer Schachtel und bat: „Erst öffnen, wenn du allein bist." Er versprach es.

Gernot hatte seinem Freund hingegen Bücher gekauft, die er nun brauchen würde, darunter auch ein aufwendig gestaltetes Messbuch. Mirjams Eltern, die bei diesem Fest ebenfalls dabei waren, überreichten ihm auch ein Buch. Doch schon forderten die nächsten Gratulanten die Aufmerksamkeit des jungen Priesters, und er wurde weitergezogen und verschwand bald in der Menge, die ihn umringte.

Einige Tage später folgte dann die Primiz im Dorf mit allem Brauchtum, welches zum Dorfleben gehörte, samt der Braut Christi und anderen Traditionen. Man feierte mit Blasmusik und großer Prozession durch die Straßen. Auch hier waren die Freunde dabei, und Mirjam sollte auch hierbei einen Teil des Gottesdienstes gestalten, was aber von den Zuständigen auf ein Minimum reduziert wurde. Es war wie immer in diesem Dorf,

Mirjam empfand sich als nur geduldet und zog sich gleich nach dem Beitrag zurück. Wieder wurde ihr klar, wie wenig sie hierhergehörte, und sie fühlte den großen Schmerz, der noch immer ihre Seele zerriss, wenn sie mit all diesen Dingen konfrontiert war.

Das ganze Dorf feierte lange in den Abend hinein. Doch Mirjam verließ bald das Fest, denn sie musste noch an diesem Abend wieder zurück ins Internat.

Über die Ferien musste sie arbeiten, nur der Block des Unterrichts fiel aus. Es war leichter, nur zu arbeiten, wenngleich die Arbeit wohl nie eine leichte Arbeit sein würde. Aber es blieb nun auch etwas mehr Freizeit für sie.

Nach dem Urlaub in Kenia kehrte das jungvermählte Paar nach Italien zurück. Francesco hatte noch einige Arbeiten zu tun. Lydia zog es nun nach Florenz. Sie wollte nicht mehr in das einsame Haus am Meer, das weitab lag, sondern sie wollte hier in der Stadt eine Wohnung. Die erhielt sie auch, und die Lage und Ausstattung dieser großen Wohnung suchten ihresgleichen. Die Besuche der Weingüter langweilten sie. Sie wollte lieber die Zeit in der Stadt zum Shoppen nutzen. Auch das war für Francesco in Ordnung und so blieb es in diesem Sommer. Francesco kümmerte sich um die Weingüter und kehrte am Abend zurück, während Lydia einkaufen ging. So vergingen die Wochen.

Es gab einen einfachen Grund, warum sie in dieser Stadt leben wollte. Und dieser Grund hieß Jo, der hier lebte. Sie erhielt bald täglich von ihm Besuch und genoss die Nähe dieses Mannes.

Für das heimliche Liebespaar lief alles perfekt. Francesco hatte von diesem Doppelleben nicht die geringste Ahnung und tat alles, damit er Lydias Wünsche erfüllte. Ihre Wünsche wurden immer einfacher. Sie brauchte Geld und Distanz von ihrem Mann, dann war sie glücklich.

Nach dem Sommer kehrte Francesco mit seiner Frau nach Wien zurück. Dort gab man nun die Party, bei der ihre Eheschließung offiziell gemacht wurde. Es war ein großartiges Fest. Zu diesem reisten auch Ellen und Paolo an. Lydia war der Star und wurde von vielen Gästen bewundert. Sie hatte es geschafft, den eisernsten Junggesellen der Stadt für sich zu gewinnen. Die Frau genoss ihre neue Position durchaus und zeigte das auch deutlich.

Bei diesem Fest waren auch Francescos Kollegen geladen, und es gab einige Besucher, die sich besonders gut mit Lydia verstanden. Diese Kollegen sollten in Zukunft auch zu den Partys, welche Lydia gab, regelmäßig geladen werden.

Lydia liebte die Feste und lud deshalb immer wieder zu einem Event. Sie brauchte Tanz, Musik und Bewunderung und holte sich das bei Veranstaltungen. Zudem sang sie wieder ihre Lieder und brauchte den Applaus. Ihre Partys plante sie spontan und deren Anzahl nahm zu. Es war Francesco, der ihr das alles finanzierte.

Francesco ließ ihr dieses Gefühl des Erfolges, da er auch sah, wie gut es ihr tat.

In der Zwischenzeit waren die Innenarbeiten in der Villa voll im Gang, und der südliche Trakt war bereits fertiggestellt. Im Herbst war der Tag, an welchem Francesco seiner Lydia dieses wunderbare Haus und den Teil, den er für seine Familie hergerichtet hatte, zeigte. Er wollte sie damit überraschen. Er hatte zudem schon Personal engagiert.

Lydia folgte ihren Mann eher gelangweilt durch das Haus. Aber als sie erfuhr, es würde ihr Zuhause werden, reagierte sie hysterisch. Sie war entsetzt, wie weit dieses Haus vom Zentrum entfernt war, und entschied, in der Wohnung in der Stadt zu bleiben, da sie dort mehr Lebensqualität hätte. Außerdem wäre dieser Bau noch nicht fertiggestellt und in eine Baustelle könne sie nicht einziehen.

Sie blieb in der Wohnung, und während Francesco seiner Arbeit nachging, lebte sie ihre Vorlieben. Sie nahm wieder Gesangsunterricht und verbrachte jeden Tag bei ihrem Liebhaber, der nicht davor zurückschreckte, Lydia mittels Drogen noch gefügiger zu machen. Er veranlasste sie auch, Francesco regelmäßig etwas von einem bestimmten Pulver in einem Getränke zu verabreichen. Sie tat es, ohne zu fragen, was sie ihm beimengte. Es war ihr egal. Jo wusste, diese Frau war perfekt für seine Pläne.

Nun begann allmählich der zweite Teil des ausgeklügelten Planes. Lydia musste Francesco in die Verzweiflung treiben. Das war der Teil, der ihr besser lag, denn sie liebte es, einen Mann auszuspielen. Sie hatte es bereits einmal geschafft, dass ihretwegen ein Mann Selbstmord begangen hatte. Nun, sie setzte alles daran, diesen zweifelhaften Erfolg noch einmal zu erreichen. Gelegenheiten erhielt sie genug.

Als Francesco im Herbst einer Einladung nach London nachkam, begleitete sie ihn und führte gezielt die erste Aktion durch. Lydia fiel unangenehm auf, da sie, während Francesco seinen Vortrag erfolgreich hielt, mit einem Kollegen in der Bar ungehörig flirtete und schließlich zu schmusen begann. Der Skandal war perfekt, und Francesco war darüber fassungslos und vor allem zutiefst verletzt. Seit Wochen hatte sie ihn von sich ferngehalten und nun dieser Eklat.

Es kam am Abend natürlich zum Streit, als er sie zur Rede stellte. Sie konterte: „Ich hole mir nur das, was ich von meinem Mann nicht bekomme, weil er dazu nicht in der Lage ist."

Er packte sie und schrie sie an: „Ich bin in der Lage dir genug zu geben!"

Doch sie lachte schrill und schrie ihn an: „Du? Dass ich nicht lache. Jeder deiner Akte war erbärmlich und für mich eine Qual. Du hast mich zur Frau bekommen, gut, aber ich werde mir das holen, was du mir nicht geben kannst."

Francesco blickte sie fassungslos an. Was hatte sie gesagt? Das war doch nicht wahr! Doch nun schaute sie ihn zwischen zusammengezogenen Augenlidern an und zischte: „Und jetzt nimm deine dreckigen Finger von mir und lass mich in Ruhe. Dein Kollege küsst sogar besser, als du es jemals gemacht hast, du Versager! Möglicherweise bist du ja ein guter Wissenschaftler und ein wunderbarer Vortragender, aber als Mann bist du ein erbärmlicher Versager!" Danach verließ sie das Zimmer und warf die Tür hinter sich zu.

Als sie eine halbe Stunde später wieder in das Zimmer kam, stand er noch immer am Fenster und blickte abwesend in die Ferne. Sie hatte Jo nun in einem Telefonat von dem Streit erzählt und der hatte ihr befohlen, die Sache wieder zu schlichten. Es wäre zu früh, um Francesco fertigzumachen, sagte er. Sie müsse die Sache wieder ausgleichen.

Deshalb ging sie nun zu ihm und flüsterte: „Ich … weiß nicht, was in mich gefahren ist. Du bist so viel unterwegs und ich hatte auf einmal das Gefühl, du lässt mich allein … Ich schaffe das nicht so. Du bist so oft auf Tagungen und … ich fühle mich einsam … und vorhin … wollte ich dich provozieren … und dich …" Sie setzte ihren Dackelblick auf und hauchte schließlich: „Bist du mir böse?"

Er blickte stumm auf seine Frau, doch er sagte kein Wort. Ihr Verhalten schmerzte ihn, und er hatte keine Worte dafür, wie enttäuscht er von ihr war.

Sie zog nun alle ihre Register und streichelte sanft über sein Gesicht. Leise flüsterte sie: „Ich wollte dich mit dem Wort Versager nur provozieren, damit … du wieder so leidenschaftlich bist wie früher. Ich habe nicht wirklich gemeint, was ich sagte." Sie trug wieder das feine Parfum, wie damals, als er sie kennengelernt hatte. Der Duft benebelte ihn und er wusste nicht, dass es Pheromone waren, die dieses Gefühl auslösten. Als sie sich auf die Zehenspitzen stellte und ihn sanft küsste, reagierte er erst nicht. Doch irgendwann küsste Francesco sie auch, und sie drängte sich gleich an ihn. Er wusste, er war kein Versager.

Irgendwann lag sie in seinen Armen und flüsterte: „Lass mich nicht so oft allein, das tut uns nicht gut! Ich glaube dann, dass du mich nicht mehr liebst, und sage Dinge, die ich nicht so meine, weil ich dich provozieren will. Ich brauche meinen Mann zu Hause. Du bist doch mein Liebster, eine Frau braucht ihren Liebsten zu Hause. Weißt du das nicht, Herr Doktor?"

Francesco zog sie an sich und blieb stumm.

Einige Monate später besuchte Francesco mit seiner Frau seine Mutter und Paolo. Seit dem Zwischenfall in England war seine Beziehung zu Lydia ein Kompromiss, der ihn innerlich zu zerreißen drohte. Auf der einen Seite war da seine Zuneigung zu ihr, auf der anderen Seite sein Misstrauen, welches in den letzten

Monaten zugenommen hatte. Und schließlich waren da seine Verletztheit, sein Schmerz, der ihn zunehmend zermürbte. Vom Verstand her wollte er ihr vertrauen, aber sein Inneres wehrte sich dagegen.

Nun endlich aber fühlte er sich wieder stabil genug, um die Einladung seiner Mutter wahrzunehmen, und spielte dieser eine gewisse heile Welt vor. Es waren tatsächlich auch harmonische Tage. Lydia versuchte die liebevolle Ehefrau zu mimen. Sie tat es noch in gleicher Weise wie bei ihrem ersten Besuch und spielte einfach eine Rolle. Doch sie wurde von Paolo beobachtet und dieser hatte immer mehr das Gefühl, dass mit der Frau einiges nicht stimmte.

Während Lydia mit Ellen in der Stadt einkaufen war, was Lydia am liebsten tat, blieben die Männer im Haus zurück. Schließlich verwickelte Paolo seinen Stiefsohn in ein Gespräch: „Bist du glücklich?"

Francesco bestätigte: „Natürlich sind wir glücklich!"

Paolo schenkte zwei Gläser Whisky ein, reichte dem Jüngeren eines, ehe er das andere Glas nahm, und entgegnete schließlich: „Ich wollte wissen, ob du glücklich bist."

Francesco bestätigte nun erneut: „Natürlich bin ich glücklich. Wir sind frisch verheiratet."

Der Ältere nickte und erklärte: „Du hast mich zuvor noch nie belogen, Francesco, warum tust du es jetzt?"

Der andere leerte sein Glas und stellte es auf den Tisch. Ausdruckslos starrte er auf das leere Gefäß, ehe er schließlich leise erklärte: „Ich weiß es nicht, Paolo." Der Ältere wartete und Francesco fuhr schließlich fort: „Lydia macht mich einfach verrückt. Sie ist schön, leidenschaftlich und aufregend und ich liebe sie sehr. Aber … dann …!" Francesco verstummte und starrte wieder auf das Glas. Es dauerte, ehe er fortfuhr: „Ich habe begriffen, dass sie mich nicht liebt."

Paolo fragte: „Warum lässt du dich nicht scheiden?"

Francesco überlegte: „Ich weiß es nicht … ich mag sie noch … und hoffe, dass es wieder besser wird."

Der Ältere wollte wissen: „Kann es denn besser werden?"

Francesco nickte nachdenklich: „Ja, das ist es schon geworden. Ich bin nun mehr bei ihr, verbringe mit ihr die Abende und nehme sie wahr."

Der andere fragte: „Und was macht sie für dich?"

Überrascht blickte ihn Francesco an, blieb aber stumm. „Ja, was macht Lydia wirklich?", dachte er. Es gab keine Opernabende mehr, auch keine Konzerte, sie hasste klassische Musik. Er forschte deutlich weniger als früher. Es war eben alles anders geworden. Paolo blickte stumm auf den Mann, der ausdruckslos seinen Gedanken nachhing. Das war nicht mehr der Mann, den er kannte.

Paolo fragte: „Hast du einen Ehevertrag gemacht?"

Francesco blickte Paolo stumm an. Paolo befürchtete, dass es keinen gab. Doch schließlich erklärte Francesco: „Michael hat darauf bestanden und einen solchen aufgesetzt. Sie musste diesen unterschreiben, bevor wir in Venedig geheiratet haben."

Paolo atmete erleichtert durch, ehe er anbot: „Ich ... will dir helfen. Wie viel wird es kosten, sie bei einer Scheidung abzufertigen?"

„Wieso spricht Paolo von Scheidung?", dachte Francesco und fühlte, dass Paolo recht hatte. Und trotzdem schmerzte ihn die Vorstellung. Gleichzeitig löste dieses Wort in ihm eine gewisse Hoffnung aus. Nachdenklich nickte er schließlich und flüsterte: „Du hast recht, Paolo. Ich werde das in der nächsten Zeit abklären. So kann es nicht weitergehen."

Als hätte Lydia den Inhalt des Gespräches der beiden Männer gefühlt, war sie ab diesem Tag eine besonders liebevolle Frau für Francesco und hatte durchaus Argumente, in Francesco aufkeimende Zweifel zu zerstreuen.

Nachdem Francesco von dieser Reise nach Wien zurückgekehrt war, folgte eine sehr harmonische Zeit zwischen ihm und Lydia und allmählich begann Francesco wieder an ihre Beziehung zu glauben.

Lydia feierte weiter ihre Partys, begann Verhältnisse mit einigen Kollegen ihres Mannes und traf sich mit Jo, der ihr genaue Anweisungen gab, was sie zu tun habe. Francesco ahnte von all diesen Dingen nichts. Er wähnte sich in der Vorstellung, seine Ehe könnte nun glücklich werden.

6. Kapitel

18 Monate später

Mirjam blicke auf den Wecker. Dieser zeigte erst 4:30 Uhr an. Noch war alles ruhig im Haus. Leise stand sie auf, zog rasch einen Trainingsanzug über und schlich über den langen Gang zur Tür. Ihre Turnschuhe hatte sie in die Hand genommen. Sie huschte aus dem Haus und versperrte wieder die Eingangstür. Erst jetzt zog sie die Schuhe an und ging eilig in den Garten, wo sie einige Dehnungsübungen durchführte, ehe sie auf die Straße zuging. Die ersten hundert Meter ging sie sehr rasch, doch danach fiel sie in einen angenehmen Laufschritt, den sie nun beibehielt. Sie lief über einen Hohlweg entlang zum Wald, welcher in einer Senke begann, lenkte ihren Schritt auf den kleinen Waldweg zu, der sie zu einer anderen Straße führte. Auch diese überquerte sie und beobachtete am Waldesrand einige Rehe, die äsend im Gras standen und zu der morgendlichen Läuferin herüberblickten. Mirjam lief weiter, diese kleine Straße entlang, bog auf einen kleineren Weg ab, rannte gleich darauf eine längere Steigung hoch und wählte schließlich einen kreuzenden Weg, der noch für einen guten Kilometer im Wald verlief, ehe er durch Felder weiterzog und zum elterlichen Haus führte. Im Garten machte sie einige Übungen, danach legte sie sich auf eine Liege, die unter einer großen Birke stand, und lauschte dem morgendlichen Gesang der Amseln, die in beglückender Weise ihr einzigartiges Lied sangen. Sie atmete mehrmals durch und hing ihren Gedanken nach.

Die Sonne stand Ende August zu dieser Zeit schon am Himmel und es schien ein heißer Tag zu werden. Zufrieden erhob sich die junge Frau schließlich, kehrte ins Haus zurück und duschte lange. Frisch gekleidet ging sie in die Küche zurück und bereitete das Frühstück vor, lief durch die Hintertür noch einmal in den Garten, um frische Blätter von Spinat, Petersilie und Kräuter, einige Sommeräpfel und Sommerbirnen vom Baum zu holen, und zog mehrere rote Rüben und Karotten aus der Erde. Sie wusch die frischen Früchte direkt im Garten, ehe sie wieder ins Haus schlenderte. Dort bereitete sie die Früchte vor, um sie in einen Mixbecher zu geben. Sie gab noch einige Nüsse dazu und nahm auch etwas von Mutters geliebtem Ahornsirup, goss zudem Buttermilch über die Früchte und verschloss den Becher, um diesen auf den Mixer zu drehen. Während dieser die Kräuter und die Frucht- und Gemüsestücke pürierte, bereitete sie das restliche Frühstück vor.

Bald gesellte sich ihre Mutter zu ihr und Mirjam reichte ihr lächelnd eine Tasse Kaffee, ehe sie ihr einen sanften Kuss auf die Stirn gab. Dabei flüsterte sie: „Guten Morgen, Mum! Setz dich bitte. Das Brot ist schon im Toaster und der Vitamincocktail gleich fertig."

Doch die Frau ignorierte den Rat ihrer Tochter und antwortete: „Guten Morgen, mein großes Mädchen. Seit wann bist du schon auf?"

Mirjam erzählte von ihrem Waldlauf und die Mutter hörte zu.

Kurze Zeit später kam auch ihr Vater in die Küche und bald saß man um den Tisch. Der Vater fragte: „Wann müssen wir heute in der Stadt sein?"

Mirjam erklärte: „Gernot wird euch gegen 13 Uhr abholen. Bis dahin erholt euch, denn es wird wahrscheinlich genug Drängerei geben. Und bei der Hitze wird es für euch anstrengend werden."

Ihr Vater nickte stumm und nach einer Pause wollte er nun wissen: „Willst du danach nicht doch noch etwas unternehmen?"

Sie schüttelte den Kopf und erklärte: „Mir wäre es am liebsten, wenn wir danach heimfahren könnten."

Der Vater nickte erneut und erklärte: „Aber wir feiern am Abend zu Hause."

„Klar", bestätigte sie, „dann ist es kühler."

Man besprach noch einige Details, danach zog sich Mirjam zurück und bereitete sich für den großen Tag vor. Eine Stunde später fand sie sich bei ihrer Freundin, einer Friseurin, ein. Diese steckte eine kunstvolle Frisur mit ihren Haaren hoch und zwar so, dass sie darüber noch die Diensthaube aufsetzen konnte. Sie würde bei der Diplomüberreichung eine Festtracht tragen, dazu gehörte auch diese gestärkte weiße Haube, die für Krankenschwestern dazugehörte. Ihre Freundin redete die ganze Zeit und Mirjam war froh, nicht viel antworten zu müssen.

Gegen 11 Uhr traf sie sich mit ihren Klassenkolleginnen in der Schule und die Stimmung war gut, zumal nun auch ausreichend Sekt floss. Mirjam trank auch ein Gläschen, beließ es aber dabei. Gegen 12 Uhr zogen sich alle in ihre Zimmer des Internates zurück und schlüpften in die bereits vorbereitete Festtagstracht, welche in einem eleganten Dunkelblau gehalten war. Letzte Korrekturen des Make-ups, noch ein prüfender Blick in den Spiegel, danach verließ Mirjam ihr Zimmer.

Gegen 13:30 Uhr begann der Festakt in der alten frühgotischen Kirche im mittelalterlichen Zentrum der Stadt. Dieses alte, historische Gebäude diente nun als Konzerthalle und Raum für besondere Festlichkeiten. Ein solcher Anlass war auch jedes Jahr die Diplomfeier der Krankenschwestern. 22 jungen Menschen wurde in der nächsten Stunde feierlich das Abschlussdiplom überreicht. Dazu spielte ein kleines Streichorchester und umrahmte die Feier besonders würdig. Die Ehrengäste, Vertreter der Landesregierung und auch der Stadt schüttelten die Hände der jungen Frauen und gratulierten. Man sammelte die Absolventinnen dieses Jahrganges für ein gemeinsames Foto, immer wieder wurden Bilder gemacht, auch mit einigen Freundinnen und schließlich auch mit den Angehörigen.

Danach fand ein üppiges Buffet im Kreuzgang des alten Klosters, das an den Kirchenbau anschloss, statt. Die Stimmung war sehr gut, bei manchen durchaus auch ausgelassen. Mirjam stand bei ihren Eltern, ihrem Bruder und dessen Freundin Margit, die er nun endlich seit drei Monaten der Familie vorgestellt hatte. Es dauerte nicht lange, da wurden sie von Johannes und Elisabeth gefunden, die sich natürlich dieses Fest nicht entgehen hatten lassen. Elisabeth überreichte Mirjam einen großen Strauß

Sonnenblumen und umarmte sie herzlich. Johannes gratulierte ebenfalls und übergab ihr ein Kuvert. Lächelnd erklärte er: „Ich habe da etwas gefunden, möglicherweise kannst du diese Zeilen übersetzen. Ein Fragment eines Zettels lag in einem Buch. Vielleicht gefällt dir der Gedanke, der in diesen Zeilen steckt."

Mirjam nahm das Kuvert und Johannes erklärte: „Nicht jetzt. Wir sehen einander doch noch in den nächsten Tagen, nimm die Übersetzung dann mit."

Auch Doris war gekommen und Sophie war extra von Wien angereist, um zu gratulieren.

Schließlich gesellte sich auch Pater Raphael, der als Vertreter des nahen Stiftes der Feier beiwohnte, zu der kleinen Gruppe. Auch er gratulierte Mirjam. Wein wurde gereicht, man prostete einander zu. An diesem Tag musste wieder ein Bild des Kleeblattes entstehen, wie damals bei Christian, bei dessen Aufnahme in das Stift und auch an seinem großen Weihetag. Somit wurde vom Fotograf auch ein Bild von den Dreien gemacht. Bald wurde Mirjam von einigen Kolleginnen geholt und weitere Bilder entstanden. Es war ein buntes Treiben, und die Stimmung wurde immer ausgelassener.

Allmählich verabschiedeten sich die Freundinnen voneinander. Doch ehe der große Aufbruch begann, verließen Mirjam und ihre Familie die Veranstaltung.

Nachdem sie nach Hause gekommen waren, überreichte Mirjams Vater seiner Tochter eine kleine Schatulle und sagte: „Von Mutter und mir, zu deinem Abschluss! Wir sind sehr stolz auf dich!" Dann küsste er seine Tochter sanft auf die Stirn und das tat auch seine Frau. Mirjam öffnete die Schatulle und fand darin eine wunderschöne Halskette aus Gold mit einem feinen Violinschlüssel als Anhänger, wobei dieser in der Mitte einen Aquamarin trug, der die gleiche Farbe hatte wie Mirjams große Augen. Mirjam war voll Freude und legte das Schmuckstück sofort um, ehe sie sich bei ihren Eltern bedankte.

Am späten Nachmittag traf sich die Familie im Garten des Elternhauses. Mirjams Bruder hatte den Grill aktiviert, die Mutter hatte schon am Vormittag ausreichend Fleisch mariniert und Würstel vorbereitet. Nun hatte sie frische Salate gemacht. Margit half, alles auf den alten Holztisch unter der hohen Birke zu bringen. Bald trafen Johannes und Elisabeth bei ihnen ein und schließlich gesellte sich auch die ältere Nachbarin zu der Runde. Die Nachbarin gehörte irgendwie schon zur Familie.

Die Frau war seit einigen Jahren verwitwet, lebte mehr schlecht als recht von der kleinen Pension und den Erträgen ihres Gartens. Seit jeher waren die Familien befreundet und das hatte sich in den letzten, weniger guten Jahren nicht geändert.

Die ältere Frau trug, wie immer, ein Kopftuch, auch an den lauen Sommerabenden. Schon lange hatte sie ihre Zähne verloren, aber sie hatte sich nie den Luxus eines Gebisses geleistet. Lächelnd überreichte sie an Mirjam ein großes Glas Honig, danach stellte sie noch drei Behältnisse mit je 30 Eiern auf den Tisch und meinte: „Auch wenn du jetzt mit deiner Ausbildung fertig bist, solltest du gesunde Sachen essen. Schaust halt öfter einmal bei mir herein."

Mirjam war gerührt, denn sie wusste, wie wenig die Nachbarin zum Leben hatte. Sie umarmte die Frau und versprach: „Ich werde weiterhin gern zu dir kommen."

Bald saßen alle um den Tisch und waren mit guten Speisen versorgt, als ein weiterer Besucher eintraf. Pater Raphael, der von Mirjams Vater am Nachmittag eingeladen worden war, verbrachte diesen Abend nun auch bei seinen Freunden.

So begab es sich, dass Gernot von den Streichen des Kleeblattes zu erzählen begann und damit alle sehr gut unterhielt. Sie saßen lange zusammen und genossen den angenehmen lauen Abend. Über ihnen war schon längstens, gut erkennbar, die Milchstraße erstrahlt und im Osten stieg groß und leuchtend orange langsam ein fast voller Mond den Himmel empor, der bald die Sterne erblassen ließ.

Grillen zirpten und spielten ihr abendliches Konzert, welches um diese Jahreszeit immer besonders reizvoll klang, und verschönerten so kunstvoll diesen Abend. Bevor der Geistliche schließlich die lustige Runde verließ, überreichte er Mirjam ein Kuvert und erklärte: „Hier, mein Geschenk an die junge Frau

Krankenschwester. Mach es bitte erst später auf. Überlege, ob es für dich passt, und gib mir Bescheid."

Es war nach Mitternacht, als Gernot Hermine bis zu ihrer Haustür begleitete, während Mirjam und Margit die Reste des Grillens im Kühlschrank verstauten. Danach verließen Gernot und Margit den Hof, und die Eltern gingen zu Bett. Mirjam blieb noch im Garten sitzen und öffnete nun, wo sie allein war, das Kuvert. Sogleich fielen zwei Gutscheine aus dem Billett. Auf dem ersten stand: *Gutschein für 3 Tage nach Wahl auf der großen Orgel der Stiftskirche*. Mirjam freute sich sehr über dieses Geschenk. Dann nahm sie den zweiten Gutschein und las: *Gutschein für Lateinunterricht bis zum positiven Abschluss des großen Latinums*.

Überrascht las sie noch einmal, was hier stand. Sie lernte doch schon mit Johannes und sie hatte dabei auch guten Erfolg. Aber vielleicht sollte sie sich doch intensiver mit diesem Fach auseinandersetzen. Es war ja tatsächlich so gewesen, dass sie sich in manchen Bereichen leichter getan hatte, allein, weil sie einige Wörter ableiten hatte können.

Mirjam atmete durch. Warum hatte sie nur so viel Angst davor, zu scheitern? Wem sie Rechenschaft schuldig war, fragte sie sich. Sie tat doch nichts Illegales, nur, weil sie lernen wollte. Christian sah das schon richtig. Sie musste allmählich tatsächlich eine Entscheidung treffen. Sie hätte wohl schon mehr lernen können. Allerdings hatte sie auch das Diplom gut abgeschlossen, sie musste also nicht unzufrieden sein. Sie atmete erneut tief durch und lächelte. Ja, Christian sah das schon richtig. Sie sollte es endlich wagen, sich in der Maturaschule anzumelden. Sie hatten es schon mehrmals besprochen. Informieren … sie sollte sich informieren, aber sie hatte es nie getan. Mit all den angebotenen Hilfen könnte sie es vielleicht ja auch schaffen. Es musste niemand wissen. Wie schön das doch wäre … aber Mathe … wie sollte sie dieses für sie schwierige Fach schaffen? Wobei … Karl, der Mann ihrer Freundin, hatte schon mehrmals gesagt, er würde ihr helfen. Er war doch Professor für Mathematik und Physik. Ja, helfen würd' er ihr schon können, aber würde sie es verstehen? Johannes sagte immer: „Das weißt du erst, wenn du es versucht hast! Setze einen Fuß vor den anderen und mache einen Schritt nach dem anderen, wer weiß, wohin dich deine Füße führen werden." Johannes war ein ewiger Optimist, so voller Begeisterung für das, was er tat.

Nachdenklich öffnete sie nun das Billett und begann zu lesen:

Liebe Mirjam!

Zu Deinem heutigen Abschluss gratuliere ich Dir herzlich. Es ist ein großer Schritt in Deinem Leben und ich weiß auch, wie schwer Du dafür gearbeitet hast, diesen zu tun. Du wirst für viele Menschen ein Segen sein. Aber ich weiß, dass Du noch nicht alle Ziele in Deinem Leben erreicht hast. Wenn man ein Ziel erreicht hat, ist man noch lange nicht dort, wo man hingehen will. Deshalb solltest Du darüber nachdenken, wohin Du gehen willst. Fühle in Dich hinein, wo Du Dich in 20 Jahren sehen willst. Da ich Dich doch schon einige Zeit kenne, möchte ich Dir anbieten, Dich bei Deinen nächsten Schritten unterstützend zu begleiten. Wann immer Du meine Hilfe brauchen solltest, lass es mich wissen. Dafür ist der erste Gutschein.
Der Gutschein für die Orgel ist quasi ein Dauerbrenner und immer wieder einlösbar. Fasziniere Dich wieder an dem, was Dich vor Jahren so sehr berührt hat, als du tagelang nur auf diesem Instrument geübt hast. Gib dieser großen Liebe in Deinem Leben wieder mehr Raum und Dir selbst Zeit, um in diesem Raum zu atmen. Das macht Deinen Blick klarer dafür, was Du wirklich tun willst. Sag mir, wenn ich etwas für Dich tun darf.
Sei gesegnet auf Deinem Weg, für welchen Du die Ausbildung heute abgeschlossen hast.

P. Raphael

Lächelnd steckte sie die Gutscheine wieder in das Kuvert zurück. Danach blickte sie auf den Mond, der nun bereits hoch am Himmel stand und mit seinem weißen Licht das Land erstrahlen ließ. „Was für ein wunderbarer Abend", dachte sie und hing noch lange ihren Gedanken nach.

Schließlich öffnete sie auch das Kuvert, welches ihr Johannes geschenkt hatte. Darin fand sie in einem Blatt ein Stück Papier. Die Kanten waren verbrannt, und es fehlte eigentlich das ganze Blatt. Nur ein Teil, auf welchem ein paar Zeilen gekritzelt waren, schien noch erhalten zu sein. Dass der Text auf Latein geschrieben war, überraschte sie nun gar nicht mehr. Er habe es in einem Buch gefunden, hatte Johannes gesagt. Vielleicht ein altes Buch? Das Papier schien darauf hinzuweisen.

Cave te invidiam!
Hüte dich … halte dich fern … von dem Neid!

Mirjam lächelte und überlegte, ob Johannes ihr einen Rat für das Berufsleben hatte mitgeben wollen. Sie las weiter und überlegte, was das bedeuten könnte: *Amici eius famam et libertatem caesam sunt.*

… Seine Freunde sind Verleumdung … und … zerstörte … Freiheit.

Mirjam dachte über diese Zeilen nach und wer immer sie einst geschrieben hatte, er hatte wohl gewusst, wovon er erzählte, wenn er die vorsätzliche Verleumdung hier ansprach. Konnte es sein, dass hier ein Fehler war? Nun, das war wohl ein Schreiben aus dem Mittelalter, Fehler waren möglich. Sie würde es mit Hannes klären. Hier ging es offensichtlich um den Inhalt.

Sie legte das kleine Stück Papier weg und dachte über deren Inhalt noch länger nach.

Schon am nächsten Morgen führte sie ein Telefonat mit einer namhaften Maturaschule in Wien. Bereits einen Tag später fuhr sie zu einem Informationsgespräch in diese Schule. Der Direktor nahm sich Zeit und setzte sie sehr genau darüber in Kenntnis, welche Möglichkeiten es für sie gab. Da Mirjam im Schichtdienst arbeitete, gestand ihr der Schulleiter zu, die Unterrichtseinheiten zwischen den Angeboten während des Tages und der Abendschule zu wählen, damit sie möglichst den gesamten Unterricht verfolgen könne. Es war ein großartiges Angebot. Schließlich unterschrieb sie die Anmeldung. Der Schulleiter blickte sie nachdenklich an und sagte: „Wissen Sie, niemand wird Ihnen die Chance geben, diese Ausbildung zu absolvieren, außer Sie geben sie sich selbst.

Das Recht auf Wissen ist ein Grundrecht, und es gibt Menschen, die sehnen sich nach Wissen und Erkennen. Irgendwie denke ich, dass Sie einer dieser Menschen sind. Es ist eine gute Entscheidung, Frau Steiner, die sie nun getroffen haben." Mirjam fühlte sich von diesem Menschen absolut verstanden und auch angenommen. Es war genau dieser Satz: „Wenn Sie sich nicht selbst die Chance geben, wird Ihnen niemand eine solche geben", der einer ihrer wichtigsten Begleiter in ihrem Leben werden sollte.

Einige Tage später traf sie Johannes zur nächsten Einheit und überbrachte ihm ein Blatt Papier, wo sie diese Zeilen genau übersetzt hatte. Interessiert wollte sie nun doch wissen: „Sag, woher hast du dieses Fragment?"

Der Mann antwortete: „Aus einem sehr alten Buch. Es fiel heraus, als ich es durchblätterte."

Mirjam überlegte: „Das könnte von einem Brief sein, der verbrannt wurde oder verbrannt ist … und dieses Fragment blieb erhalten."

Johannes nickte nachdenklich. Mirjam überreichte ihm nun wieder das Kuvert und riet: „Gib es in einer Bibliothek ab, in der Nationalbibliothek oder so. Das gehört zu alten Handschriften und eigentlich sollte man es untersuchen. Vielleicht ist es wichtig."

Der andere: „Das ist eine gute Idee, aber möglicherweise ist das Stück ja wertlos. Mir hat der Gedanke gefallen und deshalb wollte ich dir das Fragment schenken."

Mirjam entgegnete: „Du hast mir diesen Gedanken mitgegeben, ich habe das absolut originell gefunden."

Bald darauf hatte Mirjam wieder ihre Bücher geöffnet und Johannes kontrollierte die Übersetzung, fragte nach jedem Wort und hörte, was Mirjam dazu schon wusste.

Allerdings begann Mirjam bereits eine Woche später im Krankenhaus zu arbeiten. Wie üblich gab es zu wenig Personal, und jeder arbeitete mehr als sein Soll gewesen wäre.

Auch im Dorf veränderte sich das Verhalten von manchen Menschen Mirjam gegenüber. Wann immer jemand im Dorf Hilfe brauchte, war nun Mirjam die erste Ansprechperson. Immer wieder kam es nun auch vor, dass sie auch nächtens zu einem Verletzten geholt wurde. Das alles machte sie gerne.

Bald ging sie im Alltag unter und alles hatte seine Zeit, wobei die Zeit für ihre Orgel nun sehr reduziert war. Doch wenn sie müde am Abend ins Zimmer kam, saß sie noch über ihren Texten, die sie zu übersetzen hatte, und lernte Vokabeln. Sie schrieb Zeitpläne und hielt diese möglichst ein, wenngleich das so gut wie kaum vollständig glückte. Aber ein Teil war immer möglich. Ihre Gedanken beschäftigten sich mit dem, was sie zu begreifen begann. Das, was sie begriff, faszinierte sie mehr und mehr.

Sie brauchte noch das ganze Schuljahr, dann absolvierte sie die Prüfung in Latein, und das bei einem überaus gefürchteten Professor, da nur dieser als Prüfer für den genannten Termin zur Verfügung stand. Als sie zum Prüfungsort kam, war sie die Einzige, die zur Prüfung antrat. Der Professor war freundlich und bat sie in die Klasse. Nachdem sie sich ausgewiesen hatte, erhielt sie den zu übersetzenden Text. Es war ein ihr vollkommen unbekannter Text von Ovid. Erst fühlte sie die Panik in ihr erwachen. Es hatte doch geheißen, dass von Ovid nur aus den Texten Stellen kämen, die sie zur Vorbereitung bekommen und geübt hatten. Doch dann atmete sie durch und schließlich machte sie das, was Johannes immer gesagt hatte: „Es ist vollkommen egal, welchen Text du bekommst. Suche das Prädikat, dann das Subjekt und schau, ob es einen Akkusativ oder Dativ gibt, oder steht da vielleicht ein ACI … Schritt für Schritt. Dekliniere genau, ist ein Buchstabe falsch, ist alles falsch! Also, dekliniere und sei so genau wie nur möglich. Du kannst jeden unbekannten Text übersetzen, wenn du die Spielregeln befolgst."

Sie begann ihre Arbeit, machte Notizen, erkannte, schrieb die Sätze nieder, zumindest so, wie es ihr als sinnvoll erschien. Satz für Satz übersetzte sie langsam und sie arbeitete konzentriert. Der Prüfer schaute ihr bei der Arbeit zu und begriff, dass sich die junge Frau vorbereitet hatte.

Nachdem sie die Arbeit abgegeben hatte, fragte er noch einige Deklinationen, die sie beherrschte. Schließlich meinte er: „Das war gut, Frau Steiner. Ich muss natürlich noch die schriftliche Arbeit genauer durchsehen, aber ich kann schon sagen, nachdem ich ja ihre Übersetzungen mitgelesen habe, dass die Prüfung auf jeden Fall positiv verlaufen ist. Das genaue Ergebnis erfahren sie ab Montag im Schaukasten des Institutes. Ich denke, es wird auf jeden Fall ein Gut werden."

Als sie gemeinsam mit dem Professor die Klasse verließ, fragte dieser: „Wie haben Sie Latein gelernt?"

Sie entgegnete: „Nach den Skripten der Maturaschule, ich besuchte auch die Unterrichtseinheiten, so gut es gegangen ist. Aber vor allem mit zwei Freunden, einem Diakon und einem Priester. Glauben Sie mir, diese Herren waren tatsächlich pingelig."

Der Mann lachte und meinte: „O ja, das glaube ich Ihnen sofort, aber die Leute haben Latein tatsächlich noch gelernt. Es macht auf jeden Fall Sinn, mit solchen Insidern zu lernen. Sie werden Ihr gutes Wissen auch in Zukunft und nicht nur für diese Prüfung anwenden können. Das freut mich."

Mirjam hatte nicht viel Zeit, sich über ihren ersten Erfolg zu freuen, denn schon vier Stunden später begann ihr Nachtdienst. Doch bevor sie in den Dienst fuhr, blieb sie in der Pfarre bei Johannes stehen und teilte ihm das vorläufige Ergebnis mit. Ohne ihn hätte sie das nie geschafft, das wusste sie. Nachdem Mirjam den Pfarrhof wieder verlassen hatte, rief Johannes seine Elisabeth an und teilte ihr die gute Nachricht mit. In diesem Augenblick kam eine Kollegin von Mirjam in den Pfarrhof, um die Taufe ihrer Tochter anzumelden. Sie verfolgte mit zunehmendem Interesse das kurze Telefonat des Mannes, der dieses, seit er das Eintreffen der jungen Mutter registriert hatte, möglichst bald beendete. Interessiert fragte die junge Mutter: „Haben Sie da jetzt von Mirjam Steiner geredet? Ich habe Mirjam gerade vor dem Pfarrhof gesehen, darum frage ich."

Johannes überlegte und fragte: „Ist das wichtig?"

Die Frau lächelte: „Ich finde, Mirjam ist schon irgendwie gescheit."

Johannes widersprach: „Nicht nur irgendwie!"

Sie fuhr fort: „Ich bin eine Kollegin von Mirjam. Sie ist so zurückgezogen und wir wissen zu wenig von ihr. Sie spielt Orgel, das wissen wir. Sonst nichts."

Vorsichtig geworden entgegnete Johannes: „Nein, das passt schon so. Mirjam ist auch bei uns Organistin und ich bin sehr froh, dass wir sie haben."

Die andere fragte: „Und wozu braucht sie dann Latein?"

Der Diakon eiferte sich: „Kirchenmusiker brauchen ganz dringend Latein, denn wir haben sehr viele Texte in Latein. Es ist mühsam, immer alles erklären zu müssen. Deshalb müssen Organisten in dieser Richtung durchaus Weiterbildungen absolvieren."

Die Frau nickte und murmelte gedankenabwesend: „Na ja, wenn sie so etwas schafft, dann ist es ja gut. Ich hätte es ihr nicht zugetraut."

Johannes hatte ein eigenartiges Gefühl, zumal diese Frau ihre Fragen so lauernd stellte. Eilig wandte er sich an das Kind und fragte nach dem Namen. Im folgenden Gespräch war nun die Taufe der Schwerpunkt und Johannes hielt sehr klar das Gespräch in dieser Richtung. Am Abend rief Johannes allerdings Mirjam an und erzählte ihr von diesem Zwischenfall. Sie meinte, es wäre okay und würde schon so passen.

Der Prüfungserfolg wurde schließlich am Wochenende gefeiert. Als Mirjam einige Tage später erfuhr, dass der Prüfer sie mit einem „Sehr gut" beurteilt hatte, war sie überglücklich. Sie hatte nun die erste große Hürde geschafft.

Doch schon eine Woche später wurde Mirjam von ihrer Vorgesetzten zu einem Gespräch geladen, allerdings nicht im Dienst. Das Gespräch sollte außerhalb des Hauses stattfinden. Mirjam, die davor zwei anstrengende Nachtdienste gehabt hatte, kam zu dem vereinbarten Treffpunkt, dem genannten Lokal. Die Vorgesetzte meinte ohne Umschweife: „Ich habe gehört, Sie beschäftigen sich mit der Matura! Stimmt das?"

Mirjam entgegnete: „Nun, ich denke, dass ich in meiner Freizeit tun kann, was ich will, solange es dem Ansehen des Berufs nicht schadet."

Die Frau fuhr sie an: „Das war nicht meine Frage! Sie sollen mir sagen, ob das stimmt! Man hat mir erzählt, sie hätten letzte Woche die Lateinprüfung geschafft. Wozu brauchen Sie diese, außer für eine Matura? Also, sagen Sie mir, ob das stimmt!"

Mirjam nickte: „Ja, das ist richtig."

Daraufhin erklärte die Vorgesetzte: „Ich verbiete Ihnen hiermit, dieses Vorhaben weiter zu verfolgen. Ich erlaube Ihnen sicher nicht, dass Sie irgendwann im Rang mehr sind als ich. Und ich erlaube Ihnen auch nicht, dass Sie die Matura machen. Sie sollten sich einen Freund suchen, damit Sie ausgeglichener sind. Das würde schon helfen. Sie sind ein junger Mensch, der hat eben auch seine Bedürfnisse. Wenn Sie dauernd allein sind, dann fangen Sie allmählich zu spinnen an, glauben Sie mir."

Mirjam starrte ihr Gegenüber an und entgegnete schließlich: „Haben Sie das jetzt tatsächlich gesagt, was ich verstanden habe? Ich kann das einfach nicht glauben."

Die Vorgesetzte schnaubte: „Wenn Sie meine Anweisung ignorieren, wird das Folgen für Sie haben. Mich stört es nicht, wenn Sie ihre Musiksachen durchziehen. Mein Gott, man weiß ja sowieso, was man von Musikern halten kann. Und Kirchenmusiker haben sowieso nicht alle Tassen im Schrank, das wissen wir doch alle! Aber die Matura ist schon etwas anderes und sicher nicht Ihre Klasse."

Mirjam war zornig und auch fassungslos über die Aussage ihrer Vorgesetztens. Sie atmete durch, dann fragte sie vorsichtig: „Habe ich Sie richtig verstanden, Sie verbieten mir, mich in meiner Freizeit weiterzubilden?"

Die andere erklärte: „Ja, so ist es. Ich möchte, dass Sie sich einen Freund suchen. Dann werden Sie schon auf andere Gedanken kommen."

Mirjam atmete noch einmal durch, dann erklärte sie: „Das ist ganz einfach. Ich werde mir sicher nicht verbieten lassen, was ich in meiner Freizeit mache. Wenn Sie befürchten, es könnte Sie jemand in Ihrem Wissen überflügeln, dann sollten Sie das verhindern, indem Sie sich auch weiterbilden."

Die Frau meinte nur: „Sie werden schon sehen, was Sie davon haben. Sie werden sehr viel arbeiten und einen Ruf kann man leicht und schnell ruinieren. Sie haben sich schon während Ihrer Ausbildungszeit die richtigen Feinde verschafft, das kann ich nützen. Ich kann jeden zerstören, den ich zerstören will. Ich kann das sehr gezielt machen, glauben Sie mir."

Mirjam nickte und meinte: „Davon bin ich überzeugt. Aber solange ich meine Arbeit mache, können Sie mir nichts anhaben. Das ist alles."

Die Vorgesetzte fragte nun: „Werden Sie über meine Anweisung nachdenken?"

Mirjam nickte und erklärte: „Ja, das werde ich."

Die andere schien zufrieden: „So, und jetzt bestellen Sie, ich bin hungrig. Sie sind natürlich eingeladen."

Mirjam erhob sich und entgegnete: „Sie entschuldigen, mir ist der Appetit vergangen. Ich wünsche noch einen guten Abend!" Danach verließ sie das Lokal.

Für Mirjam war klar, dass sie ihre Pläne nicht ändern würde, sie wusste aber, dass sie viel vorsichtiger agieren und wohl gelegentlich auch mit Kolleginnen etwas unternehmen musste. Der Gedanke, einen Abend in irgendeinem Lokal herumzusitzen und sich über diese oder jene Person zu unterhalten, ließ sie aber gleich derlei Entgegenkommen im Gedanken wieder verwerfen.

Da nun die Ferien begannen, wählte sie als nächste Prüfung Deutsch und nahm sich vor, in den nächsten Wochen die Leseliste, die sie schließlich gewählt hatte, durchzuarbeiten. Sie hatte interessante Werke ausgesucht und diese mit dem Leiter der Maturaschule abgesprochen. Zudem wollte sie nicht nur die Zusammenfassungen lesen, sie wollte diese Werke kennenlernen. Schon am nächsten Wochenende saß sie bei Johannes, der in Ermangelung seiner Lateinschülerin mit Mirjam nun die Literaturliste durcharbeitete und mit ihr die wesentlichen Bereiche klärte und diskutierte. Neben dieser Liste begann sie aber nun konzentrierter mit Mathematik. Das war für sie die größte Herausforderung. Sie fand in Karl, dem Mann ihrer Freundin Doris, einen großartigen Lehrer, der ihr dieses Fach sehr verständlich vermitteln konnte. Und auch er konnte ihr bei ihrer Leseliste helfen und tat es.

Aber es gab nun ein weiteres Problem: die Diensteinteilung! Mirjam hatte sehr viele zusätzliche Dienste zu übernehmen, davon die meisten Nachtdienste, die sehr anstrengend waren. Damit hatte die Stationsleitung in mehreren Ebenen einen Gewinn. Sie belastete Mirjam, verkürzte ihre Freizeit und sie musste sich mit ihr nicht auseinandersetzen, denn sie war immer dann da, wenn Mirjam aus den Diensten ging.

Anfang Juli luden Gernot und Margit zu einem Fest, bei dem sie ihre Verlobung bekannt gaben. Es war ein großes Fest, da Margit gerne groß feierte. Man traf sich im elterlichen Hof der Verlobten. Margits Vater machte keinen Hehl daraus, dass er mit ihrer Wahl nicht einverstanden war, sie hätte eine „bessere Partie" machen können. Er vertrat seine Meinung auch an diesem Abend und tat sie lautstark und unüberhörbar kund. Aber Margit war seine Tochter, und sie setzte sich in ihrer Entscheidung überaus zielstrebig gegen den Willen ihres Vaters durch.

Mirjam saß in einer Ecke und beobachtete nachdenklich die Gäste, aber vor allem Gernot und Margit. Ihr Bruder hatte seine Margit sehr gern, das war offensichtlich. Aber wie war es mit Margit? Mirjam konnte es nicht sagen.

Irgendwann wurde sie von ihrem Bruder zum Tanz geholt. Gernot war ausgelassen und erzählte seiner Schwester, dass er sobald wie möglich heiraten wolle. Mirjam horchte ihm zu und flüsterte mit einem aufgesetzten Lächeln: „Das finde ich toll!" Aber sie wusste, dass sie es nicht toll fand.

Bald kehrte sie wieder auf ihren Platz zurück und beobachtete, wie Gernot mit seiner Braut erneut tanzte. Ja, er war sehr glücklich.

Irgendwann setzte sich Pater Raphael zu ihr und fragte: „Ist alles in Ordnung mit dir?"

Mirjam lächelte wieder ein aufgesetztes Lächeln: „Ja, klar. Es ist alles okay. Ich bin nur müde vom letzten Nachtdienst. Mir ist es da drüben einfach zu laut."

Der Geistliche meinte: „Fast hätte ich den Eindruck, dass du dich mit deinem Bruder nicht mitfreust. Ist es so, Mirjam?"

Sie schaute kurz in die Augen ihres Gegenübers, ehe sie erklärte: „Ich gönne Gernot sein Glück und ich freu mich mit ihm, dass er so glücklich ist. Aber … ich kann Margit nicht einschätzen, ich weiß nicht, ob mein Bruder für sie nur ein Spielzeug ist, wie all die anderen Buben vor ihm."

Raphael entgegnete: „Das weiß man nie. Aber gestehe Margit doch zu, dass sie deinen Bruder mag."

Mirjam überlegte, dann erklärte sie: „Ich gestehe meinem Bruder zu, dass es so sein kann."

Der Geistliche nickte und fragte: „Du fürchtest den Alten?"

Sie nickte und erklärte: „Ja, auch wenn Margit zu der Beziehung stehen wird, so wird der Alte meinem Bruder keine gute Zeit gewähren. Sie sollten weggehen und irgendwo neu beginnen. Dann hätte die Beziehung eine Chance."

Raphael erklärte: „Dann sag das deinem Bruder."

Sie erwiderte etwas lauter, als sie das wollte: „Denkst du, das habe ich noch nicht gemacht? Aber er glaubt mir kein Wort!"

Der andere überlegte: „Dann irrst du dich vielleicht und es ist alles gut!"

Mirjam zischte ihn an: „Klar, und die Welt ist eine Scheibe! Wie habe ich diese Tatsache nur so lange übersehen können? Je länger du am Berg wohnst, umso mehr glaubst du an Wunder! Nimm bitte deine Scheuklappen wieder ab, Christian!"

Sie wurden unterbrochen, da Margit und Gernot zu ihnen kamen und sie einluden, mit ihnen zu kommen. Sie wollten das Buffet eröffnen. Wortlos folgte Mirjam ihrem Bruder, und auch der Geistliche schloss sich ihnen an.

Nach diesem Verlobungsfest arbeitete Gernot neben der Wirtschaft seiner Eltern vor allem nun auch im Weinbaubetrieb seines künftigen Schwiegervaters mit, der in ihm nun vor allem einen guten und billigen Mitarbeiter sah. Aber Arbeit machte Gernot nicht viel aus. Er tat sie gerne und hatte gute Ideen. Gernot war einfach optimistisch, dass sich alles gut fügen würde, wenn er und Margit einmal verheiratet wären.

In diesem Sommer wurde Mirjam mit Urlaubsvertretungen geradezu zugeschüttet. Sie schaffte es, sich gerade eine Woche für einen Musikkurs freizuhalten, sonst waren da schon Wochen mit 72 Stunden Dienst dabei. Eine 40-Stunden-Woche war eher selten. Die Sticheleien ihrer Vorgesetzten, ob ihr nun noch der Sinn nach mehr Arbeit stünde, ignorierte sie. Sie zog sich generell wieder mehr von dieser Gruppe zurück. Sie sagte sich immer, sie arbeitete hier, aber mehr war es nicht. Dann waren da auch ihre Patienten, für die sie sehr vieles tat und von denen sie geschätzt wurde.

Doch ihre Vorgesetzte streute in Teamgesprächen immer wieder die eine oder andere Bemerkung über ein angebliches Versäumnis von Mirjam. Sie habe Arbeiten nicht erledigt, sie würde schlampig arbeiten. Nicht oft, aber konsequent. Auch wenn viele Sachen nicht stimmten, diese Dinge waren wie ein Gesetz; sie schafften Vorurteile gegenüber der Person, über die man sich diese Dinge erzählte.

Trotz aller zusätzlichen Dienste und Schwierigkeiten, die man ihr am Arbeitsplatz machte, legte Mirjam gleich im Herbst die Prüfungen in Deutsch und Philologie mit sehr gutem Erfolg ab. Sie war danach sehr erschöpft, doch sie gab ihren Traum nicht auf. Nach einigen Tagen der Erholung begann sie mit dem riesigen Fach Mathematik, welches sie in gleicher Weise erlernte wie damals Latein: in kleinen Schritten. Und daneben musste sie auch eines der Nebenfächer erlernen. Schritt für Schritt, das war ihre Devise.

All ihre Kontakte zu ihren Freundinnen waren reduziert, denn Zeit für Unterhaltung und irgendwelche Unternehmungen hatte sie kaum mehr. Die Diensteinteilung war ungnädig und das Mobbing auf der Abteilung nahm zu. Peripher registrierte sie, dass Gernot kaum mehr Zeit für die Wirtschaft des Vaters hatte. Der Alte behandelte ihn schlecht, und Margit wollte keine Entscheidung gegen ihren Vater treffen. Von Margits Verhalten hatten ihr die Eltern erzählt.

Auch Gernot dachte nun über einen kleineren gemeinsamen Neustart mit der Wirtschaft seiner Eltern nach. Dazu könne er noch einige Gründe pachten. Aber Margit wollte davon vorläufig noch nichts wissen. Sie genoss es, dass sie nun wieder von ihrem Vater wie eine Prinzessin verwöhnt wurde, und das wollte sie nicht aufgeben.

Gernot pflegte nun mehr Kontakt mit seiner Schwester, die ihm dringend riet, seine Pläne durchzusetzen. Margit reagierte zornig, als Gernot mit ihr darüber sprach, und verlangte, dass Gernot den Kontakt zu seiner Schwester abbreche. Gernot weigerte sich, das zu tun. An diesem Abend begriff Margit das erste Mal, dass sich Gernot nie von seiner Schwester abwenden würde. Sie war darüber zornig, erkannte aber irgendwann, wie einzigartig diese Freundschaft war.

Bei einem seiner nächsten Treffen mit Mirjam erzählte Gernot, dass Pater Raphael nun in einer Pfarre über 50 Kilometer von ihrem Wohnort entfernt eingesetzt war. Mirjam nickte und stellte fest: „Das Kleeblatt hat wohl jetzt eine Belastungsprobe zu bestehen. Das kriegen wir auch noch hin. Wenn wir nur den Kontakt zueinander nicht verlieren."

Gernot lächelte und erklärte: „Nein, so schnell wird sich unser Kleeblatt schon nicht auflösen. Da müsste sich schon die Hölle auftun, und sie müsste ein Blatt ausreißen."

Sie flüsterte: „Hör schon auf, so ein dummes Zeug zu reden. Wir haben genug, was wir schaffen müssen, es muss nicht noch mehr werden."

Gernot lachte und fragte: „Bist du abergläubisch?"

Sie schüttelte den Kopf und erklärte: „Nein, aber ich mag es nicht, wenn man über solche Sachen witzelt." Und um abzulenken, fragte sie: „Weiß Margit, dass du dich heute mit mir triffst?"

Er entgegnete: „Natürlich. Ich sage ihr immer, wenn ich mich mit dir treffe. Sie sieht schon ein, dass wir zwei besser zueinanderstehen als sie zu ihrer Schwester. Aber diese Dinge muss sie selbst regeln, da kann ich ihr zwar etwas raten, aber tun muss sie es selbst."

Mirjam nickte, antwortete aber nichts. Gernot würde wohl nicht hören mögen, was sie dazu zu sagen hatte.

Lächelnd erzählte sie nun: „Ich werde übermorgen nach meinem kurzen Dienst zu den Eltern fahren. Sie brauchen allmählich Hilfe. Weißt, ich habe mit Mutter ausgemacht, dass ich ihnen jetzt bei ein paar Dingen regelmäßig helfe."

Gernot entgegnete: „Ja, Mutter hat mir von eurer Vereinbarung erzählt. Darüber bin ich auch froh. Unsere Eltern sind alt geworden in den letzten Jahren."

Mirjam nickte und erklärte: „Du sagst es, Gernot. Und sie würden dich mehr am Hof brauchen, für den Vater ist alles schon sehr anstrengend geworden. Aber sie sagen nichts, weil sie dir keinen Stress machen wollen."

Gernot nickte, blieb aber nun auch stumm.

Die beiden saßen länger zusammen, als sie das ursprünglich gedacht hatten. Es war ein guter Abend. Mirjam fühlte sich in der Gegenwart ihres großen Bruders wohl, mit dem man so gut reden konnte. Margit konnte schon froh sein, dass sie so einen Mann bekam.

Ende Oktober legte Mirjam die Prüfung in Biologie ab. Sie wollte gezielter die Nebenfächer verfolgen und plante alle acht bis zehn Wochen eine der Prüfungen zu absolvieren. Nach Biologie folgte Chemie, für Physik bedurfte sie Hilfe, und die erhielt sie erneut durch Karl. Musik war nun nicht das Problemfach, für welches sie sich groß vorbereiten musste. Allmählich legte sie eine Prüfung nach der anderen ab und bestand. Daneben lernte sie noch immer Mathematik und auch hier schaffte sie die Zwischenprüfungen.

7. Kapitel

Francesco verbrachte nun viel Zeit mit seiner Frau, begleitete sie auf ihre Reisen und ließ Lydia in ihrem Kaufrausch freie Hand. Sie liebte es, sich neue Mode zu kaufen, sie liebte es, zu reisen, und Francesco war ein sehr achtsamer Partner, der seine Frau ernst nahm. Seine Studien und Forschungsarbeiten ruhten in diesen Monaten, aber auch das durfte sein, redete er sich ein. Allerdings wurde er sehr still. Für die Dialoge, die er zu führen hoffte, fand er in Lydia keine geeignete Partnerin. Doch er wollte seine Ehe retten und sah die Verantwortung nur bei sich.

In den letzten Jahren hatte er so manchen Wutausbruch von Lydia erlebt, und allmählich erkannte er den wahren Charakter seiner Frau. Es gab Momente, da begriff er, dass es nichts zu retten gab. Es gab Tage, da dachte er auch wieder über eine Scheidung nach und begann sich mit diesen Gedanken mehr und mehr auseinanderzusetzen.

Schließlich entschied er sich, wieder seine Vortragstätigkeit aufzunehmen. Lydia war darüber sogar erleichtert. Sie begleitete ihn kaum und verreiste ungeniert mit ihren Freundinnen und Freunden, wohin zu reisen es ihr gefiel. Keine Reise war ihr zu teuer oder zu weit.

Wenn Francesco von längeren Aufenthalten zurückkehrte, zählte für sie nur, was er ihr mitgebracht hatte. Ihr war egal, wann er kam, seine Erzählungen von den Vorträgen langweilten sie.

Lydia hatte sich weiterhin geweigert, in die Villa in Döbling zu ziehen, und so blieb diese vorerst unbewohnt. Francesco hatte alles in diesem Anwesen mit sehr viel Liebe und großartigen Details einrichten lassen, aber Lydia kritisierte alles, was ihm gefiel. Die Bibliothek war ihr zu englisch im Stil und die Bücher in der Bibliothek machten sie depressiv, behauptete sie. Die wunderbare Einrichtung war ihr zu verstaubt. Der Stil der Einrichtung zu alt, die Holzarbeiten zu schlampig. Dieses Haus passe zu ihm, denn er sei genauso verstaubt wie sein altes Wissen und seine Bücher. Es störe sie nicht, wenn er in die Villa zöge, aber sie bliebe in der Stadt, hatte sie entschieden. Ganze vier Tage hatte sie in der Villa gelebt, ehe sie mit bösen Worten wieder ausgezogen war. In diesen Tagen hatte sie kein gutes Wort an der Köchin gelassen und die Bediensteten äußerst primitiv beschimpft.

Auch im Sommer verbrachte sie nur einige wenige Tage mit ihrem Mann am Meer. Die meiste Zeit lebte sie in ihrer Wohnung in Florenz, und es war absolut in ihrem Sinn, dort auch einige Zeit allein bleiben zu können.

Francesco ergab sich dieser Situation. Er war zu müde geworden, sie in irgendeiner Richtung noch beeinflussen zu wollen. Überhaupt fühlte er sich seit Monaten abgeschlagen, erschöpft, hatte schwere Beine, wurde von Kopfschmerzen und Übelkeit geplagt und fühlte sich generell krank. Er interpretierte diese Symptome als psychosomatische Reaktion auf sein Eheleben. Der Gedanke an eine eventuelle Scheidung wuchs in ihm erneut.

In den Tagen des Aufenthaltes in Italien stellte sich heraus, dass Lydia schwanger war. Francesco verwarf nun erneut seine Überlegungen einer Scheidung und reagierte mit großer Freude. Doch Lydia war offensichtlich mehr und mehr mit der Tatsache einer Schwangerschaft überfordert. Allein der Gedanke daran ließ sie geradezu hysterisch werden.

Sie signalisierte klar, dass sie dieses Kind nicht haben wollte. Sie fühle sich zu jung, als dass sie nun durch dieses Ereignis einige Monate auf ihren schönen Körper verzichten wolle. Sie entwickelte regelrechte Wutausbrüche, schlug überraschend auf Francesco ein und beschimpfte ihn, da er ihr dieses nun angetan habe. So, als würde es ihr große Freude bereiten, überlegte sie immer wieder, dieses Kind abzutreiben. Sie quälte ihn gezielt mit diesen Überlegungen. Sie argumentierte, es wäre jetzt der falsche Zeitpunkt, sie wäre zu jung und sie hasse Kinder. Immer wieder brachte sie die gleiche Leier vor und präsentierte ihre Wutausbrüche, die immer mehr und heftiger wurden. Sie zerschlug wertvolles Porzellan, teure Gläser und alles, was sie in die Finger bekam. Sie wurde noch launischer und bemühte sich immer weniger, sich in den Griff zu bekommen. Sie tobte, sie schrie, dann weinte sie wieder. Es war für Francesco das Schlimmste, miterleben zu müssen, wie seine Frau auf sein Kind reagierte. Doch er ging immer wieder auf sie ein und konnte sie schließlich in langen Gesprächen überreden, das Kind zu bekommen. Aber gerade jetzt sollte er Lydias überaus ausgeprägten Geschäftssinn kennenlernen, denn Lydia verlangte für jeden Tag, welches sie dieses Kind tragen müsse, Geld. Eine nicht gerade unbedeutende Summe Geld. Francesco ging darauf ein, auch darauf, ihr die anfallenden Beträge wöchentlich zu überweisen. Auch auf ihre Wünsche, dass er sie zu beschenken habe und darauf, dass er sie während der ganzen Schwangerschaft nicht einmal mehr als Arzt berühren dürfe, ging er ein. Sie beschimpfte ihn immer wieder. Sie verletzte ihn ständig mit ihren gezielten Äußerungen. Und sie wollte noch mehr Geld, denn das war das, was sie in Wirklichkeit immer gewollt hatte. Mit dem Kind hatte sie nun endlich den Mann in der Hand. Er ging auf alle ihre Bedingungen ein und wollte nur sein Kind retten.

In den folgenden Wochen kümmerte sich Francesco überaus liebevoll um seine schwangere Frau, deren Zornausbrüche für ihn allerdings auch unglaublich belastend wurden. Ihre Beschimpfungen nahmen an Bösartigkeit zu. Sie benannte das Ungeborene als Schaden, der ihr zugefügt worden war. Es war fast immer der gleiche Wortlaut, und sie quälte ihn geradezu damit, als wäre es ein Zeremoniell, das sie täglich abspulen musste. Lydia entschied auch, mit einem Kaiserschnitt zu entbinden und danach wolle sie mit dem „Patzen Fleisch" nichts mehr zu tun haben.

Es war wieder einer ihrer Wutausbrüche, bei dem sie gerade diesen Teil auskostete. Wütend schrie sie ihn an: „Du kannst dir nach der Geburt das Kind behalten! Immerhin bezahlst du mich ja auch, damit ich es bekomme. Ich bin nur eine Leihmutter und will mit dem schreienden Bündel nie wieder etwas zu tun haben!

Ich hasse es jetzt schon, denn es zerstört mein Leben, meine Schönheit, meinen Körper!" Wieder warf sie mit einem Gegenstand nach ihrem Mann und weinte dann schreiend, weil sie sich bedauerte, zumal sich der Bauch etwas zu wölben begonnen hatte.

Francesco begriff in diesem Augenblick, dass für Lydia tatsächlich ihr Körper das Wichtigste in ihrem Leben war. Er verstand sie nicht mehr und fragte sich immer mehr, wie er nur auf diese Frau hatte hereinfallen können. Mehr und mehr war er über deren furchtbaren Charakter entsetzt und trotzdem versuchte er, nett zu ihr zu sein. Das tat sie als absolute Schwäche ab und verhöhnte ihn dafür auch noch. Doch Francesco ging geradezu mit einer unglaublichen Geduld auf jeden Kompromiss ein, den er mit Lydia schließen konnte. Denn endlich sollte er Vater werden. Er tat alles, um das Kind vor seiner Mutter zu retten.

Doch Lydia, die es anfänglich genossen hatte, den erfolgreichen Professor mehr und mehr an sich zu binden, störte nun seine Fürsorge, mit der er sie verwöhnte. Es war eine Tatsache, die sie immer zorniger machte, und sie stellte schließlich klar, dass er sich wieder um seine Arbeit kümmern solle. Sie brauche Freiraum, keine Kontrolle durch einen verweichlichten Mann. Sie nannte ihn „Memme" und sprach ihn auch vor anderen mit dieser Bezeichnung an. Er vermied es, wo es möglich war, sich mit ihr in der Öffentlichkeit zu zeigen.

Sie war im vierten Monat schwanger, als sie ihr Verhalten grundsätzlich wieder änderte. So verließ sie immer wieder am frühen Morgen die gemeinsame Wohnung, ohne ihrem Mann mitzuteilen, wohin sie gehen wollte, blieb aber den ganzen Tag fort. In dieser Zeit war sie auch am Handy nicht erreichbar und weigerte sich, Francesco zu sagen, was sie untertags tat.

Als einige Tage später einige unangebrachte Witze über gehörnte Ehemänner von Kollegen im Institut in seiner Gegenwart erzählt wurden, fühlte er sich angesprochen. Die Situationen waren sehr unangenehm und Francescos Misstrauen war erneut erwacht. Er ahnte, dass ihn Lydia betrog, und wollte diesen Verdacht auch nicht mehr leugnen.

Es dauerte eine Woche, aber schließlich vertraute er sich seinem Freund Michael an und dieser riet ihm, einen Privatdetektiv zu beauftragen. Erst zögerte Francesco. Da sich aber Lydias Verhalten nicht veränderte, sondern sie auch einmal über Nacht fortblieb, bat er seinen Freund, zu veranlassen, seine Frau zu überwachen. Francesco erwartete nicht den großen Skandal, er wollte nur wissen, was Lydia in diesen Stunden ihrer Abwesenheit machte. Immerhin kaufte sie nun Unmengen an Kleidern ein, allerdings alles Modelle in kleinen Größen, als würde sie die Schwangerschaft nicht wahrnehmen. Er machte sich auch Sorgen um das Kind, denn Lydia rauchte nun immer mehr und lachte ihn aus, wenn er darauf bestand, es zu unterlassen. Sie hasste dieses Kind und sie musste ihm das immer wieder unter Beweis stellen. Da ihr Verhalten immer provokanter wurde und keine normale Form der Kommunikation mit Lydia mehr möglich war, wollte Francesco Antworten auf seine Fragen.

Er erhielt sie auch bald in klarer Weise. Doch sie übertrafen alles, was er befürchtet hatte, bei Weitem. Er hätte nicht eine Detektei beauftragen müssen, denn er sollte noch am selben Tag eine böse Überraschung erfahren.

Er hatte am Vortag mit Lydia wegen ihres veränderten Verhaltens einen schlimmen Streit gehabt. Am Morgen hatte er die Wohnung verlassen, ohne mit ihr noch einmal gesprochen zu haben. Er fühlte sich schließlich deshalb schlecht. Immerhin war er der Mediziner und wusste, wie hormonell belastend eine Schwangerschaft für eine Frau sein konnte. Also kaufte er einen großen Strauß Rosen und kehrte noch am Vormittag in die Wohnung zurück, in der Hoffnung, mit Lydia vernünftig reden zu können. Doch zu seiner Überraschung lag sie noch im Schlafzimmer und war nicht allein. Mit zunehmendem Entsetzen sah er seine Frau in den Armen eines Mannes.

Sie ereiferte sich: „Seine Kollegen wissen das mit uns ... ich habe es Ari bei unserem letzten Treffen erzählt. Sie werden ihn damit fertigmachen und ich wünschte, diese Schmach würde ihn umbringen. Ich hasse ihn für seine korrekte Art. Er ist so gut, so gescheit, so großartig! Ich ertrage ihn nicht mehr! Ich will endlich von hier weg! Warum muss ich noch immer hier sein? Warum ist Jo nicht zu mir gekommen?" Der Mann flüsterte: „Jo braucht nun diese Tage für das Geschäft, Bella! Du weißt doch, dein neuer Film. Er wird kommen, vergiss du nur nicht den Plan." Francesco hörte Lydia kichern und irgendwann flüsterte sie: „Ja, ich weiß, aber ich will bei Jo sein. Ich brauche ihn! Ich kann einfach nicht mehr. Warum darf ich hier nicht weg! …"

Der Mann zog sie an sich und flüsterte: „Bald, Bella! Halte noch durch, wir schaffen das schon. Der Boss erwartet dich bald in seiner Villa. Das Problem ist, dein Mann lebt noch. Das läuft etwas dumm, denn das müsste nicht sein. Du musst handeln! Jo hat die Reserven nachgefüllt. Du solltest bald nach Florenz fliegen, und dort hast du alles, was du brauchst. Es ist also nur noch eine Frage der Zeit, Bella. Du wirst bald die reichste Witwe Norditaliens sein! Und nun entspanne dich. Ich soll alles tun, damit es dir gut geht!" Francesco hörte seine Frau lachen. Bald gab sie sich erneut der Leidenschaftlich hin.

Erst war Francesco erstarrt. Was hatte sie da gesagt? Sie habe Ari alles erzählt? Meinte sie seinen Kollegen? Wer sollte ihn fertigmachen und … warum sollte sie bald die reichste Witwe sein? Allmählich begriff er einen Teil der Dinge, die hier passierten. Er war wie gelähmt, fühlte die Verzweiflung in sich und seine Augen füllten sich mit Tränen. Diese Frau plante seinen Tod! Das Erkennen brachte ihn an seine Grenzen.

Wieder atmete er tief ein. Aber schließlich streckte er sich durch. Schon im nächsten Augenblick trat Francesco in das Zimmer und riss die Decke von dem aktiven Paar. Lydia begann zu schreien, als sie ihn erkannte, und der Mann, den er peripher irgendwo schon gesehen hatte, sprang aus dem Bett und bedeckte seine Blöße mit der Decke. Doch Francesco beachtete ihn vorerst nicht, sondern blickte auf seine Frau, die ihn sogleich wieder zu beschimpfen begann.

Doch er unterbrach sie und erklärte: „Du hast fünf Tage, um deine Sachen zu packen und diese Wohnung für immer zu verlassen. Je früher du weg bist, umso lieber ist es mir!"

Sie zischte: „Endlich! Dann ist es also endlich vorbei! Nun wirst du bald begreifen, was ein Rosenkrieg ist, du verdammter

Versager! Du wirst dein Kind nie zu Gesicht bekommen, du ... Missgeburt! Es ist mein Kind!"

Francesco blieb ruhig und fragte: „Was heißt das?"

Sie stieg langsam aus dem Bett und stellte sich provozierend ganz nah vor ihn hin. Dann flüsterte sie: „Ich sag es dir nur einmal: Es ist mein Kind, aber ..."

Der Mann auf der anderen Seite des Bettes schrie: „Nein, sag es nicht! Du zerstörst alles!"

Da packte Francesco sie am Arm und zwang sie, ihn anzuschauen. Seine Augen fixierten ihr Gesicht, dann fragte er: „Was ist mit dem Kind?"

Sie grinste und zischte: „Es ist nicht von dir, sondern von dem Mann, den ich liebe! Oder denkst du, ich hätte mich von dir schwängern lassen? Jeder Augenblick mit dir war Qual für mich! Ja, ich wollte ein Kind, aber nicht von dir. Von dir darf es keine Kinder geben! Nie!" Sie begann zu lachen und es war ein diabolisches Lachen, ehe sie fortfuhr: „Er ist ein wunderbarer Mann,, nicht so wie du. Es ist eine Zumutung für jede Frau, bei dir liegen zu müssen. Es wird mir noch immer übel, wenn ich dran denke, dass du mich berührt hast. Alles, was du tust, ist erbärmlich, so erbärmlich, wie du es bist. Ich hasse dich! Ja, ich hasse dich!"

Francesco rang nach Luft, ehe er den Körper der nun hysterisch lachenden Frau ins Bett warf. Er wandte sich ab und wollte gehen. Er blieb für einen kurzen Moment stehen, änderte die Richtung und ging zu dem Mann, der fassungslos auf Lydia starrte und noch immer verzweifelt die Decke vor sich festhielt. Als ihn dieser unsicher anblickte, schlug ihn Francesco mit einem Fausthieb zu Boden. Danach verließ er die Wohnung.

Noch während er zum Institut zurücklief, rief er seinen Freund an. Leise fragte er, als dieser abhob: „Michael, hast du kurz Zeit?"

Dieser wollte wissen: „Ist etwas passiert?"

Francesco erklärte: „Ja, es ist etwas Schreckliches passiert. Sag, könnte ich die nächsten Tage bei dir übernachten? Theoretisch kann ich auch in ein Hotel gehen, aber ich brauche jetzt einen Freund."

Michael entschied: „Willst du gleich in die Kanzlei kommen?"

Der andere versprach, sich sofort nach der Vorlesung auf den Weg zu machen.

Francesco wusste nicht, wie er die bevorstehende Vorlesung halten sollte. Als er in seinem Büro ankam, zitterte er am ganzen Leib. Alles um ihn drehte sich, und er versuchte, klar zu denken. Ihm fiel Hans ein. Vielleicht würde er einspringen. Eilig griff er zum Hörer und wählte die Klappe des Zimmers seines Freundes. Dieser war tatsächlich da und nahm das Gespräch an. Francesco musste mehrmals ansetzen, ehe er seine Bitte definieren konnte. Hans fragte besorgt nach, was passiert wäre. Francesco konnte nicht antworten, er wiederholte nur seine Bitte, er möge seine Vorlesung übernehmen. Was Hans auch bereitwillig tun wollte. Doch schon wenige Minuten später kam er in Francescos Arbeitszimmer und fand diesen in einem schlimmen Zustand vor. Waldenstein kannte seinen Kollegen seit Jahren, aber noch nie hatte er ihn so gesehen. Nun fand er einen Mann vor, der am ganzen Leib zitterte und mit den Tränen kämpfte.

Hans ahnte allerdings, dass Francescos Zustand mit Lydia zusammenhing. Die Spatzen pfiffen es ja schon lange von den Dächern, und die Kollegen sprachen laut genug davon, wie sie sich benahm. Es war eine Schande.

Hans legte Francesco die Hand auf die Schulter und fragte leise: „Darf ich für dich etwas tun?"

Es dauerte, ehe Francesco fragte: „Hast du gewusst, dass mich Lydia betrügt?"

Waldenstein atmete tief durch, und es klang wie ein Seufzen, ehe er ehrlich antwortete: „Ich habe Gerüchte gehört, aber ich hoffte, sie wären nicht wahr. Doch heute hat ein Kollege sehr detailliert eine Geschichte erzählt. Ich wollte mit dir darüber reden. Allerdings war ich mir darüber nicht im Klaren, wie ich dir das erzählen soll. Ich befürchte nur, dass ich das nun auch nicht mehr muss."

Es blieb einige Zeit still, dann sprach es Francesco aus: „Ich … habe Lydia vorhin in unserem Ehebett mit einem fremden Mann angetroffen. Sie waren intim und es war schrecklich."

Hans fragte entsetzt: „Was?"

Francescos Augen füllten sich erneut mit Tränen. Schließlich stammelte er: „Es war widerwärtig. Ich … erkannte sie nicht wieder. Sie war so ... anders! So ..." Nach einer Pause sprach Francesco weiter: „Ich bin hineingegangen und habe Lydia zur Rede gestellt. Nein, ich gab ihr fünf Tage, unsere Wohnung zu verlassen. Sie wurde wieder hysterisch und dabei schrie sie, es wäre nicht mein Kind, das sie trägt. Aber ... ich glaube ihr das nicht. Ich denke, sie wollte mich wieder verletzen, wie sie es immer macht. Sie sagte, ich würde mein Kind nie mehr wieder zu Gesicht bekommen. Das kann ich mir nicht vorstellen, es ist doch mein Kind und ich liebe dieses Kind! Ich ... weiß nicht, was ich tun soll, aber ich kann dieses Kind nicht verlieren. Es ist doch mein Kind!

Hans ahnte, dass Lydia die Wahrheit gesagt hatte, aber er behielt seine Gedanken doch für sich. Leise fragte er: „Was wirst du jetzt machen?"

Francesco blieb stumm. Hans bot nun an: „Unsere Wohnung ist nicht sehr groß, aber wenn du willst, kannst du in den nächsten Tagen bei uns wohnen."

Francesco blickte seinen Freund lange an, irgendwann erklärte er: „Michael hat mich schon eingeladen, bei ihm zu bleiben. Es gibt viele Dinge zu klären. Ich möchte auch die Fragen, die eine Scheidung aufwirft, mit ihm besprechen. Lydia muss ausziehen, und ich werde diese Wohnung verkaufen. Ich kann dort nicht mehr leben. Es ist alles so unwirklich, Hans ... ich habe ihr vertraut! Ich verstehe das alles nicht."

„Ja, wie sollte man das auch verstehen können?", dachte Hans. Es blieb einige Zeit still, dann blickte er auf die Uhr und erklärte: „Ich gehe nun in den Hörsaal. Worüber ... ich meine, was soll ich vortragen?"

Francesco sagte abwesend: „Wolf'scher und Müller'scher Gang und die Hormone, die das steuern ... vor allem Anti-Müller."

Hans dachte: „Wie passend, die embryonale Geschlechtsentwicklung", und ihm war klar, dass es für Francesco unmöglich war, diese Vorlesung nun zu halten. Deshalb fragte Hans: „Soll ich morgen diese Einheit auch übernehmen?"

Francesco überlegte: „Ich weiß es noch nicht. Darf ich es dir noch sagen?"

Hans flüsterte: „Lass dir Zeit, es reicht, wenn du mich morgen vor der Vorlesung anrufst. Soll ich nach der Vorlesung vorbeikommen?"

Francesco schüttelte den Kopf: „Ich nehme heute Zeitausgleich und gehe zu Michael. Es gibt wohl viel zu tun. Meine Scheidung … es soll alles diskret durchgeführt werden."

Während Hans nachdenklich in den Hörsaal ging, meldete Francesco Zeitausgleich an und verließ das Institut.

Bald erreichte er die Kanzlei seines Freundes, der besorgt sein Eintreffen erwartete. Nur langsam konnte Francesco von den Vorfällen erzählen. Es zerriss ihn innerlich, die Fragen seines Freundes zu beantworten.

Kurz nach seinem Eintreffen wurde Francesco übel und er wurde schweißig und zittrig. Michaels Sorge um seinen Freund wuchs und er hatte in diesem Moment einen schrecklichen Verdacht. Francesco bat um Kaffee und Zucker und trank dieses Getränk, welches er gegen seine Gewohnheit stark süßte, sehr rasch.

Die Frage seines Freundes beantwortete er: „Als Mediziner habe ich den Verdacht, stark unterzuckert zu sein, aber ich bin diesbezüglich gesund. Wahrscheinlich setzt mir der Stress so zu. Könnte ich noch ein gesüßtes Getränk haben, bitte?" Michael bot ihm Fruchtsäfte an, die Francesco gerne annahm. Sein Zustand besserte sich auch bald wieder.

Michael sprach nun seinen Verdacht doch aus: „Könnte es sein, dass Lydia … mit dieser Übelkeit zu tun hat?"

Francesco überlegte: „Du meinst, sie hätte mir orale Antidiabetika geben können? Theoretisch hätte sie das können. Aber ihr fehlt das Wissen und der Zugang zu diesen Dingen."

Michael bohrte nach: „Hat sie in ihren Bekanntenkreis jemanden, der sich mit diesen Sachen auskennt und dazu Zugang hat?"

Francesco bestätigte nachdenklich: „Ja, das hat sie. Sie ist mit mehreren meiner Kollegen befreundet und wohl auch mit einem intim, wie ich heute von ihr gehört habe."

Michael kontaktierte die beauftragte Detektei und erfuhr, dass man Lydia in einer gewissen Vertrautheit mit einem Mann fotografiert hatte. Man schickte die Bilder per Mail an die Kanzlei. Die Bilder zeigten sie mit einem anderen Mann als dem heutigen Liebhaber.

Der Anwalt ließ Francesco nicht allein und kümmerte sich rührend um seinen Freund. Sie saßen am Abend lange auf der Terrasse. Andrea hielt sich dezent zurück. Sie wusste, dass Francesco nun seinen Freund brauchte, und versuchte auf das leibliche Wohl der beiden zu achten. Schließlich zog sich Francesco in das Gästezimmer zurück und versuchte etwas Schlaf zu bekommen, was ihm kaum gelang. Seine Gedanken kehrten immer wieder zur letzten Begegnung mit Lydia im Schlafzimmer zurück. Er hörte noch immer die verletzenden Aussagen seiner Frau.

Am Morgen fühlte er sich entsprechend und Michael bemühte sich sehr, um ihn etwas aufzuheitern. Michael gab seinen Substituten die anfallenden Fälle ab. Heute war er nur für Francesco frei. Er war erfolgreich genug, um sich einen freien Tag leisten zu können. Wie froh war er nun, dass er sich damals vor der Hochzeit mit dem Ehevertrag durchgesetzt hatte. Es war eine reine Absicherung gewesen und natürlich hatte er auch den Fall von Ehebruch hineingenommen gehabt. Lydia hatte den Vertrag ohne durchzulesen unterschrieben und laut Vertrag stand ihr nach einer Scheidung nichts zu.

Michael brachte noch am gleichen Tag den Antrag auf die Scheidung dieser Ehe bei Gericht ein. Der Sachverhalt war so klar, die Untreue der Frau konnte eindeutig nachgewiesen werden. Michael ging davon aus, dass es wohl nur mehr eine Formsache sein werde, bis diese Ehe geschieden war. Hans übernahm auch an diesem Tag die Vorlesung für seinen Freund. So konnte Francesco bei Michael bleiben, was weitere Ausarbeitungen zuließ.

Da durch diesen Zwischenfall auch klargeworden war, dass Lydia Francesco sogar nach dem Leben zu trachten schien, verlangte Michael einige labortechnische Untersuchungen und Drogentests, denen sich Francesco nach einiger Überlegung doch unterzog.

Nachdem die Details über den Scheidungsantrag geklärt und die Untersuchungen durchgeführt waren, zogen sich die

Freunde in Michaels Haus am Wiener Stadtrand zurück und verbrachten dort einen ruhigen Tag.

Am Abend hatte Michael einen Termin mit zwei Kollegen. Eigentlich handelte es ich dabei um zwei namhafte Staatsanwälte des Oberlandesgerichtes. Michael entschied kurzfristig, seinen Freund mitzunehmen. Diese Entscheidung sollte bald eine der bedeutendsten in Francescos Leben werden.

Der Detektiv konnte an diesem Tag dokumentieren, dass Lydia gegen Mittag von einem Mann abgeholt wurde. Sie stieg gut gelaunt in dessen Lamborghini, und der Fahrer fuhr relativ schnell weg. Natürlich gelang es nicht, diesem Wagen zu folgen. Er verlor Lydias Spur. Doch der Detektiv hatte Bilder von diesem Mann und dessen Wagen gemacht, und somit war auch das Kennzeichen des Fahrzeugs dokumentiert.

Von all diesen Sachen wusste Francesco vorerst nichts. Er saß mit seinem Freund und dessen Bekannten zusammen in einer Bar. Man unterhielt sich. Irgendwann kam man auf medizinische Themen. Francesco erklärte die eine oder andere Frage, die von diesen Herren gestellt wurde. Da meinte einer der beiden Juristen, Francesco möge doch als eidesstattlicher Sachverständiger dem Gericht zur Verfügung stehen. Er könne die Details leicht verständlich vortragen, das wäre sicher ein Gewinn. Francesco überlegte kurz und stimmte zu. Es folgte ein interessantes Gespräch über die Aufgaben eines solchen Gutachters und Francesco hörte zu, ohne etwas zu begreifen. Aber davon merkte niemand etwas. Es war eine Gabe Corellis, immer interessiert und aufmerksam zu wirken, auch wenn er dies nicht war. Doch schließlich verwickelte man ihn erneut in fachliche Fragen und er tat das, was er immer tat, er erklärte die Gegebenheiten, nach denen er gefragt wurde, und vermittelte das Wissen sehr klar.

Es war bereits nach 1 Uhr morgens, als Francesco mit seinem Freund in dessen Haus zurückkehrte. Francesco fiel müde ins Bett. In dieser Nacht fand er nun endlich Schlaf.

Er blieb noch den nächsten Vormittag bei Michael, doch dann entschied er, sich wieder seinen Aufgaben zu stellen. Gegen 14

Uhr traf er im Institut ein und hielt an diesem Tag wie geplant die Vorlesung. Als er diese beendete, traten zwei Männer in den Hörsaal und kamen auf ihn zu.

Die beiden Männer wiesen sich als Kriminalbeamte aus und stellten Fragen zu seiner Frau. Francesco begriff erst die Situation, als ihm einer der Beamten mitteilte, dass Lydia in den frühen Morgenstunden tot im Donaukanal treibend gefunden worden war. Der Gerichtsmediziner hatte Tod durch Erwürgen festgestellt und den Todeszeitraum auf zwischen 20 und 22 Uhr des Vortages eingeschränkt.

Allmählich begriff Francesco die Wahrheit und blickte fassungslos abwechselnd den einen, dann den anderen Mann an. Man stellte Francesco Fragen, wo er am Abend gewesen sei, ob es Probleme gegeben hätte. Francesco gab die Auskunft, die man von ihm forderte.

Man bat den Mediziner, mit auf das Revier zu kommen, und nahm seine Aussage auf. Erst jetzt verständigte er Michael, der innerhalb kürzester Zeit zu ihm kam. Michael beantragte bei der Obduktion, die gerichtsmedizinisch durchgeführt werden musste, auch einen Vaterschaftstest.

Bald stellte sich heraus, dass Francesco nicht der Vater dieses Mädchenfetus war. Erneut wurde Francesco befragt, wo er am Tatabend gewesen sei. Trotz des einwandfreien Alibis schloss man eine Täterschaft seinerseits nicht aus.

Schon am nächsten Tag war der Tod der Ehefrau des namhaften Mediziners die Titelgeschichte der Medien. Nur wenige Zeitschriften verhielten sich seriös in diesem Zusammenhang. Einige ergingen sich voreilig in Spekulationen. Die Medien berichteten vom „Killerarzt"; die Kollegen distanzierten sich bis auf wenige. Man stellte ihn bis zur Klärung schlussendlich außer Dienst.

Michael gelang es schließlich, Francescos Unschuld nachzuweisen. Spuren des Täters führten nach Italien, genauer nach Florenz, aber danach verliefen sie im Nirgendwo. Die Ermittlungen standen schließlich still. Es gab kaum mehr verwertbare Hinweise. Lydias Doppelleben wurde zwar nun teilweise bekannt, aber es blieb ihr Geheimnis, wer ihr ominöser Liebhaber gewesen war. Francesco war über die Details fassungslos und begriff allmählich, dass man tatsächlich vorgehabt hatte, seine Existenz und sein Leben zu zerstören. Aber er hatte keine Ahnung, wer gegen ihn in einer solchen Weise vorgehen sollte.

Die Labortests brachten neue Fakten. Sie wiesen Metaboliten von Antidiabetika und psychostimulierende Substanzen, aber auch eine grenzwertige Dosis von Vitamin B 17, einer hochtoxischen Cyanid-Verbindung und Spuren von Coniin, Aconitin, Psilocybin aber auch Cadmium und Arsen nach. Francesco führte die erforderliche Therapie zur Entgiftung im Krankenhaus durch, für die er stationär aufgenommen wurde. Bezüglich der psychostimulierenden Substanzen sollte es noch längerer Zeit dauern, um deren Wirkung ausschleichen zu lassen. Es wurden noch weitere Untersuchungen durchgeführt. Man suchte gezielter nach Metaboliten, nach Abbauprodukten von Substanzen, die vielleicht noch im Körper sein könnten, auch wenn die eigentlichen Substanzen nicht mehr auffindbar waren.

Michael besuchte Francesco täglich und das mehrmals und versuchte ihn aufzumuntern.

Er hatte große Sorge um seinen Freund und veranlasste sofort eine weitere Durchsuchung der Wohnung, die noch am gleichen Tag durchgeführt wurde. Alles, worin man Gift hätte vermitteln können, wurde mitgenommen und untersucht. Weitere Proben wurden genommen. Michael hoffte, Spuren zu finden und er war bei der Durchsuchung persönlich anwesend.

In einer Schmuckschatulle, die ein Beamter zufällig öffnete, fand man mehrere Papiersäckchen, die Pulver beinhalteten, wobei die Säckchen nummeriert und mit kurzen Notizen versehen waren. Ein kleiner Teelöffel lag dabei. Das Säckchen mit der Nummer 1 war leer, das mit der Nummer 2 war fast leer.

Man zeigte den Fund Michael und dieser verfolgte, wie einer der Männer schon im nächsten Moment in einer anderen Schatulle auch kleine, nummerierte Fläschchen fand. Die Beamten arbeiteten gründlich und fanden noch weitere Fläschchen. Alle Funde wurden zur Untersuchung mitgenommen.

Michael veranlasste, dass auch die Getränke in Francescos Büro und Forschungsbereiche geholt wurden. Er war fassungslos über dieses gezielte Vorgehen von Lydia, und er war zornig auf sie. Es musste die Wohnung in Florenz ebenfalls durchsucht werden, er leitete die entsprechenden Maßnahmen ein.

Auch wenn es ihm noch so schwerfiel, er informierte Francesco über diesen Sachverhalt. Francesco erzählte ihm jetzt jedes Detail, was ihm wichtig erschien. Er verstand nun, warum er sich krank gefühlt hatte.

Wie war sie nur zu diesen Substanzen gekommen?

Michael wollte mehr wissen, und Francesco beantwortete die Fragen.

Es war spät, als Michael an diesem Abend nach Hause kam. Er setzte sich in sein Arbeitszimmer und nahm ein Glas Tonic. Während er den ersten Schluck nahm, füllten sich seine Augen mit Tränen. Es war wie ein böser Traum und doch, es war Realität. Wie hatte er nur so naiv sein können? Erst jetzt nahm er Andrea wahr, die in einer Decke eingewickelt auf der Couch saß und eingenickt war. Sie hatte wohl auf ihn gewartet.

Er stellte sein Glas auf den Tisch und ging zu ihr, um sie sanft an sich zu ziehen und zu wecken. Sie begrüßte ihn mit einem Lächeln und einem sanften Kuss. Leise fragte sie: „Wie geht es Francesco?" Michael wollte antworten, schaffte es aber erst beim zweiten Versuch: „Schlecht!"

Andrea konkretisierte ihre Frage: „Was ist passiert?" Michael setzte sich neben seine Frau und zog sie in seinen Arm. Ihre Anwesenheit tat ihm gut.

Es dauerte, aber irgendwann erzählte er: „Es wurden Giftreste in Francescos Blut gefunden. Zudem fand die Forensik verschiedene Gifte in Lydias Schmuckkassetten. Sie wollte ihn vergiften und sie hätte es wohl auch bald geschafft."

Andrea blickte in seine Augen und flüsterte: „O mein Gott, das kann doch nicht wahr sein! Ist diese Frau wahnsinnig?"

Er entgegnete: „Sie ist tot! Aber ich denke, sie war eine Verbrecherin."

Andrea erkundigte sich besorgt: „Wird es Francesco schaffen? Ich meine, ohne Folgeschäden?"

Michael bestätigte: „Francesco hat mir die Wirkmechanismen der Gifte erklärt, wenn er recht hat, wird er bald wieder körperlich gesund sein."

Ungläubig forschte Andrea nach: „Was heißt: die Wirkmechanismen der Gifte? Hat sie ihm mehrere gegeben? Hat ihr eines nicht gereicht?"

Michael wiederholte Francescos Aussage: „Sie reichte ihm den Schierlingsbecher, zwar unterdosiert, aber mit weiteren Giftspuren aufgebessert!"

Natürlich ergaben sich für Andrea nun Fragen: „Wie kommt diese Person überhaupt zu diesen Stoffen? Das kann sie doch nicht allein gemacht haben! Denkst du nicht, dass sie nur die Handlangerin für eine ganz andere Person war?"

Begreifend fuhr sie schon im nächsten Moment fort: „Das macht sogar Sinn. Sie hätte Francesco umbringen sollen, das war ihr eigentlicher Auftrag. Nach einer Trauerzeit hätte sie den Mann geheiratet, von dem sie Francesco gesagt hat, dass sie ihn liebe. Das wäre wahrscheinlich auch der Vater des Kindes gewesen. Aber die Sache ist aufgrund ihrer Sexsucht gekippt. Francesco hat sie blöderweise in flagranti erwischt und die Scheidung eingereicht. Damit war der geniale Plan ruiniert. Es gab aufgrund deines Vertrages auch kein Geld und durch die Scheidung kein Vermögen. Lydia war in diesem Moment für den eigentlichen Täter wertlos geworden. Sie dachte, er würde sie lieben, aber das tat er nicht. Er hat sie, obwohl sie sein Kind trug, umgebracht oder umbringen lassen, um so noch auf diesem Weg Francesco zu schaden. Gott, der Killer ist gefährlich und läuft noch frei herum! Michael, es ist für Francesco noch nicht vorbei!"

Michael zog seine Frau wortlos an sich. Ja, seine Andrea konnte gut kombinieren und sprach nun das aus, worüber er sich schon klargeworden war. Leise ergänzte er: „Und es war für diesen Mann wichtiger Francesco zu schaden, als die schwangere Frau und sein ungeborenes Kind zu schützen. Dieser Mann ist gefährlich, Andrea! Solche Menschen fürchte ich, sie sind unberechenbar."

Michael wusste, Francesco war noch immer in großer Gefahr! Aber er hatte keine Ahnung, wie er ihn schützen konnte, weil er nicht wusste, wer aller in dieser Geschichte involviert war. Es war ein Albtraum.

Andrea streichelte sanft über das müde Gesicht ihres Mannes und fragte: „Kann ich etwas tun, dass es dir bessergeht?" Er schüttelte stumm den Kopf, und sie sah seine Tränen.

Sie umarmte Michael und flüsterte: „Wir sind für Francesco da. Du bist sein Freund und da hat er großes Glück. Ich weiß, dass du ihm helfen kannst und wirst. Du bist in deinem Fach sehr gut und dazu der Mensch, den er braucht. Darum mag ich dich auch so, weil du bist, wie du bist. Was ich tun kann, um dich zu unterstützen, werde ich tun. Wir werden Francesco nicht im Stich lassen. Ich möchte ihn morgen im Krankenhaus besuchen. Willst du, dass wir das gemeinsam tun?" Ja, das war in seinem Sinn.

Michael lag noch lange wach im Bett. Die Sorge um seinen Freund ließ ihn kaum Schlaf finden. Linderung seines eigenen Schmerzes hatte er gefunden und dafür liebte er seine Frau noch mehr. Er wünschte, Francesco hätte auch so ein Glück gefunden.

Francescos Gesundheitszustand besserte sich erwartungsgemäß, und er konnte schließlich in heimische Pflege entlassen werden. Da diese angeordnet war, bestand Michael darauf, dass Francesco noch einige Zeit bei ihnen blieb, und er setzte sich auch in diesem Punkt durch. Sowohl Michael als auch Andrea kümmerten sich in dieser Zeit fürsorglich um ihren Gast. Sie versuchten ihm zu vermitteln, wie sehr sie in schätzen und das gelang auch immer wieder. Trotz aller Verbitterung, die Francesco erfüllte, diese Freundschaft war für ihn Halt.

Die weiteren Untersuchungen bestätigten, dass sich in allen gefundenen Papiersäckchen verschiedene Giftmischungen befanden, die mit der Höhe der Nummer auch an Toxizität zunahmen. In den meisten Getränken konnten verschieden Gifte in verschieden Mengen nachweisbar werden. Auch war in Speiseresten geröstete und geschmacklich bearbeitete Bittermandeln gefunden worden. Und es waren in den Getränken des Büros und des Forschungsbereiches ebenfalls Giftreste nachgewiesen, allerdings hier waren es die Metalle Cadmium und Arsen. Das erweckte nicht nur in Michael, sondern auch in Francesco den Verdacht, es könnte einen zweiten Täter geben.

Zeitlich verzögert erhielt Michael auch die Ergebnisse, die die Durchsuchung der Wohnung in Florenz ergeben hatten. Hier waren Fläschchen mit Pulver gefunden worden. Es stellte sich heraus, es handelte sich nur um ein Gift, allerdings hochkonzentriert. Zyankali!

Francescos Suspendierung wurde nach einigen Wochen wieder aufgehoben, und er kehrte an seinen Arbeitsplatz zurück.

Die bereits begonnene Hetzjagd gegen den angesehenen Wissenschaftler und Arzt ging allerdings weiter. Nach der Rückkehr in seinen Beruf beteuerte man, dass man immer von seiner Unschuld überzeugt gewesen wäre, doch die Realität sah anders aus. Er wurde von einigen Kollegen geschnitten, von anderen sogar beschimpft und von den Studenten gemieden. Seine Ordination wurde deutlich weniger besucht, und das Getratsche um ihn wurde lauter.

8. Kapitel

Dr. Peter Roland, Leiter der Maturaschule, die Mirjam für sich gewählt hatte, ermunterte seine Schüler konsequent, das gesetzte Ziel nie wieder aus den Augen zu verlieren. Er war in seinem Wesen ein begnadeter Philosoph und wunderbarer Pädagoge, der es verstand, Menschen für ihre Ideen in den Durststrecken des Weges noch zu begeistern. Seine Art anzusprechen berührte Mirjam immer wieder, und er verstand es, die Zuhörer nachdenklich zu machen. Er selbst strahlte Ruhe aus. Einer, der schauend durch die Welt ging, und die Menschen, die ihm begegneten, auch sehr bewusst betrachtete. Seine besondere Gabe war es, in den Menschen Begeisterung zu erwecken.

Wann immer Mirjam Zeit fand und eine seiner Unterrichtseinheiten besuchen konnte, tat sie es. Mirjam empfand diese Stunden als Sternstunden in ihrem Leben und fühlte sich durch sie in besonderer Weise beschenkt. Wahrscheinlich war sie mit diesem Empfinden der Wahrheit sehr nahe. Sie hatte immer wieder kurze Gespräche mit dem Pädagogen und durfte dabei erfahren, mit wie viel Respekt er seinem Gegenüber begegnete. Die Gespräche gaben Kraft und Mut. Beides brauchte sie gerade jetzt, wo ihre Bemühungen, das gewählte Ziel zu erreichen, durch Mobbing gefährdet waren.

Einmal, als sie erschöpft von den Diensten in den Unterricht kam, begegnete sie dem Direktor, der sie höflich nach ihrem Befinden befragte. Sie erwähnte das Unverständnis ihrer Kollegen und auch die extremen Dienstanforderungen. Seine Antwort beschäftigte sie noch lange: „Machen Sie bitte nicht den Fehler, Ihr Glück und Ihre Zukunft von Kollegen und Vorgesetzten abhängig zu machen, denn damit würden Sie ihre Karriere bereits heute beenden. Sie wissen doch, niemand wird

Ihnen eine Chance zugestehen. Sie sind der einzige Mensch, der Ihnen selbst diese Chance geben kann. Darum sollten Sie es auch tun. Und wenn Sie sich dazu entschieden haben, dann stehen Sie dazu, auch wenn man in Ihrer Umgebung Ihren Seelenwunsch, sich weiterzuentwickeln, nicht nachempfinden kann. Aber das ist nicht Ihr Problem, dass man das nicht kann. Bleiben Sie einfach bei Ihren Bereichen. Sie sollten Ihr Ziel verfolgen, ungeachtet aller Schwierigkeiten, die Neid und menschliche Ohnmacht Ihnen in den Weg legen. Machen Sie nicht den Fehler, dass Sie sich selbst für die Schwächen der anderen verantwortlich fühlen. Das Problem Ihrer Kollegen ist einfach nicht Ihr Problem, also müssen Sie es auch nicht lösen, und sind somit frei für das, was Sie tun wollen. Und genau das sollten Sie auch tun." Er hatte ihr diesen Gedanken schon einmal mitgegeben, nun hatte er es wieder getan. Es waren die Gedanken, die Mirjam Mut machten. Und jedes Mal, wenn sie an diese Worte dachte, machte sie die Erinnerung an den Menschen, der ihr das gesagt hatte, lächeln. Man traf eben nicht oft Menschen, die verstanden, mit ihren Gedanken zu berühren. Er war einer dieser seltenen Menschen.

Mirjam kehrte an diesem Abend von Wien zurück und rief sofort ihre Freundin Doris an: „Doris, es kommen zwar jetzt die Ferien, aber wie habt ihr euren Urlaub geplant?"

Die Freundin überlegte kurz und antwortete in ihrer direkten Art: „Wie können wir dir helfen?"

Mirjams Antwort war eindeutig: „Mathematik!"

Doris erklärte, wie wenig sie in diesem Sommer geplant hatten und reichte sogleich den Hörer ihrem Mann Karl weiter. Dieser kannte bereits Mirjams Leistungen und wusste, dass sie die Maturaprüfung in diesem Fach zu schaffen hatte. Alle Zwischenprüfungen hatte sie bis jetzt erledigt. Er bot ihr an, einen Lernplan mit den prüfungsrelevanten Bereichen zu erstellen und lud sie ein, am nächsten Tag vorbeizukommen. Sie sagte zu.

Ein halbes Jahr nach der großen Verlobungsfeier stellte Margit fest, dass sie schwanger war. Gernot war überglücklich und wollte sofort heiraten, aber Margit wollte nicht, denn sie wollte ein bestimmtes Kleid zu ihrer Hochzeit tragen, und das würde ihr bald nicht mehr passen. Sie bestand darauf, erst nach der Geburt des Kindes die Hochzeit einzuplanen. Obwohl Gernot es anders wollte, Margit setzte sich schließlich durch.

Knappe acht Monate später, es war Ende März, gebar Margit ein Mädchen, das den Namen Hannah erhielt. Die Hochzeit wurde für den kommenden Juni geplant. Ein Monat nach der Geburt des Mädchens spendete Pater Raphael im Stift Hannah das Sakrament der Taufe. Mirjam war die Taufpatin, darauf hatte Gernot bestanden. Genau diese Tatsache sollte im Leben der kleinen Hannah bedeutend werden.

Im Juni folgte eine große Hochzeit, die das Paar ebenfalls im Stift am Berg feierte. Margit hatte sechs Brautjungfern und eine Hochzeitsplanerin engagiert. Mirjam half bei den Vorbereitungen mit, so gut es ging. Vor allem kümmerte sie sich in diesen Tagen um Hannah, worüber Gernot erleichtert war. Margit hatte nun ihren Fokus auf Märchenhochzeit eingestellt und nahm ihre kleine Tochter kaum mehr wahr, was Gernot etwas überraschte und sogar enttäuschte. Er sprach mit Margit darüber und diese lenkte ab, sie würde nur einmal heiraten, doch Hannah wäre immer ihre Prinzessin.

Die Hochzeit wurde zur Traumhochzeit, bei der es wahrlich an nichts fehlte. Mirjam kümmerte sich auch an diesem Tag um das Kind und achtete darauf, dass es zeitgerecht ins Bett kam. Kinder brauchten Ruhe und geregelte Bereiche. Einem Baby war egal, welche Festlichkeiten gerade anstanden. Bilder wurden gemacht, Hannah war überall dabei. Auch an diesem Tag entstanden einige Bilder vom Kleeblatt, das nun ein neues Blatt bekommen hatte. Margit wollte dieses neue Blatt sein. Allerdings entstand nur ein Foto, worauf das ursprüngliche Kleeblatt allein zu sehen war. Am Abend zog sich Mirjam mit dem Wonnebrocken zurück und blieb bei dem Kind. Ihr war nicht nach Feiern und war ob ihrer Aufgabe als Tante sehr dankbar.

Nach der Hochzeit fuhr das Brautpaar auf eine Hochzeitsreise in den Süden. Margit hatte eine griechische Insel gewählt und wollte diese Zeit mit Gernot genießen. Auch in dieser Woche, in der sich Mirjam Urlaub genommen hatte, kümmerte sie sich hingebungsvoll um ihre kleine Nichte. Das Mädchen war einfach ein wahrer Sonnenschein.

Doch Anfang September passierte das große, unfassbare Unglück. Mirjams Eltern waren damals zu Freunden nach Wien unterwegs, die sie zu ihrer Feier der goldenen Hochzeit eingeladen hatten. Eigentlich hatte sie Gernot hinbringen sollen, doch dann hatte er nicht vom Betrieb wegfahren können und sein Vater war schließlich doch selbst gefahren. Mirjam war vom Vater nicht gefragt worden, er wusste nicht, wo er sie gestört hätte. Da die Feier in einem Randbezirk von Wien stattfand, war es für ihn kein Problem zu fahren, hatte er Gernot versichert.

Der Fahrer des großen Lastkraftwagens war übermüdet gewesen, als er den Personenkraftwagen übersehen und diesen von der Seite mit größerer Geschwindigkeit gerammt hatte. Die Polizei hatte Mirjam, deren Telefonnummer sie in den Papieren gefunden hatte, über den Unfall informiert und ihr auch gesagt, wohin man die Unfallopfer gebracht habe. Mirjam verständigte sogleich Gernot und dieser informierte Pater Raphael.

Es war eine Ironie des Schicksals, denn Mirjam war damals gerade in Wien auf dem Weg zur Abendschule gewesen, als die Polizei sie angerufen hatte. Deshalb war sie auch die erste im AKH und konnte mit ihrem Vater noch sprechen, bevor er in den Operationssaal gebracht wurde. Sie redete leise auf ihn ein, dass alles gut werden würde. Er blickte sie mit diesem leeren Blick an und sagte, dass sie nun auf sich aufpassen müsse. Seine Stimme war schwach, aber er redete weiter, sagte ihr, dass er immer sehr stolz auf seine beiden Großen gewesen sei. Und er fragte immer wieder nach ihrer Mutter. Mirjam versuchte ihn zu beruhigen, aber es gelang ihr nicht. So hatte sie ihn auch noch nie zuvor gesehen. Gleich darauf wurde er weggebracht, und der Arzt erklärte ihr etwas von einem Leberriss, ehe man sie bat, am Gang zu warten. Alles war nun sehr hektisch geworden.

Kurze Zeit später wurde ihr von einem jungen Arzt mitgeteilt, dass ihre Mutter an den Folgen der schweren Verletzungen verstorben sei. Bald darauf brachte man sie in ein Verabschiedungszimmer vor der Intensivabteilung und man erklärte ihr, sie könne sich Zeit lassen.

Mirjam stand einige Zeit am Gang, irgendwann trat sie in den verdunkelten Raum ein, in welchem irgendjemand Kerzen entzündet hatte. Auf einer Patientenliege lag der Körper ihrer Mutter und war bis zu den Schultern abgedeckt. Sie trug einen Kopfverband, und dieser schien neu angelegt worden zu sein. Langsam trat Mirjam an die Liege und betrachtete das verschwollene, blasse Gesicht ihrer Mutter. Irgendwann streichelte sie zärtlich darüber, so als könnte sie etwas lindern von dem, was geschehen war. Die Schwellungen und vielen Verletzungen in diesem Gesicht wollte sie jetzt nicht interpretieren. Danach setzte sie sich auf einen Sessel, den sie neben die Liege gestellt hatte, und betrachtete weiter stumm das Gesicht ihrer Mutter. Wie lange? Sie hatte jegliches Zeitgefühl verloren. Doch irgendwann begann sie ihrer Mutter die Dinge zu erzählen, die sie ihr nie gesagt hatte, die sie ihr aber hatte sagen wollen. Dabei hielt sie ihre Hand und streichelte darüber.

So fanden sie Gernot und Pater Raphael, auf dem Sessel zusammengekauert, die Hand auf dem Tuch liegend, das den Leichnam bedeckte, der Toten erzählend, dabei völlig aufgelöst und noch nicht realisierend. Mirjam war mit ihrer Beherrschung am Ende, als ihr Bruder endlich eintrat. Schluchzend erzählte sie nun, was sie bis jetzt erfahren hatte und von ihrer großen Angst, dass auch der Vater den Eingriff nicht überleben könnte. Pater Raphael versuchte sie zu trösten, aber sie wollte ihm nicht zuhören.

Schließlich hielt der Geistliche eine kleine Andacht und ermöglichte seinen Freunden eine würdige Verabschiedung von ihrer Mutter. Anschließend blieben sie noch bei ihr, und sie begannen schöne Erinnerungen an die Mutter zu erzählen. Irgendwann wurde der Leichnam geholt und auf die Pathologie gebracht. Der Gehilfe sagte ihnen, dass sie vor der Intensivstation warten sollten.

Als dann nach Stunden der operierende Unfallchirurg mit gesenktem Kopf zu ihnen kam, um ihnen mitzuteilen, dass der Vater zwar jetzt auf die Intensivstation gebracht werde, aber dass seine Chancen sehr gering waren, brach für Mirjam eine Welt zusammen. Mirjam wollte unbedingt zu ihm, doch es dauerte lange Zeit. Es gab in der Koje, wohin der Patient gebracht worden war, sehr viel Hektik. Nach weiteren Stunden teilte man ihnen schließlich den Tod des Patienten mit.

Kurze Zeit später fanden sie sich wieder in diesem Verabschiedungsraum ein, um sich nun auch von ihrem Vater zu verabschieden.

Pater Raphael blieb bei den Freunden und brachte Gernot und Mirjam auch nach Hause; das heißt, er fuhr Mirjam in das elterliche Haus und danach Gernot in sein neues Zuhause zu seiner jungen Familie. Es war bereits lange nach Mitternacht, als Mirjam das Haus ihrer Eltern betrat. Sie ordnete noch in dieser Nacht alle Unterlagen, die sie am nächsten Tag brauchte, um die amtlichen Wege zu erledigen. Sie machte alles wie in Trance und realisierte vorerst nur wenig von den Dingen, die sie tat.

So organisierte sie am nächsten Morgen alles, damit die Eltern überführt werden konnten, erledigte alle öffentlichen Wege und klärte mit Pater Raphael die Details für das Begräbnis. Es gab viel zu tun, die Totenanzeigen mussten gedruckt, verteilt und teilweise auch verschickt werden. Mirjam hatte alles erledigt und ihren Bruder möglichst freigespielt.

Das Begräbnis der Eltern fand in einem kleinen Rahmen statt. Nach dem Totenmahl kam Pater Raphael, der das Requiem gehalten hatte, noch zu ihnen ins Haus. Sie saßen noch einmal um den Tisch zusammen, wie so oft in den vergangenen Jahren. Doch es blieb in der Runde sehr still. Irgendwann brachen Gernot und Margit mit Klein-Hannah auf, da Margit wollte, dass das Kind zeitgerecht ins Bettchen kam. Mirjam begleitete erst ihren Bruder und bald darauf auch den Geistlichen, der nun ebenfalls die Gruppe verließ, zu seinem Wagen.

Bevor der Geistliche wegfuhr, flüsterte Mirjam: „Ab nun wird alles anders werden. Die Eltern sind nicht mehr da und alles, was gewesen ist, wird nicht mehr sein." Er verstand nicht, aber

Mirjam erklärte ihm, es habe damit angefangen, dass das Kleeblatt ein Blatt verloren und damit aufgehört habe zu existieren. Gernot habe nun sein eigenes Kleeblatt gegründet. Vielleicht wäre es für ihn gut. Aber dadurch wären die Eltern in die Situation gekommen, selbst diese Fahrt zu tun, und sie hatten sie, Mirjam, gar nicht erst informiert. Mirjam machte sich große Vorwürfe, den Eltern nicht angeboten zu haben, sie nach Wien mitzunehmen, es wäre so einfach für sie an diesem Tag gewesen.

Raphael gelang es nicht, sie davon zu überzeugen, dass sie nichts falsch gemacht hatte. Schließlich versicherte er ihr, dass er weiterhin für sie jederzeit erreichbar bleibe. Er glaube auch nicht, dass Gernot das Kleeblatt verlassen habe, es wäre nur so, dass er jetzt nicht ganz freistünde, aber es würde schon wieder werden.

Keiner der beiden ahnte, wie recht Mirjam mit ihrer Vermutung haben sollte, das Kleeblatt habe ein Blatt verloren. Aber das begriffen die anderen erst einige Wochen später. Denn das Begräbnis ihrer Eltern sollte tatsächlich nicht das letzte Mal gewesen sein, dass diese Familie zusammentraf. Es war ganz anders, als sie es sich alle je erdacht hatten.

Ende November war die Weinlese nahezu beendet und trotzdem hatte Gernot nun viel zu tun. Alles war sehr arbeitsintensiv, und der Schwiegervater war eigentlich mit kaum einer Arbeit zufrieden, die Gernot machte, auch wenn er sie, wie üblich, gut gemacht hatte.

Gernot war an jenem Abend bereits bei Margit und Hannah gewesen, da hatte der Schwiegervater noch einmal nach ihm gerufen und ihm noch etwas aufgetragen. Um diese Anweisung durchführen zu können, hatte Gernot noch etwas aus dem Weinkeller hinter dem Haus holen wollen, doch danach war er nicht mehr zurückgekommen. Viel zu spät war von Margit sein Fehlen bemerkt worden, und als man ihn gefunden hatte, war er bereits an den geruchlosen Gasen im Keller erstickt. Der Notarzt, den man sofort geholt hatte, hatte nichts mehr tun können und schließlich den Tod des Mannes festgestellt.

Es war Pater Raphael, der Mirjam aufsuchte, um ihr diese Nachricht mitzuteilen. Niemand sonst hatte es gewagt, sie von diesem Unfall zu informieren. Mirjam blickte Pater Raphael stumm an, ehe sie sagte: „Denkst du nicht, dass derlei Scherze einfach geschmacklos sind?" Doch allmählich erahnte sie die Wahrheit, obwohl sie sich weigerte, diese anzunehmen. Raphael würde sein Leben dieses schlimme Erlebnis, die Fassungslosigkeit und die endlose Trauer nicht vergessen, in die er Mirjam mit ihrem Begreifen kippen sah. Und irgendwann hielt er sie einfach und ließ sie weinen, schluchzen, toben, herausschreien und schließlich irgendwann still werden. Wie lange? Wie unwichtig doch Zeit in diesem Augenblick sein kann.

Das Begräbnis seines Jugendfreundes brachte auch Raphael an seine Grenzen. Aber er stellte sich dieser Aufgabe.

Beim Begräbnis kam es zum Bruch zwischen Margit und ihrem Vater. Sie schrie ihn am offenen Grab an, er habe ihren Mann umgebracht. Er wäre an allem schuld! Dann schlug sie auf ihren Vater ein und lief davon.

Mirjam hielt das verängstigte Kind ihres Bruders im Arm und koste es sanft. Als hätte das Kleinkind begriffen, dass es am Grab des Vaters war, liefen ihm stumm Tränen über das Gesicht und doch kam kein Laut aus seiner Kehle. Mirjam hielt es an sich gepresst und versprach dem Mädchen immer wieder, dass es für es da sei. Ihr Verstand sagte, das Kind würde es ja nicht verstehen, aber sie begriff, dass Hannah in ihrem Fühlen alles verstand.

Nach dem Begräbnis wurde es wieder ruhiger und Mirjam kümmerte sich viel um ihre Schwägerin, vor allem aber um das kleine Mädchen. Als ob es der Schicksalsschläge noch nicht genug gewesen wäre, fiel Margit nach dem Tod Gernots in eine große Depression. Sie vergötterte anfänglich ihre kleine Tochter, ließ niemanden zu dem Kind, irgendwann auch nicht mehr ihre Patentante. Doch mit der Zeit lehnte sie Klein-Hannah mehr und mehr ab, stieß das Kind immer wieder zurück, sodass es bald notwendig wurde, andere Personen für die Pflege und Aufsicht für das Mädchen zu finden. Durch ihre rasch voranschreitende seelische Krankheit veränderte sich Margit grundsätzlich. Hingegen kümmerte sich Mirjam in dieser Zeit besonders intensiv um ihr Patenkind und war oft mit dem kleinen Mädchen unterwegs, nahm das Kind auch tagelang zu sich, nur um es von der weinenden Mutter fernzuhalten. Mirjam kümmerte sich nach wie vor um ihre Schwägerin, der sie immer wieder anbot, sie dabei zu unterstützen, kompetentere Hilfe aufzusuchen, was diese ablehnte. Termine hielt sie nicht ein, Medikamente nahm sie nicht, und ihr Zustand verschlimmerte sich zusehends.

Es geschah an dem Tag, an dem sich der Tod von Gernot zum ersten Mal jährte, dass Margit ihrem Leben ein Ende setzte und ihre Tochter zur Vollwaise machte.

Mirjams Bemühungen, das Sorgerecht für ihre Nichte zu bekommen, wurden von Margits Vater verhindert, da dieser sich als größter Weinhauer mit Kontakt zu wichtigen Politikern des Landes alles nach seinen Vorstellungen richtete. So wurde das Mädchen der Obhut der Großeltern zugesprochen. Obwohl Mirjam Einspruch erhob, blieb das Gericht bei der Entscheidung. Erst später erfuhr Mirjam, dass der Großvater im Alleingang über verschiedene Wege diese Entscheidung erreichen hatte können. Er vertrat plötzlich die Meinung, dass Hannah das Einzige war, was ihm von seiner Tochter noch geblieben wäre, und das würde er für sich behalten. Ein Gemeinsam akzeptierte er ab diesem Augenblick nicht mehr, obwohl die Großmutter zunehmend mit den Anforderungen des heranwachsenden Kleinkindes überfordert war. Mirjam kümmerte sich trotz all dieser Schwierigkeiten überaus liebenswert um ihr Patenkind. Sie vereinbarte ihre Besuche nur noch mit der Großmutter direkt, die für ihre Hilfen sehr dankbar war. Das Mädchen selbst entwickelte eine enge Beziehung zu seiner Tante, die mehr und mehr Bezugsperson für das Kind wurde. Eine weitere Bezugsperson der Kleinen blieb Pater Raphael, der Hannah und die Großeltern immer wieder besuchte und Kontakt hielt.

Doch schon bald nach Margits Tod begann der Großvater, sich dem Alkohol hinzugeben, und dabei verspielte er im Wirtshaus einen Teil seiner ertragreichsten Weingärten. Es gab für ihn kein Einhalten mehr, er spielte und trank immer mehr. Allmählich verlor er systematisch alles, was er in jahrelanger harter Arbeit erworben und aufgebaut hatte. Sein Alkoholkonsum brachte bald viel Unheil in die Familie. Allein durch den Jähzorn, den der Mann nun frei auslebte, kam es auch zu belastenden Zwischenfällen für das Kind. Mirjam fand immer wieder ein verunsichertes Kind vor. Schließlich bot Mirjam der Großmutter an, mit Hannah in das teilweise leerstehende Elternhaus zu kommen, um dem Kind die Wutausbrüche des betrunkenen Großvaters zu ersparen. Das nahm die Frau an. So hatte Mirjam auch mehr Gelegenheit, sich konsequenter um ihr kleines Patenkind zu kümmern, und das tat sie, so wie sie nur konnte. Da sie nun auch teilweise in diesem Haus lebte, war Hannah ein Teil ihres Lebens geworden. Allmählich kehrte wieder mehr Ruhe ein und Hannah genoss die neue Situation sehr. Für Mirjam war es allerdings eine belastende Zeit. Noch immer quälten sie die Selbstvorwürfe, und sie war davon überzeugt, dass sie am Tod ihrer Eltern mitschuldig war. Gleichzeitig konnte sie den Verlust ihres Bruders nicht bewältigen. Es war tröstlich, für Gernots Tochter nun sorgen zu können. Allerdings war ihre Zeit begrenzt.

Von ihren Freunden bestärkt, nahm Mirjam wieder ihre Bemühungen auf, ihre Prüfungen abzuschließen. Es waren nur noch die Tests in Englisch und Mathematik abzulegen und dafür lernte sie doch länger als gedacht. Allerdings nur in den freien Nächten, denn wenn sie nicht arbeitete, dann gab es Hannah, und die brauchte sehr viel Wärme und Geborgenheit. Zudem zeigte das Mädchen bald Teilleistungsstörungen, deren Ursachen Mirjam durchaus in den vielen Traumata der ersten Lebensmonate zu erkennen glaubte. Somit versuchte sie noch mehr auszugleichen, was Zeit kostete. Neben der Arbeit und dem Kleinkind war das gar nicht so einfach, wie sie gedacht hatte.

Prüfungstermine mussten arbeitsbedingt immer wieder verschoben werden. Mit Unterstützung ihrer Freunde, die ihr sehr viel Kraft gaben, lernte sie allerdings weiter. Endlich wagte sie auch hier den Antritt, erst die gefürchtete Mathematik, danach Englisch, und bestand beide Prüfungen. So schloss sie 14 Monate nach dem Tod ihrer Schwägerin unter diesen Bedingungen die Matura ab.

Francesco war, nachdem alle Vorwürfe gegen ihn ausgeschlossen werden konnten, wieder an die Universität an seinen alten Arbeitsplatz und in die Ordination zurückgekehrt. Allerdings wurde er immer wieder sehr unangenehm mit der Tatsache konfrontiert, dass ihn seine Frau betrogen hatte, und auch Kollegen hielten nicht mit ihren Vorhaltungen zurück, dass er möglicherweise doch mehr Schuld an Lydias Tod trüge als herauszufinden war.

Verleumdungen wurden auch hier weitererzählt und zogen ihre Kreise. Der Mensch, den es betraf, wusste nichts davon.

Lydias Todesumstände konnten geklärt werden. Sie war erwürgt worden und hatte offensichtlich auch mit dem Täter gekämpft. Hautspuren unter den Nägeln ergaben Hinweise auf einen bei der Polizei noch unbekannten Mann. Aber der Täter konnte nicht gefunden werden. Man wusste nicht, ob es einen Auftraggeber gab. Die näheren Umstände konnten ebenfalls nicht geklärt werden. Francesco zog sich nach dem Begräbnis seiner Frau zurück und vertiefte sich schließlich wieder in seine Forschungsarbeiten.

Seinem Freund Michael verdankte er, dass die konsequent hochgehaltenen Verleumdungen entkräftet werden konnten. Somit war der Ruf des Arztes wiederhergestellt. Doch: „cum grano salis" war die Meinung der Öffentlichkeit.

In der Zwischenzeit hatte Andrea Michael eine Tochter geschenkt und war erneut schwanger. Trotz des Schmerzes über den Verlust des Kindes, das ja auch gar nicht sein Kind gewesen war, wie er nun wusste, konnte sich Francesco über die Geburt der Tochter seines Freundes freuen. Er übernahm auch die Patenschaft für dieses Kind, das den Namen Alina erhalten hatte.

Ende August kehrte Mirjam von ihrem Urlaub an ihren Arbeitsplatz zurück. Es war der Tag des ersten Dienstes, als einem jungen Arzt eine Schwellung an Mirjams Hals auffiel. Es war ein Knoten, der an der linken Seite gewachsen war, den sie selbst bis dahin bagatellisiert hatte. Doch der Arzt leitete sofort alle Schritte für eine Punktion und eine histologische Abklärung ein. Der Pathologe führte den Eingriff bereits in der nächsten Stunde durch und stellte bei der anschließenden Untersuchung unklare Zellen in diesem Lymphknoten fest. Er empfahl, eine Operation baldmöglichst einzuplanen.

Da Mirjam aber an diesem Tag vom Urlaub zurückgekommen war, hatte sie diese Entscheidung vor der Pflegedienstleitung zu verantworten. Die ältere Dame, die für derlei Dinge absolut kein Verständnis aufbringen konnte, bestellte Mirjam sofort in die Direktion und erklärte unbeherrscht, noch bevor Mirjam ein Wort sagen konnte: „Was soll dieser Schwachsinn? Hatten Sie im Urlaub keine Zeit für derlei Dinge? Es fällt mir schon auf, dass Sie ein überaus unkollegiales Verhalten aufweisen. Ihre Vorgesetzte hat uns schon manche Ihrer Aktionen erzählt. Sie kommen heute vom Urlaub und wollen sich noch einen Krankenstand herausschinden. Schämen Sie sich nicht?"

Die junge Frau versuchte zu erklären: „Davon ist ja gar nicht die Rede. Hierbei geht es um einen vergrößerten Lymphknoten und Doktor Wöl…"

Die Direktorin unterbrach sie schnaubend: „Ich bin auf Ihre Geschichten nicht neugierig. Sie sind eine niederträchtige Person und arbeitsscheu auch noch, was bilden Sie sich eigentlich ein? Ich sag Ihnen jetzt einmal etwas: Wenn Sie nicht eine Woche nach dieser unnötigen Operation wieder auf der Station sind, dann wird das für Sie Konsequenzen haben. Mir ist es auch vollkommen egal, ob Sie dann bereits wieder körperlich arbeiten können oder nicht, dann machen Sie eben Schreibarbeiten! Davon gibt es auch genug. Immerhin haben Sie ja auch die Matura nachgeholt und da hatten Sie keinerlei Beschwerden. Ich gehe jetzt einmal davon aus, dass Sie auch im Dienst gelernt haben, also die Arbeitszeit unsachgerecht missbraucht haben, natürlich für Ihren eigenen Vorteil. Es ist eine Frechheit sondergleichen, sich jetzt noch einen Erholungsurlaub in einer solchen Weise herauszuschinden. Es ist doch klar, dass Sie noch etwas Zeit für Ihre eigenen Sachen brauchen, also denken Sie, das könnten Sie mit einem Krankenstand korrigieren! Wann werden Sie endlich begreifen, dass Sie zu dumm zum Studieren sind?

Aber das hat ab nun ein Ende! Ich werde darauf achten, dass Ihre Dienste arbeitsreich sind und Sie diese zusätzliche spontane Erholung den anderen dann gegenarbeiten, das schwöre ich Ihnen.

Dann werden wir ja sehen, ob Sie ausgelastet genug sind oder ob es Sie noch zu anderen Aktivitäten drängen wird. So, und jetzt können Sie gehen. In einer Woche stehen Sie hier, und ich möchte dann nicht erfahren müssen, dass Sie durch eine weitere fadenscheinige Diagnose nicht kommen können! Guten Tag!"

Mirjam verließ die Direktion und zog sich kurz in die Umkleideräume zurück, um sich etwas zu sammeln. Ihr Zustand war entsprechend, aber bald kehrte sie wieder auf ihre Station zurück. Eine weitere Untersuchung wurde an diesem Tag eingeleitet, die durfte sie nur in der Zeit einer Mittagspause durchführen lassen, allerdings war die Mittagspause danach gestrichen. Es stünde ihr ja frei, wie sie diese gestalte. Die Feindseligkeiten einiger Kolleginnen blühten geradezu auf, und Mirjam zog sich möglichst zurück, um nicht noch weitere Diskussionen anzuheizen. Aber da war auch Toni, die meinte: „Sag, musst du jetzt schon den Krankenstand einarbeiten? Irgendwo spinnen die doch! Komm, setz dich und atme einmal durch. Wir beide bringen jetzt einmal ein Rauchopfer, also ich, und du gehst mit."

Nachdem die weiteren Befunde große Dringlichkeit zum Handeln anzeigten, konnte schlussendlich auch die Pflegedienstleitung nicht verhindern, dass diese Operation baldmöglichst durchgeführt werden musste. So wurde diese bereits für den übernächsten Morgen geplant und Mirjam wurde noch am nächsten Abend für die Vorbereitung der Operation aufgenommen.

Am Tag nach dem Eingriff lag Mirjam im Bett in einem Krankenzimmer und erholte sich von der Operation, welche am Vortag noch am Nachmittag durchgeführt worden war. Man hatte sie in einem Einbettzimmer untergebracht, da sie zum Personal gehörte. Eigentlich war alles gut verlaufen. Es hätte ihr besser gehen müssen, aber dem war nicht so. Sie lag im Bett und fühlte sich erschöpft, hatte in sich das dumpfe Gefühl, dass die Sache noch nicht vorbei war.

Sie fühlte in sich eine endlose Traurigkeit, die sie nicht erklären konnte. Sie war in Gedanken vertieft, als es plötzlich klopfte. Bereits im nächsten Augenblick steckte ein Mann seinen Kopf zur Tür herein und fragte in einer ruhigen Art, ob sie schon besucht werden dürfe. Ohne ihre Zustimmung abzuwarten, erschien gleich darauf die große Gestalt dieses Mannes im Krankenzimmer.

Der Besucher war, wie er es immer war, im langen schwarzen Habit der Benediktiner gekleidet. Sein rundliches Gesicht war seit kurzer Zeit mit einem gut gepflegten Bart geziert.

Mirjam war sichtlich über diesen unerwarteten Besuch erfreut: „Pater Raphael? Woher weißt du …?"

Er erklärte nur kurz: „Nun, gestern war am Abend die Monatswallfahrt und Chris erwähnte, er vertrete dich. Dazu teilte Pater Berthold mit, dass er für kommenden Sonntag noch einen Organisten brauche, da du im Krankenhaus seist. Na ja, und da ich gerade ein paar Besuche hier gemacht habe, dachte ich, du würdest dich möglicherweise auch über Besuch freuen, immerhin …" Er sprach den Satz nicht fertig, sondern lächelte sie stattdessen nur an und fragte schließlich: „Also, was ist los? Müssen wir uns Sorgen machen?"

Sie schüttelte den Kopf und versicherte: „Chris wird mich in den nächsten Tagen überall vertreten, das ist alles organisiert." Nach einer kurzen Pause ergänzte sie: „Und … den Organisten-Posten für meine wenigen Orgeldienste am Berg müsst ihr derzeit sicher noch nicht ausschreiben, falls du das passenderweise jetzt auch gleich klären willst."

Er nickte und meinte: „Gut, da bin ich aber auch gleich aufrichtig erleichtert. Das war sicher meine größte Sorge, wie du dir denken kannst. Also, was ist los? Der Verband am Hals gefällt mir auf jeden Fall überhaupt nicht."

Mirjam bot Pater Raphael Platz an und begann mit ihren Ausführungen: „Eigentlich war es für mich auch ziemlich überraschend, es war so eine Zyste im Hals, die vor drei Tagen punktiert worden ist. Der Pathologe meinte, er sehe Zellen, die nicht an diese Stelle gehörten, und wollte sofort eine Entfernung derselben zur genauen Untersuchung. Heute werde ich das TÜV-Pickerl wiedererlangen und dann nach Hause gehen. Das war die ganze Geschichte … wahrscheinlich war sie das.

Am Sonntag werde ich dann wieder auf der Orgel heruntertrillern, und du musst damit zurechtkommen."

Der Besucher blickte sie lange stumm an, ehe er fragte: „Warum sagst du wahrscheinlich?"

Sie zuckte mit den Schultern und gab sich unbeschwert: „Weil ... ich denke, dass es dann passt."

Er schüttelte den Kopf und fragte: „Was denkst du wirklich, Mirjam? Irgendwie habe ich das Gefühl, dass du noch etwas sagen willst."

Sie versuchte ein Lächeln und flüsterte: „Ja ... ich bin froh, wenn es vorbei ist. Ich ... habe einfach ein komisches Gefühl, aber das ist sicher normal."

Der Geistliche war noch keine zehn Minuten im Zimmer, da wurde plötzlich die Tür aufgerissen und eine Oberärztin und zwei Schwestern traten eilig ein, wobei die Ärztin schon beim Hereinkommen redete: „Mirjam, ich muss mit dir reden ... wir kriegen das wieder hin, aber ..." Zu dem Priester gewandt sagte sie: „Würden Sie bitte das Zimmer kurz verlassen?" Überlegend korrigierte sie aber sofort ihre Meinung und fragte Mirjam: „Wenn du willst, der Priester könnte eigentlich auch im Zimmer bleiben, oder? Vielleicht wäre das jetzt gar nicht so schlecht?"

Mirjam nickte und bat leise: „Sta! Itaque non dicam, quid fatum facit." (Bleib! Somit muss ich dir nicht erzählen, was mir das Schicksal zuwirft.) Sie blickte zur Ärztin und stellte nüchtern fest: „Es dauert auch nicht lange, oder?"

Da die Ärztin vorläufig nach Worten suchte, streckte sich Mirjam nun durch und fragte ohne Umschweife: „Es ist Krebs, nicht wahr?"

Die Ärztin verstummte und hatte Tränen in den Augen. Der Geistliche fixierte sofort die Medizinerin und hoffte, sie würde Mirjams Aussage endlich dementieren. Es war schon klar, dass Mirjam nach all den Geschehnissen der letzten Jahre jetzt auch gleich das Schlimmste annahm. Aber das war es ja wohl nicht! Warum um alles in der Welt sagte die Ärztin jetzt nichts? Warum erklärte sie nicht, dass Mirjam mit ihrer Vermutung total falsch lag? Doch alle anderen des Teams schwiegen auch und dieses Schweigen lag bald schwer auf allen Anwesenden im Raum und bekam etwas Ungreifbares, etwas Bedrohliches, etwas Endgültiges, sodass nun auch Pater Raphael etwas Unheilvolles erahnte. Mirjam war betont ruhig, als sie die Ärztin noch einmal fragte: „Hermi, ist es ein Malignom? Na klar, was denn sonst … und … nachdem ihr ja nur die Zyste entfernt habt, war das wohl ein Lymphknoten … mit Metastasen, oder?"

Die Ärztin nickte stumm, setzte sich zu Mirjam an den Bettrand und griff nach ihrer Hand. Sie erklärte endlich: „Es ist eine Art von Krebs, das ist leider wahr. Aber weißt du, unser Pathologe ist sicher, dass es die Art von Karzinom ist, die heilbar ist. Du hast großes Glück, denn dieser Tumor hat eine gute Prognose. Der Tumor wird entfernt, dann bekommst du eine Strahlentherapie und damit ist alles weg. Das geht nur bei ganz wenigen Tumoren, aber bei diesem Karzinom ist das möglich. Du musst nur dein Leben lang die Hormone substituieren, das ist alles. Glaub mir, wir kriegen das hin. Bitte glaub mir das jetzt einfach. Am Abend nehme ich mir Zeit und beantworte alle deine Fragen, die du stellen willst. Ich erzähle dir alles … ist das okay?"

Mirjam hatte ihr zugehört, über das Gesagte kurz nachgedacht und nun fragte sie: „Wie viel Zeit habe ich? Und warum redest du mit mir wie mit einem dummen Kind?"

Die Ärztin erklärte ihr noch einmal, wie sich die Therapie gestaltete, und betonte, dass die Prognose gut sei und man damit sehr lange überleben könne. Sie sprach nun aber eher schnell und ließ keine von Mirjams Fragen zu, also stellte diese schlussendlich auch keine mehr. Sie hörte die Ärztin noch sagen, dass man sie in den nächsten Tagen in Wien operieren werde und dass sie alles organisieren werde. Sie, Mirjam, müsse sich um nichts kümmern, es werde alles gut werden. Dann huschte die Medizinerin samt den Schwestern wieder aus dem Zimmer und war froh, dass Mirjam jetzt nicht allein war.

Vor der Tür fragte eine der Schwestern: „Was hat die da mit dem Pfarrer geredet?"

Die Ärztin blickte die Frau an und erklärte: „Sie hat mit dem Pfarrer Latein geredet. Nur, ich habe nicht verstanden, was sie gesagt hat ... es war zu leise, um alles zu verstehen. Ich wusste aber auch nicht, dass sie das kann."

Die andere erklärte: „Das ist aber schon übertrieben ... das Weib hat ja echt einen Knall! Das sind totale Allüren! Kein normaler Mensch redet so ... die glaubt echt ..."

Die Ärztin entgegnete: „Das finde ich nicht. Es wird einen Grund haben, warum sie mit dem Priester Latein geredet hat. Und wenn ich dir so zuhöre, dann kann ich das sogar verstehen. Es ist von eurer Seite so ziemlich alles schlecht, was sie macht, zumindest habe ich das schon mehrmals gehört. Vor allem du kannst das recht gut, Trixi, bei dir sind ja alle Kollegen der letzte Dreck. Glaubst du, ich habe euer Mobbingsystem nicht mitbekommen? Mirjam überlegt sehr genau, wem sie vertraut. Dass sie euch nicht vertraut, war offensichtlich, und in dieser Situation war es wohl ein Schutzreflex, eine Sprache zu wählen, die ihr nicht versteht. Ehrlich, ich würde gern so gut Latein reden können, wie sie das offensichtlich kann. Das hat mir imponiert ... Das ist bei ihr so ... selbstverständlich gewesen, als würden sie öfter so reden. Tja, die Kirchenmusiker sollte man nicht unterschätzen. Man tut sie zwar immer so ein bisserl als Spinner ab, aber so ist es nicht. Ich habe großen Respekt vor diesen Menschen. Sie sind zufrieden, in sich zufrieden; das, was du nie sein wirst. Und weil sie dir überlegen ist, machst du diese Dinge und vor allem auch sie schlecht.

Mirjam weiß viel mehr, als du glaubst. Und noch etwas, Trixi: Mirjam hat keine Allüren, das wissen wir alle. Hast du sie schon spielen gehört? Sie ist tatsächlich gut, und ich hätte ihr diesen Level nicht zugetraut!

Also, es wäre durchaus produktiv, wenn ihr eure Messer derzeit stecken lassen könntet, die ihr sonst so gerne rücklings werft. Lasst Mirjam jetzt endlich einmal in Ruhe! So, das wollte ich euch auch schon lange einmal sagen. Ich organisiere jetzt einmal die Operation. Davor sollte ich mich noch einmal mit dem Pathologen kurzschließen; ich brauche seinen endgültigen Befund und die genaue Histo. Ich hoffe, unser Pathohistologe hat sich nicht geirrt. Aber er hat auch sehr wenig Material für eine sichere Diagnose!"

Mirjams Kopf war indes zurückgesunken und sie hatte die Augen geschlossen. Es war alle Farbe aus ihrem Gesicht gewichen. Blind, da sie nicht die Kraft hatte, nun ihre Augen zu öffnen, suchte sie die Hand des Priesters und Freundes, der noch immer neben ihr saß, und hielt sich daran fest. Alles hatte sich zu drehen begonnen und ihr schwindelte so sehr, dass sie Angst hatte, aus dem Bett zu fallen, obwohl sie ruhig liegen geblieben war.

Weit weg hörte sie die ruhige Stimme von Pater Raphael. Sie hörte nur, dass er sprach, sie verstand nicht, was er sagte. Allmählich schienen die Worte wieder näherzukommen. Irgendwann verstand sie das Gesagte wieder, auch wenn sie deren Bedeutungen noch nicht vollends begriff. Also nahm sie alle Kraft zusammen, wandte ihm irgendwann den Kopf zu und fragte mit zittriger Stimme: „Hast du etwas gesagt?"

Er fragte noch einmal: „Hörst du mich jetzt?"

Mirjam nickte und antwortete ein leises „Ja".

Nun sprach der Geistliche weiter: „Dir ist nur ein wenig schlecht geworden, oder? Das hast du immer schon gehabt, wenn dir etwas zu viel geworden ist."

Sie nickte und dementierte: „Also wirklich, du kannst aber auch dick auftragen, Herr Pfarrer. So schlimm war es ja gar nicht. Ein paar Mal halt, aber nicht immer …"

Und sie hörte, wie der Geistliche nun weitersprach: „Na ja, egal, darum sollten wir uns jetzt nicht zanken. Viel wichtiger ist, was die Ärztin zu dir gesagt hat: Die Krankheit ist heilbar! Das ist gut. Wenn du alles machst, was man dir sagt, dann wirst du wieder gesund. Verstehst du?"

Mirjam nickte matt und antwortete: „Du redest ja laut genug, also kann ich dich gut hören."

Der andere stieg auf ihren Sarkasmus nicht ein, sondern sprach weiter: „Augen zu und durch … Scheuklappen, schau nur geradeaus, nicht rechts und nicht links … verstehst du?"

Sie nickte gedankenabwesend und murmelte: „Si tu dicas!" (Wenn du es sagst.)

Der Mönch fragte nun: „Kann ich irgendetwas für dich tun?"

Sie überlegte und erklärte leise: „Nein, aber …"

Er fragte nach: „Aber?"

Sie atmete durch und schwieg einige Zeit, ehe sie irgendwann leise gestand. „Timeo, timeo! Volo, volo vivere …" (Ich habe Angst … ich will leben!)

Er griff erneut nach ihrer Hand und erklärte: „Das mit der Angst, das ist durchaus normal. Du musst jetzt auch nicht über den Dingen stehen. Verlang da nicht zu viel von dir, du darfst auch Angst haben."

Sie verstummte und hing ihren Gedanken nach.

Leise fragte der Besucher: „Willst du reden? Egal was? Reden, auskotzen, wie du das immer nennst!"

Sie sah ihn überrascht an und irgendwann fragte sie: „Willst du dir das wirklich antun? Ich soll nur erzählen?"

Seine Antwort: „Selbstverständlich! Alles, was dir in den Sinn kommt, worüber du reden willst."

Sie begann: „Ich … weiß nicht, wie es weitergehen soll … ich habe Probleme in der Arbeit, also mit der Pflegedienstleitung …" Und sie erzählte nun, wie die Pflegedirektorin sie als arbeitsscheu hingestellt hatte, dabei wäre es ihr schon so lange nicht mehr gut gegangen. Wie man jetzt wusste, hatte sie mit einer massiven Unterfunktion der Schilddrüse gearbeitet und alle Dienste gemacht, die man vorgeschrieben und zusätzlich verlangt hatte. Sie war immer wieder an ihre Grenzen gekommen, und sie war oft erschöpft gewesen.

Nun brach alles aus ihr heraus, die Sorgen um Hannah, die Intrigen des Alten, der sich immer neue Dinge ausdachte, damit er an das Kind kommen konnte; wie schlimm es für Hannah war … aber dann auch all die Dinge, die so schwer auf ihrem Herzen lagen: wie man sie seit Jahren wegen ihrer Spinnerei, die Matura nachzuholen, oder ihrer großen Liebe zur Musik geradezu stigmatisierte. Dabei scheute man sich nicht, sie als minderwertig hinzustellen und als dumm und schlecht anzuprangern. Die alten Wunden brachen nun auf, und sie bluteten alle. All das, was sie so lange nicht ausgesprochen hatte, sprudelte aus ihr heraus. Dabei stiegen die nicht geweinten Tränen in ihr auf und vereitelten schließlich jedes Weiterreden.

Der Priester begriff, wie viele Kränkungen in den letzten Jahren in Mirjams Leben passiert waren, und fragte nun: „Was verletzt dich eigentlich mehr, das Verhalten und die Böswilligkeit mancher Kolleginnen beziehungsweise der Neid, der dich durch deine Talente begleitet hat, oder … deine Ohnmacht, die dich dazu zwingt, diesen Menschen das durchgehen zu lassen?" Eigentlich kannte er Mirjam lange genug, um zu wissen, dass sie mit diesem Satz wohl die Wände hochginge. Ihr jetzt noch eine Selbstverantwortung zuzuweisen, war für sie möglicherweise – und hoffentlich – ein rotes Tuch. Aber falls sie nun explodierte, kämpfte sie. Er wartete, aber sie blieb stumm; und so begriff er sehr bald, dass sie derzeit die Kraft nicht mehr hatte, irgendwie zu reagieren, geschweige denn zu kämpfen. Deshalb fragte er: „He, was ist los mit dir, wo bleibt meine verbale Ohrfeige?"

Sie antwortete nur matt: „Keine Sorge, die bekommst du, mit Zinsen und Zinseszinsen und allem, was dazugehört. Beidseitig, das verspreche ich dir! Aber ich bin jetzt zu müde, um genau zielen zu können. Blind will ich nicht gegen dich schlagen, das wäre möglicherweise nicht stark genug. Hab dich schon verstanden …werde schon kämpfen … später … bin jetzt nur so unglaublich müde … jetzt … jetzt geht es noch nicht." Sie verstummte wieder und ihre Stimme klang nun kraftlos. Ihre Augen waren geschlossen. Irgendwann fragte sie: „Würdest du noch ein wenig bleiben? Auch wenn ich jetzt nicht rede? … Bin so müde … kann nicht mehr reden … will auch nicht mehr, … bitte lass mich jetzt nicht allein … und schreib die Organistenstelle trotzdem noch nicht aus … da wäre ich dir sehr verbunden."

Er lächelte, als er versprach: „Du weißt doch, bei uns werden besetzte Stellen nicht ausgeschrieben oder doppelt besetzt. Das gilt besonders für unsere Organisten. Tja, und deinen Posten schreibe ich noch lange nicht aus, Mirjam. Du wirst dieses Amt gefälligst noch einige Zeit besetzen, egal, wann du wieder damit anfängst. Es bleibt, wie es ist, okay?"

Sie nickte und hauchte: „Danke, das ist mir wichtig!"

Der Priester blieb noch bei Mirjam sitzen, aber sie war von da an stumm und hing offensichtlich ihren Gedanken, die sie voll in ihren Bann zogen, nach. Ihre Augen füllten sich immer wieder mit Tränen, die sie stumm weinte. Der Geistliche hatte nun seine Hand auf die ihre gelegt und blieb, so wie von ihr erbeten, ebenfalls still. Auch er hing seinen Gedanken nach.

Durch das Fenster fiel das sanfte Licht der Sonne, das sich im weißen, feinen Gewebe des Stoffes, der vor das Fenster gezogen war, fing und diesen Stoff in einer eigenen Weise zum Leuchten brachte, um danach noch die Form des Fensters verzerrt an der Mauer erhellt wiederzugeben.

Die Schiebetür zum angrenzenden Badezimmer war nicht ganz geschlossen. Deshalb hörte man von einem undichten Wasserhahn das Geräusch von fallenden Wassertropfen, die genau in den Abfluss fielen, und zeitweise, mit dem typischen Geräusch des Aufklatschens, die bedrückende Stille, die diesen Raum erfüllte, unterbrachen. Das entstandene Geräusch erschien unnatürlich laut, aber es war nicht lauter als sonst. An der Wand gegenüber von Mirjams Bett hing ein einfaches gebranntes und glasiertes Kreuz aus Ton. Bei näherer Betrachtung sah man rechts unten die abgesprungene Stelle der Glasur, wodurch der Ton in einer dezenten Terrakotta-Farbe sichtbar wurde. Auf dem Tischchen darunter stand eine einfache Metallkanne mit kaltem Tee. Die Kanne war auf ein Tablett gestellt worden, auf welchem eine alte Stoffserviette lag. Die Serviette zierte ein eingetrockneter rötlicher Fleck, was den Stoff an dieser Stelle nicht nur unansehnlich, sondern auch zerknittert wirken ließ. Auf diese Serviette waren noch zwei Teegläser gestürzt. Daneben stand, nicht abgedeckt, ein Schälchen mit Apfelkompott, welches nun das Ziel von zwei emsigen Fliegen, die die Oberfläche der Apfelspalten zu inspizieren schienen, geworden war. Mirjam schaute ihnen wortlos bei ihren beständigen Bemühungen, über diese Oberflächen zu laufen, zu und doch wurde ihr dieses Treiben nicht bewusst. Ihre Gedanken waren weit fort, ihre Seele weinte. Die junge Frau wünschte, endlich dieser unrealen Geschichte entfliehen zu dürfen. Alles in ihr flehte danach, dass man ihr endlich erklären möge, dass das nur ein böser Traum sei, sie müsse nur erwachen. Doch gleichzeitig war sie zu nüchtern, um nicht doch auch die Wahrheit zu erkennen, wobei sie noch sehr weit entfernt von einem annähernden Akzeptieren war.

Ihre Gedanken, die wie Blitze aufflammten, schienen sich gleichzeitig in ihrem Kopf zu überschlagen, und so vereitelten deren Dichte und die enorme Intensität dieser Gedankenblitze, dass sie einen von ihnen klarer fassen und zu Ende denken hätte können. Eine Gegebenheit, die in ihr doch eine gewisse Verlorenheit bewirkte und sie in diese endlose, tiefe Traurigkeit abstürzen ließ …diese Traurigkeit, in die man einfach nur noch fiel, und da war nichts mehr, was irgendwo noch Halt hätte sein können. Doch es lag immer noch eine Hand auf der ihren und hielt sie fest.

Es war nur eine einzige Hand, nicht mehr. Kein Wort, keine Erklärungen, keine großartige Geste, nur eine Hand und sonst Stille. Aber es war gerade diese eine Hand, die in diesem Augenblick die einzige noch bestehende Verbindung ihres Inneren zu der Außenwelt darstellte. Nichts anderes nahm sie mehr wahr, außer dieser Hand, die nun so etwas wie Halt in dieser Stunde geworden war. Die Hand, durch die sie begriff, dass sie jetzt nicht allein war. So geschah es, dass irgendwann so etwas wie Trost in diesem Dunkel, welches ihre Seele so unaufhaltsam überflutet hatte, aufflackerte.

Als wäre Trost eine zarte Flamme, die sich in uns unverhofft entzünden ließe. Sie versuchte, sich auf dieses kleine Flämmchen zu konzentrieren, dessen Existenz sie anfänglich nur erahnte und welches sie trotzdem schon ab dem ersten Wahrnehmen allmählich ruhiger werden ließ. Diese Ruhe war es auch, die es ihr schließlich erlaubte, in einen erlösenden Schlaf hinüberzugleiten, der ihr gnädig für diese Zeit so etwas wie erleichterndes Vergessen gewährte.

Der Priester erkannte irgendwann ihren gleichmäßig werdenden Atem und ahnte, dass sie wohl eingeschlafen sein musste. Er hatte während dieser Zeit der Stille intensiv gebetet und Mirjam immer wieder gesegnet. Nun erhob er sich, zeichnete sanft ein Kreuzzeichen auf ihre Stirn und verließ nachdenklich das Zimmer.

Als Mirjam erwachte, war es früher Nachmittag. Sie fühlte sich nun ein wenig besser und hing zwar wieder, aber etwas geordneter, ihren Gedanken nach. Irgendwann hatte sie registriert, dass sie wieder allein im Zimmer war. Allmählich verlor sie sich wieder mehr in ihren Gedanken, versuchte ihr Handeln zu ordnen. Aber eigentlich musste sie doch genauer wissen, wovon sie ausgehen konnte. Hermi würde mit ihr reden, das wusste sie. Sie würde sicher vorbeikommen, wenn es ihre Arbeit zuließ. Aber sie selbst brauchte jetzt Antworten auf die Fragen, die nun sehr stark geworden waren.

Plötzlich streckte sie sich durch, griff zum Telefonhörer und rief den Leiter des Pathologischen Institutes an. Als sich dieser meldete, stellte sie sich vor und fragte: „Hier spricht Mirjam Steiner. Haben Sie einen Moment Zeit für mich? Wissen Sie, Sie haben da eine ziemlich starke Diagnose gestellt, die ja auch sehr beeindruckend ist, wenn es einen nicht betrifft. Allerdings ist es jetzt so eine blöde Sache, weil ich da irgendwie hineingeraten bin und weil mich diese Diagnose nun doch mehr betrifft, als vielleicht von Ihnen anfänglich gedacht. Und deshalb wird diese Diagnose fast zu einem Urteil für mich. Da das aber eine sehr entscheidende Aussage für mein Leben oder das, was davon übrigbleiben wird, ist, würde ich die Tatsachen dieser schicksalhaften Befundung gerne mit eigenen Augen sehen. Kurz, darf ich Sie bitten, mir zu beweisen, was Sie da gefunden haben? Zudem hätte ich noch ein paar Fragen bezüglich Prognose und Lebenserwartung. Noch etwas, auch wenn es vielleicht nicht wichtig erscheint, aber … ich muss die Wahrheit wissen."

Der Arzt und Leiter der Abteilung lud sie ein, in sein Büro zu kommen. Er habe ihre Schnitte noch bei sich auf dem Schreibtisch liegen, versicherte er leise. Sie entschied, dieser Einladung auch gleich nachzukommen, und verließ kurz darauf die Station, um das Institut in einem Nebengebäude aufzusuchen. Der Primar, ein körperlich nicht zu großer, doch im Menschlichen ein großartiger Mann, saß bei seinem Schreibtisch und mikroskopierte. Er hatte schon graues Haar, aber dunkle, lebendige Augen, mit denen er sehr aufgeweckt seine Umwelt betrachtete. Auf seiner Nase thronte eine Brille, die er bei der Arbeit nie abnahm, zumindest hatte Mirjam dies nie erlebt. Von einigen dienstlichen Zusammentreffen wusste sie, dass er eher von einem stillen

Wesen beseelt war und es deshalb absolut nicht akzeptieren konnte, wenn es bei der Arbeit laut war, wie sie gelegentlich bei Durchführung von Biopsien erlebt hatte. Aber wenn man mit ihm ins Gespräch kam, dann fand man eine Persönlichkeit, die an Größe ihresgleichen suchte. Das Ganze war hinter einer berührenden Bescheidenheit versteckt und wurde auch nur wenigen Menschen offenbart.

Als Mirjam nach kurzem Klopfen seiner Aufforderung, einzutreten nachkam, hatte er bereits die zugehörigen Präparate in sein Mikroskop eingelegt. Er bot ihr neben sich Platz an und ließ sie mit diesem Spezialmikroskop mit ihm gleichzeitig das Präparat betrachten. Er erklärte ihr mit sehr viel Feingefühl und eigentlich auch sehr genau, wie es eben auch seine Art war, warum er diese Diagnose gestellt hatte. Mirjam sah das erste Mal in ihrem Leben ein histologisches Präparat eines Organs in dieser Deutlichkeit. Sie hörte zu und in ihr erwachte eine nie gekannte Begeisterung für histologische Schnitte. Da sie keine Fragen stellte, fragte nun der Arzt: „Haben Sie verstanden, was ich da von mir gebe? Ich befürchte fast, das war jetzt wohl Fachchinesisch. Verstehen Sie mich?"

Sie schaute nun endlich hoch und da war ein Lächeln in ihrem Gesicht. Leise fragte sie: „Diese Zellen, diese dunklen Punkte, gehören die zum Lymphknoten? Wie sehen die Zellen der Schilddrüse aus? Welche dieser Zellen gehören da nicht hin? ... Kommen Sie schon, was sind die dunklen Gruppen von Punkten?"

Wenn der Arzt jede Frage erwartet hatte, über die Prognose oder sonst was – aber das war eine Frage, auf die er nicht gefasst gewesen war, und deshalb erkundigte er sich: „Ist alles in Ordnung?"

Sie nickte und fragte noch einmal: „Welche Zelle erinnert Sie an Schilddrüsengewebe?" Da er nicht gleich antwortete, fügte sie ein sehr eindringliches „Bitte! Erklären Sie mir das! Es ist wichtig für mich!" hinzu. Und da er noch immer nicht redete, fuhr sie fort: „Und dass ich Sie nicht unterbrechen muss: Was ist eigentlich hier die Struktur des Lymphknotens? Ich meine, ich kenne die Struktur, aber hier kann ich sie nicht erkennen.

Warum nicht? Das ist doch mein Lymphknoten, nicht wahr? Dieser dicke Rand gehört zum Lymphknoten, oder?"

Der Arzt sah sie kurz an, dann richtete er wieder sein Okular und begann zu erklären. Mit Lichtpunkten und Pfeilen, die er nun einsetzte, erläuterte er die einzelnen Strukturen und auch, was sein durfte und was nicht sein konnte. Sie hörte genau zu und versuchte jedes Wort zu begreifen. Als er geendet hatte, fragte der Arzt: „Warum war das jetzt so wichtig?"

Sie überlegte nicht lange, sondern erklärte: „Jetzt weiß ich, was ich machen will. Ich möchte genau diesen Bereich der Medizin lernen. Das ist großartig. Diese Zellen, alles ist so klar und hat doch so viel Aussage …"

Der Arzt entgegnete: „Es dauert sehr lange, diese Präparate beurteilen zu können, und davor ist ein mächtig langes Medizinstudium erforderlich … irgendwie habe ich das Gefühl, Sie sind im Augenblick nicht ganz real."

Sie kehrte nun wieder zu dem Okular des Mikroskops zurück und antwortete: „Doch, … doch … glauben Sie mir, ich war schon lange nicht so klar wie jetzt. Könnten Sie bitte noch weiter erklären? Bitte!"

Als Mirjam Steiner eine Stunde später auf die Station zurückkam, hatte sie eine kleine histologische Vorlesung hinter sich. Zudem hatte der Pathologe geduldig ihre Fragen beantwortet, auch bezüglich Prognose und weiterem Prozedere ihrer Behandlung, die erforderlich geworden war. Es war eigenartig, aber Mirjam vertraute diesem Arzt. Er hatte sie noch nie belogen, das wusste sie, und nun vertraute sie dem, was er gesagt hatte. So schräg diese ganze Situation nun auch war, in Mirjam war etwas Wunderbares erwacht: Begeisterung. Doch sie merkte nun auch, dass es wohl höchste Zeit war, wieder in das Bett zu kommen, da sie bereits kaltschweißig war und ihre Finger zitterten. Aber sie achtete nicht darauf, sondern während sich ihr Körper liegend erholte, waren ihre Gedanken damit beschäftigt, das, was ihr der Pathologe erklärt hatte, zu ordnen und diese Aussage zu durchdenken. Vor allem versuchte sie diese Bilder, die sie in den Einstellungen im Mikroskop gesehen hatte, ihrem Gedächtnis gut einzuprägen. Sie sollte sich wohl dringend Literatur besorgen, das nahm sie sich fest vor.

Mirjam war etwas überrascht, als es eine Stunde später an der Tür klopfte und der Pathologe eintrat. Er war bereits in ziviler Kleidung und trug ein Buch unter seinem Arm. Er huschte in das Zimmer und kam zu Mirjams Bett. Lächelnd reichte er ihr das Buch und erklärte: „Ich dachte, Sie werden sich vielleicht noch ein wenig mit der Materie auseinandersetzen wollen. Sie sollten dazu in diesem Atlas nachlesen und sich mit einigen Bildern vertraut machen. Aus Erfahrung weiß ich, dass man die Strukturen, mit denen man sich beschäftigt, noch einmal nachschlagen sollte, damit man sie behält. Passt es, wenn ich Ihnen den Atlas bis morgen überlasse und ihn in der Früh wieder abhole?"

Mirjam nahm das Buch und legte es auf ihre Decke, dabei erklärte sie: „Sie wissen es vielleicht noch nicht, aber ... Sie haben mit dieser Aktion möglicherweise einen folgenschweren Fehler gemacht."

Der Mann nickte und erklärte: „Das dachte ich mir schon, aber ich befürchte, damit werde ich leben müssen. Auf der anderen Seite ... wünschte ich, dass es mehr von solchen Fehlern gäbe." Nach einer kurzen Pause fügte er hinzu: „Glauben Sie mir, ich habe mir das durchaus überlegt und ich bin mir sicher, dass ich mit diesem Atlas jetzt etwas Richtiges getan habe. Also noch eine Bemerkung zum Buchaufbau: Vorne sind die Kapitel angegeben, dann folgt der Fotoatlas, also die Bilder der Schnitte und die Detailaufnahmen samt genauen Beschreibungen. Etwa ab der Mitte können Sie auch über die Pathologien der verschiedenen Erkrankungen, die hier abgebildet sind, genau nachlesen ... in Ihrem Fall sollten Sie sich bei der Schilddrüse mit der papillären Form des Schilddrüsenkarzinoms auseinandersetzen. Meiner Meinung nach wird sich diese Diagnose bestätigen. Lesen Sie alles, was Sie im Buch darüber finden, die Details sind hier gut erklärt. Und falls Sie morgen noch Fragen haben, nehme ich mir gerne Zeit. Also, ich wünsche Ihnen viel Vergnügen beim Eintauchen in die Materie. Ich denke, Sie sehen das vollkommen richtig, Sie müssen wissen, was es ist. Also: Carpe diem!"

Sie lächelte ihn an und flüsterte: „Danke! Glauben Sie mir, ich werde meinen Tag nützen, ganz sicher! Ich kann aber in der Früh das Buch auch zurückbringen, …"

Er unterbrach sie: „Nein, ich hole es mir wieder ab. Sie sollten sich noch etwas schonen."

Bald darauf war der Arzt gegangen und Mirjam begann sogleich in diesem Buch zu blättern. Sie las und mehr und mehr bestätigte sich das, was ihr der Pathologe erklärt hatte. Er hatte sie nicht belogen. Allmählich begriff sie, dass sie tatsächlich gute Möglichkeiten auf Heilung hatte, und dieses Wissen verlieh ihr mehr und mehr Kraft.

An diesem Abend erhielt sie noch einmal Besuch, und der überraschte sie ebenso wie der Besuch von Pater Raphael. Es war Johannes, der, ehe sie eine Frage stellen konnte, erklärte: „Sag, hättest du nicht Urlaub nehmen können? Aber nein, legst dich da ins Krankenhaus und versuchst einen Abgang. So geht das aber nicht, holde Maid. Das ist eine sehr eigentümliche Weise, wertvolle Lateinstunden oder andere Lerneinheiten zu schwänzen, und ich hoffe, du bist dir auch über die Stümperhaftigkeit dieses Versuches bewusst. Zudem machst du auch noch ein großes Geheimnis um diese Einlage, was ja auch berechtigt ist. Wenn ich nicht gerade eine Besprechung mit Pater Raphael gehabt hätte, wüsste ich gar nichts von deinem Alleingang! So, du hattest deinen Versuch und jetzt Augen zu und durch und dann zurück an die Orgel!"

Mirjam reichte ihm die Hand: „Salve, Magistre! Hab keine Sorge, so schnell wirst du mich nicht los."

Johannes lächelte sie an und entgegnete nun wesentlich sanfter: „Sag, was ist los?"

Mirjam erzählte die Details und dann öffnete sie das Buch, in welchem sie gerade gelesen hatte, und erklärte: „Unser Pathologe hat mir für heute ein Buch gebracht, damit ich es selbst lesen kann. Ich komme wohl mit einem blauen Auge davon. Alles, was aufmuckt, fliegt in den nächsten Tagen hinaus, und danach schließt noch eine Therapie an. Das war es im Wesentlichen auch schon wieder." Mirjam erklärte ihm alles, womit sie sich nun auf den Bildern bereits vertraut gemacht hatte, und erzählte auch von ihrem Besuch beim Pathologen.

Ihr Gegenüber hörte ihr zu und begann nun zu lachen, ehe es nachfragte: „Versteh ich dich richtig? Du bist heute gleich zum Pathologen gestartet und hast dir selbst ein Bild gemacht? Na klar, was denn sonst, wie kann ich nur fragen! Und bist du mit seiner Arbeit zufrieden?"

Sie nickte und bestätigte. „Ja, sehr! Er hat mir alles erklärt."

Johannes fuhr fort: „Nun, anderenfalls hättest du sehr wahrscheinlich deine ihn würgenden Hände nicht mehr von seinem Hals genommen … das ist schon klar."

Der Besucher zog nun alle seine Register, um sie aufzuheitern. Er kannte sie lange genug, um zu wissen, wo er ansetzen musste. Und so saßen sie über eine Stunde zusammen, blödelten und Mirjam lachte aus vollem Herzen. Johannes wusste einfach, wie ein Mensch sein Reptiliengehirn austrickste, das bewies er an diesem Abend besonders. Lachen produziert Glückshormone und Glückshormone fressen Kampfhormone und Angst. Das hatte ihm Mirjam schon mehrmals erklärt, nun setzte er dieses Wissen meisterhaft ein und achtete darauf, dass Mirjam nicht aufhörte zu lachen.

Als schließlich die Ärztin ins Zimmer kam, verabschiedete sich Johannes und zeichnete ihr ein Kreuzzeichen auf die Stirn, ehe er sagte: „Sei gesegnet, Mirjam! Ruf an, wenn ich etwas tun kann. Meine Elisabeth und ich, wir sind für dich da, nur melden! Der Dechant wird dich noch anrufen, aber ich soll dir noch alles Gute von ihm sagen."

Mirjam antwortete: „Danke! Euch allen!"

Als er gegangen war, meinte die Ärztin: „Du stehst wohl hoch im Kurs in diesen Kreisen. Zuerst der Mönch, dann der Dechant … und jetzt der Diakon."

Mirjam erklärte: „Nein, ich denke nicht. Aber das sind meine Chefs beim Orgeln. Du weißt doch, ich bin Gelegenheitsorganist, da kommt man bisweilen weit herum."

Die andere fragte: „Du hast wohl derzeit viele Gelegenheiten?"

Mirjam stellte zögernd fest: „Ich beschwere mich nicht."

Die Ärztin erkundigte sich weiter: „Und was ist so toll daran, im Winter in Kirchen oben zu sitzen und zu frieren?"

Mirjam entgegnete: „Die Rahmenbedingungen sind nicht immer ideal, da hast du schon recht, aber darum geht es genau genommen gar nicht. Weißt, wenn ich spiele, kann ich mich so richtig wegbeamen. Das ist so unbeschreiblich schön. Ich liebe einfach dieses Instrument, so wie ein anderer den Urlaub am Meer oder andere Dinge liebt."

Die Ärztin lächelte sie an und erklärte: „Ich habe dich schon gehört, es ist auch das Zuhören schön, wenn du spielst."

Mirjam blickte lange in die Augen ihres Gegenübers, ehe sie leise „Danke!" entgegnete.

Doch nun setzte sich die Ärztin neben ihr Bett und fragte: „Also, was willst du wissen?"

Mirjam zeigte das Buch. Dabei erklärte sie: „Ich war beim Primar auf der Patho, und er hat so ziemlich alle gestellten und nicht gestellten Fragen beantwortet. Du weißt, ich versteh mich gut mit ihm. Ich wollte es auch ganz genau wissen. Um sicher zu sein, dass ich es auch verstanden habe, hat er mir bis morgen dieses Buch geborgt."

Hermi schaute sich das Buch kurz an, danach ging sie mit Mirjam nun noch einmal alles durch. Zudem teilte sie ihr mit, dass sie bereits am nächsten Tag nach Wien in ein Krankenhaus transferiert werden sollte. Die Operation wäre dann am nächsten Tag. Sie blieb lange bei Mirjam, und es folgte ein gutes Gespräch.

Kurz nachdem die Ärztin das Zimmer verlassen hatte, kam die Nachtdienstschwester ins Zimmer. Sie setzte sich zu Mirjam und zog sie einfach nur in den Arm. Leise fragte sie: „Kann ich etwas tun?" Mirjam schüttelte den Kopf, ehe sie entgegnete: „Nein, aber danke!" Doch sie war sehr froh, dass Hemma im Dienst war. Die Kollegin brachte ihr später noch heißen Tee und setzte sich zu ihr, um sie aufzuheitern. Diese Begegnung tat Mirjam sehr gut.

Am Morgen wurde Mirjam in ein Wiener Krankenhaus überstellt. Dort wurde sie auf der Chirurgie aufgenommen und man bereitete sie für die große Operation am nächsten Tag vor.

9. Kapitel

Francesco nahm in den nächsten Monaten vermehrt Lehrauftritte im Ausland wahr und entfloh so den Verleumdungen, die nach wie vor über ihn erzählt wurden. Zudem reiste er auch immer wieder nach Spanien, da sich der gesundheitliche Zustand von Paolo aufgrund einer Erkrankung zusehends verschlechterte. In diesen Tagen ergaben sich gute Gespräche, in denen er seinem väterlichen Freund einige wenige Dinge von Lydias Tod anvertraute. Er erwähnte nichts von den schrecklichen Verleumdungen, die sein Leben so schwer belasteten. Das hatte hier nichts zu suchen. Paolo begriff aber auch so, was das für Francescos Ruf bedeutete. Er wollte seinem Stiefsohn helfen, aber ihm fehlte die Kraft. Er gab Francesco den Rat, den Mörder seiner Frau in seiner Umgebung zu suchen. Damit konnte allerdings Francesco nicht viel anfangen. Zudem führte die Spur des Täters nach Italien.

Paolos Zustand verschlechterte sich in folgenden Tagen. Bald begriff Francesco, dass für Paolo nun ein anderer Abschnitt des Lebens begonnen hatte, und er brauchte Frieden. Er begleitete seinen Stiefvater überaus fürsorglich durch die Phasen der schnell verlaufenden Erkrankung, von der der Mann nicht mehr genesen sollte.

Als Paolo schließlich friedlich im Kreise seiner Lieben an einem Sommerabend für immer entschlief, geschah das nicht überraschend, sondern würdevoll. Francesco war es aufgrund der Ferien möglich, in diesen Tagen bei Paolo und seiner Mutter zu bleiben. Ellen hatte ein weiteres Mal den geliebten Partner verloren und brauchte Zeit, um ihre Trauer bewältigen zu können. Sie trauerte tatsächlich sehr. Es sollte auch Monate dauern, bis sie mit dieser Trauer besser umgehen konnte.

Francesco kümmerte sich fürsorglich um sie. Er unterstützte sie bei all den Dingen, die sie nun zu tun hatte, die sie sich aber auch nicht nehmen lassen wollte. Sie empfand es als wohltuend, dass ihr Sohn bei ihr war und sie unterstützte. Nach dem Begräbnis schlug er vor, sie möge mit ihm nach Wien zurückkehren. Und er lud sie ein, in seiner Villa in Döbling einzuziehen. Immerhin hatte sie einst einen Bereich für sich gestaltet.

Ellen nahm seine Einladung nach längerem Überlegen an. Es war auch Francesco, der ihren Umzug organisierte und überwachte. Er war sehr bemüht, dass sich seine Mutter bald wieder gut in Wien einlebte, und für Ellen bedeutete es Trost, wie liebevoll er ihr vermittelte, wie sehr sie ihm willkommen war. Er überließ es seiner Mutter selbst auszuwählen, in welchem Bereich der Villa sie leben wollte. Sie wählte schließlich den Trakt, den sie vor Jahren schon einmal gewählt hätte.

Francesco suchte Personal für seine Mutter, welches er unter Vertrag nahm. Es sollte ihr an nichts fehlen.

Im Nebenhaus der Villa wohnten noch immer der Mitarbeiter Johann Berger und seine Frau Marie. Johann war ein Mann Ende der 40er und eher ruhig. Francesco hatte ihn in den letzten Jahren ob seiner Verlässlichkeit schätzen gelernt. Schon während des Umbaus hatte ihm Johann gute Dienste erwiesen, und es war geplant gewesen, dass er als Hausarbeiter und dessen Frau als Köchin bleiben sollten, wenn Francesco mit seiner Familie dort wohnte. Doch diesen Traum gab es nicht mehr. Trotzdem hatte Francesco den Mitarbeiter behalten. Er versorgte nun das Anwesen. Das war eine gute Entscheidung gewesen, denn Johann kümmerte sich sehr gewissenhaft um alle Bereiche, die ihm zugeteilt waren. So war in den letzten Jahren das Anwesen, und besonders die Gartenanlage, ein wahres Juwel geworden.

Ellen gefiel der wortkarge Mitarbeiter. Sie übernahm ihn und erweiterte seinen Arbeitsbereich um einen Punkt. Er wurde auch ihr Chauffeur. Zudem nahm Francesco nun auch Marie, die Frau von Johann, als Köchin unter Vertrag. Marie war fünf Jahre jünger als ihr Mann und eine wahrlich gute Seele.

Francesco organisierte noch eine Frau, die unter der Woche täglich die Putzarbeiten übernahm, dann hatte er die Hausarbeiten abgedeckt. Doch es fehlte ihm noch etwas, um seine Mutter gut versorgt zu wissen. Da er wusste, dass es nur eine Frage der Zeit war, dass seine Mutter mehr Unterstützung brauchte, entschied er, bereits jetzt eine Krankenschwester anzustellen. Das erschien ihm sinnvoll, weil Ellen in der Zwischenzeit betagter war. Derzeit stand weniger die Pflege im Vordergrund, sondern der Aufbau von Vertrauen und das Wissen, dass Hilfe da war. Somit ergaben sich angenehme Arbeitszeiten für die Pflegerin, die einmal am Tag, bevorzugt am Nachmittag, zu seiner Mutter kommen und bleiben sollte, bis Ellen sicher im Bett lag.

Mehrere Schwestern kamen zu einem Vorstellungsgespräch. Unter den Bewerberinnen war auch eine junge Frau namens Sophie Gerber. Francesco überprüfte alle Zeugnisse der Interessentinnen. In den Vorstellungsgesprächen fiel ihm Sophie besonders angenehm auf. Natürlich stellte er gezielte Fragen und Sophie überzeugte ihn. Die Frau schien ein großes Allgemeinwissen zu haben und auch kulturell interessiert zu sein, worauf er großen Wert legte.

Francesco war erleichtert, dass seine Mutter gerade an dieser Pflegerin Interesse fand. Man besprach die Details der Arbeit und die Arbeitszeiten. Das angebotene Gehalt war gut. Schließlich nahm Francesco diese Krankenschwester unter Vertrag und für Sophie begann die Probezeit. Zudem wurde vereinbart, dass im Falle eines Krankenstandes von Sophie eine seiner Mitarbeiterinnen der Ordination freigestellt werde; Sophie müsse sich nicht um eine Vertretung kümmern. Auch Urlaubszeiten sollten in dieser Weise abgedeckt werden.

Sophie machte die neue Arbeit großen Spaß. Vorerst waren es fünf Tage in der Woche, Montag bis Freitag, an denen Ellen del Negro der Hilfe der jungen Frau in Anspruch nahm. Die Pflege war durchaus reduziert, eigentlich machte Sophie die Arbeit einer Gesellschafterin, begleitete Ellen zu Vernissagen, Ausstellungen und in Konzerte und tauchte so in das Wiener Kulturleben ein. Bald entwickelte Ellen eine freundschaftliche

Beziehung zu ihrer Pflegerin und Francesco wusste seine Mutter gut versorgt.

Er selbst zog sich nun wieder mehr zurück und widmete sich weiter seinen Forschungsarbeiten. Bald führten ihn seine Vorträge wieder ins Ausland. Er merkte, wie gut ihm der räumliche Abstand zu Wien und all den schrecklichen Erinnerungen tat.

Ellen del Negro trauerte lange um ihren verstorbenen Mann. Sie flog auch immer wieder spontan nach Spanien, allerdings nicht lange. Sie ertrug es nicht, in diesem Haus zu sein, ohne Paolo dort zu wissen. Es sollte Monate dauern, bis sie mit dieser Trauer besser umgehen konnte. Aber sie tat alles, um sich abzulenken. Kultur war ihre Medizin. Deshalb war ihre Sophie vorerst mit einem durchaus großen Kulturprogramm konfrontiert.

10. Kapitel

Seit der Operation und der Strahlentherapie war nun ein Jahr vergangen. Mirjam arbeitete seit ihrer Rückkehr aus dem Krankenstand auf einer anderen Abteilung. Seit ihrer Operation litt sie an schweren Krämpfen, die durch schwere körperliche Arbeit jederzeit ausgelöst werden konnten. Deshalb hatte man ihr auch an der entsprechenden Stelle eine Behinderung zugesprochen. Doch sogar dieser Umstand brachte ihr böse Kommentare einiger Kolleginnen ein, die meinten, man müsse es sich nur zu richten wissen. Es wäre eine Frechheit, dass sie diese hohe Stufe überhaupt angenommen habe. Immerhin gäbe es Menschen, die wirklich eine Behinderung hätten.

Die überaus schmerzhaften Krampfkaskaden, die Mirjam durchaus auch aufgrund der Arbeitsbedingungen quälten, nahmen wegen der schweren Arbeit deutlich zu und beeinträchtigten ihr Leben massiv. Mirjam war nun trotzdem wieder sehr oft bei Hannah, für die sie immer mehr zum Mutterersatz wurde.

Margits Vater hatte in der Zwischenzeit den Großteil seines Betriebes im Wirtshaus beim Kartenspiel verspielt und war dem Alkohol vollständig verfallen. Er terrorisierte auch seine Nachbarn, und es kam zu Anzeigen wegen seiner Auftritte. Auch kam er immer öfter zum Haus von Mirjam, wo er seine Frau und Hannah wusste. Das Mädchen versteckte sich, wenn Mirjam nicht da war, auf dem Heuboden. Dort hatte Tante Mirjam ein sicheres Versteck eingerichtet, wo sie der Alte nicht finden konnte. Einmal, als er wieder tobend im Haus stand, kam Mirjam gerade von der Arbeit nach Hause und stellte sich dem Alten in den Weg. Dieser schlug in seinem blinden Zorn mehrmals auf Mirjam ein und schrie, sie habe ihm alles genommen. Sie wäre an allem schuld, sie und ihr Bruder.

Doch Mirjam griff ganz ruhig nach dem Handy und sagte: „Entweder gehst du jetzt von hier weg oder ich hole die Polizei!"

Der Alte begann zu lachen und flüsterte gefährlich: „Ein Anruf von mir und du bist ruiniert, du blödes Weibsstück. Du hast keine Ahnung, wie das hier in Niederösterreich läuft und was ich alles tun kann … ich verkauf dir deine erbärmliche Hütte schneller, als du denken kannst. Ich geh jetzt, aber ich komme wieder und ich hole mir die Kleine. Sie gehört mir! Sie ist alles, was mir von meiner Margit geblieben ist. Und wenn du mich daran hinderst, zerstöre ich dich! Du wirst es schon noch sehen!"

Er verließ den Hof und wankte zurück ins Dorf und ins Wirtshaus. Er war zornig und musste sich abreagieren. Er tat dies beim Kartenspielen. An diesem Abend verspielte er noch den großen Weinkeller seiner Landwirtschaft. Zu spät begriff er, was er getan hatte. Plötzlich wurde er klar und fragte sein Gegenüber: „Kann ich das rückgängig machen?"

Doch dieser blickte ihn grinsend an und schüttelte nur den Kopf. So leicht würde er den Weinkeller nicht mehr bekommen. Ohne ein weiteres Wort ging der Alte gleich darauf zur Tür der Gaststube, dort drehte er sich um und schrie: „Du sollst in meinem Keller krepieren, du Hund! Glaubst, ich weiß nicht, dass du mich mit dem Blatt beschissen hast! Aber ihr haltet alle zusammen! Feine Herren seid ihr! Alle miteinander! Einen alten Mann über den Tisch ziehen, das könnt ihr. Es soll euch Halsabschneidern kein Glück bringen, dass ihr mir meinen Betrieb im Spiel abgenommen habt. Jetzt klebt Blut an euren Händen! Der Teufel soll euch alle holen!" Dann war er draußen und die Tür flog zu, dass das Glas in den Fenstern wackelte.

Betroffen blickten alle zur Tür. Keiner sprach nur ein Wort.

Zwei Tage später fand man die Leiche des Alten im Keller, wo er sich erhängt hatte.

Nach dem Begräbnis kehrte allmählich Ruhe in den Alltag des Kindes ein. Die Großmutter sorgte für das Mädchen und Mirjam war an den freien Tagen sooft es ging im Haus, um sich um

Hannah zu kümmern. Aufgrund dieser Entwicklungen überlegte sie immer wieder, ihre Pläne des Studiums zu verwerfen.

Da Hannah nun immer mehr die Gegenwart ihrer Tante brauchte, war Mirjam auf der Suche nach einer leichteren Arbeit und wechselte schließlich in ein namhaftes Seniorenhaus, da man ihr hier eine leichtere Arbeit zusagte. Dieses Heim für betagte Menschen gehörte zu einer Stiftung, die im 12. Jahrhundert für die Bürger der Stadt gegründet worden war. In diese Stiftung waren noch weitere Seniorenhäuser in der Umgebung und viele Gründe, Weingärten und auch Bauland einverleibt.

Mirjam wurde sowohl in der Pflege als auch, und das hauptsächlich, für die digitale Ausarbeitung von Dienstplänen eingesetzt. Allerdings wurden keinerlei Programme zum Arbeiten zur Verfügung gestellt. Falls sie solche bräuchte, müsse sie sich diese selbst kaufen oder selber erstellen, wurde ihr von der Verwaltung mitgeteilt.

Die Pflegedirektorin Britta Palmendorfer war nicht in der Lage, diese Pläne digital auszuarbeiten, obwohl das bereits seit längerer Zeit gefordert wurde. Genau genommen waren ihr diese digitalen Pläne egal. Ihr einziges Interesse galt dem Verwalter Dr. Kaiser und dem amourösen Verhältnis, das sie zu ihm pflegte. Sie führte zwar schon lange eine Beziehung mit einem Mann, aber das störte sie nicht, daneben das eine oder andere Verhältnis zu haben. Das Verhältnis zum Verwalter der Stiftung war für sie besonders wichtig. Es war auch der Grund dafür, warum der Verwalter, entgegen besserer und kompetenterer Möglichkeiten, schlussendlich doch Palmendorfer mit der leitenden Funktion betraut hatte.

Dr. Kaiser war ein älterer Mann mit einem dauerhaften breiten Lächeln im Gesicht und einem unglaublich selbstsicheren Auftreten. Seine Spezialität war es, Verträge auszuarbeiten. Entsprechend ideal hatte er auch seine Verträge mit der Stadt abgeschlossen, wodurch er sich durchaus einige Vorteile gesichert hatte. Eine weitere Eigenschaft war es, dass er viele seiner Personalentscheidungen über persönliches Entgegenkommen der jungen

Dienstsuchenden entschied. Diese besonderen Dienstleistungen, der freundlichen Gespräche, wie er es nannte, resultierten meist in einem oder mehreren privaten abendlichen Treffen. Doch die neue Mitarbeiterin Mirjam Steiner reagierte leider so gar nicht auf die von ihm ausgesendeten Schlüsselwörter, was sein anfängliches Wohlwollen ihr gegenüber relativ bald erlöschen ließ.

Francesco hielt nun wieder seine Vorlesungsreihe, und stellte fest, dass seine Kurse durchaus weniger besucht waren als die Kurse seiner Kollegen. Obwohl seine Vorlesungen tatsächlich die besten waren, hielt sich eine gewisse Befangenheit wegen der vielen Geschichten, die sich noch immer um seine Person rankten.

Nur wenige Kollegen waren ihm nach all diesen schrecklichen Vorfällen gewogen geblieben. Waldenstein war tatsächlich ein integrer Freund und versuchte, mit allen Verleumdungen aufzuräumen.

Er traf sich wieder regelmäßig mit seinem Freund und ermutigte ihn auch mehr zu seinen Forschungsarbeiten.

Eines Tages ging Waldenstein im großen Stiegenhaus die Treppen herunter, als er den Kollegen Ari Beron inmitten einer Gruppe Studenten wahrnahm, und aufgrund seiner räumlichen Position hörte er sehr klar, was dieser sagte: „Nein, ich kann die Vorlesung dieses Mannes nicht empfehlen. Immerhin steht er noch immer unter dem Verdacht, Täter gegen seine Frau gewesen zu sein. Sie werden doch diese traurige Geschichte kennen."

Waldenstein eilte die Stufen hinunter und stellte seinen Kollegen zur Rede: „Was erzählst du da? Es ist eindeutig die Unschuld des Kollegen Corelli erwiesen und das solltest du auch anerkennen. Ich verlange sofort eine Richtigstellung!"

Beron schaute grinsend auf Waldenstein und flüsterte: „Aber ich erzähle nur, was ich direkt von Corellis Frau weiß. Lydia hat sich vor ihm gefürchtet, vor seinen Wutausbrüchen. Sie hat es mir erzählt, damals, als sie von mir getröstet werden wollte. Sie war eine wunderschöne Frau und hatte Angst vor ihrem Mann, das weiß ich von ihr selbst. Warum hat sie mir das wohl erzählt? Was denkst du?"

Waldenstein erklärte: „Weil sie ihren Mann zerstören wollte? Weil eine nymphomane Frau jeden Mann zerstört, der mit ihr eine Beziehung hat! Weil sie gezielt falsche Aussagen über ihren Mann erzählt hat. Offensichtlich gab es ja genug Narren, die ihrem Charme verfallen waren und ihren Erzählungen geglaubt haben."

Beron grinste und flüsterte: „Sie hatte ihre Gründe, warum sie Trost suchte und auch fand."

Waldenstein erwiderte: „Meine Damen und Herren, diese unrühmliche Veranstaltung ist somit beendet. Ich erwarte, sie alle morgen in der Vorlesung des Kollegen Corelli zu sehen. Glauben Sie mir, ich werde da sein und Ihre Anwesenheit kontrollieren. Wie Sie sicher wissen, handelt es sich morgen um eine Pflichtvorlesung. Und Sie, Herr Kollege, bitte ich, mich zu begleiten. Wir haben etwas zu klären!"

Waldenstein führte den Kollegen in die Bibliothek und verschloss die Tür. Danach fragte er in lautem Ton: „Was erlaubst du dir? Du machst einen Kollegen vor Studenten schlecht? Wenn ich dich melde, bedeutet das ein Disziplinarverfahren! Bist du dir darüber im Klaren?!"

Beron antwortete grinsend: „Lydia und ich hatten eine Beziehung. Schon bevor sie Corelli kennengelernt hat, war sie mit mir liiert. Ich habe sie geliebt. Ja, und ich war es auch, den sie geliebt hat. Sie hatte es mir immer wieder gestanden. Ich war entsetzt, als ich von ihrer Liaison mit Corelli erfuhr, und bald darauf war die Hochzeit. Sie war mit ihm durchgebrannt und sie hatten irgendwo in Italien geheiratet. Ich verstand es nicht. Nach ihrer Rückkehr war sie mit mir weiter in Verbindung. Ich weiß, wie sehr sie sich vor ihm gefürchtet und wie sehr sie ihn verabscheut hat."

Waldenstein schrie ihn an: „Aber Corellis Geld hat sie nicht verabscheut. Das war ihr schon recht, wie?"

Beron nickte und flüsterte: „Natürlich. Sie hatte sich damit arrangiert. Das ist doch okay. Im Falle einer Scheidung wäre sie reich gewesen."

Hans fragte interessiert: „Hat sie dir das gesagt?" Er wusste, dass es diesen Ehevertrag gegeben hatte, Francesco hatte es ihm erzählt. Sie wäre nicht reich gewesen. Sie wäre nur reich gewesen, wenn Francesco gestorben wäre.

Doch Ari schien das nicht zu wissen. Schon im nächsten Augenblick bestätigte er: „Ja, das hat sie mir gesagt. Sie wollte noch nicht die Scheidung, sie wollte es noch einmal versuchen. Aber sie brauchte Trost, weil ihr Mann sie nicht verstand … und weil er es liebte, auf sie einzuschlagen. Sie suchte Trost bei mir, wenn sie verzweifelt gewesen ist … und ich gab ihr Trost!"

Waldenstein fragte: „Und war Trost auch … Nähe? Hattet ihr all die Jahre ein Verhältnis? Obwohl Lydia die Frau von deinem Kollegen gewesen ist?"

Ari nickte gedankenverloren und irgendwann bekannte er: „Ja, es war wunderbar. Wir trafen uns mindestens einmal in der Woche in meiner Wohnung. Sie erwartete mich. Ihre Angst vor ihrem Mann trieb sie zu mir. Ja, sie hatte Angst. Sie sagte das immer wieder. Ich glaube tatsächlich, dass er sie umgebracht hat. Ich weiß nicht, wie, aber … er hat damit zu tun."

Der Ältere zischte: „Sag so etwas nie wieder. Du weißt nicht, wie schwer der Kollege noch immer unter all diesen Umständen leidet. Er ist unschuldig, und sie hat dich ebenso benützt wie ihn. Werde wach, Ari. Da ist etwas ganz Schlimmes mit euch gespielt worden und du hast ihr geglaubt, wie Francesco auch. Aber sie hat euch benützt! Verstehst du? Sie hat alle gegeneinander ausgespielt. Ich weiß nur nicht, wofür. Aber da steckt doch noch etwas dahinter!"

Ari schüttelte langsam seinen Kopf und meinte: „Nein, sie hat mich geliebt, nicht ihn. Ich weiß es. Sie hat mich geliebt."

Waldenstein entgegnete wieder sachlich: „Sollte ich noch einmal erfahren, dass du verleumderische Aussagen gegen unseren Kollegen Corelli getan hast, werde ich dich melden." Dann verließ er den Raum.

Ari Beron schaute ihm nachdenklich nach. Er überlegte kurz, ob es so sein könnte, wie Waldenstein gesagt hatte, doch er glaubte es nicht. Könnte Lydia ihn benützt haben? Nein, Lydia hatte ihn geliebt, sie hatte es ihm immer wieder gesagt und ihn das auch erleben lassen.

Dr. Kaiser erhielt an diesem Abend in seinem Büro noch Besuch. Die Gäste, es waren Mitglieder des Gemeinderates der Stadt, trafen zu der vereinbarten Besprechung mit dem Verwalter im nun personalfreien Büro ein. Mirjam verließ allerdings unerwarteterweise gerade in diesem Moment ihr Büro gegenüber der Verwaltungsdirektion, um noch ihre Abendrunde durch das Haus zu machen. Somit traf sie den etwas überraschten Dr. Kaiser und seine Gäste auf dem Gang. Dem Verwalter war anzusehen, wie unangenehm ihm diese Begegnung war, aber er gab sich relativ locker: „Mirjam, Sie machen schon wieder Überstunden?"

Die junge Frau grüßte freundlich und entgegnete: „Ja, leider, aber Sie wollten bis morgen alle Abrechnungspläne auf Ihrem Schreibtisch haben. Da ich die letzten Daten erst heute am Nachmittag erhalten habe, musste ich alle noch eintragen. Sie haben auch die Pläne für alle elf Stationen gefordert. Es gibt noch einiges dafür zu tun, und ich werde heute wohl noch länger beschäftigt sein."

Der Verwalter lächelte, als er sagte: „Aber Sie haben doch von mir einen Laptop zur Verfügung gestellt bekommen und können diese Arbeiten nun auch zu Hause abrechnen, Sie müssen doch nicht länger im Haus bleiben als notwendig."

Mirjam antwortete: „Doch, die Überträge muss ich immer hier machen, so lautet Ihre Anweisung, und mit diesen Überträgen wurde ich jetzt erst fertig. Jetzt bin ich bei der letzten Insulinrunde, Frau …" Sie zögerte und dachte: „Nur keine Namen nennen, Datenschutz!", deshalb atmete sie durch und meinte: „Also, es sind noch einige Insuline zu geben, das ist, wie Sie wissen, zeitgebunden. Die Pflegedirektorin hat auch darauf bestanden, dass ich dies heute tun soll. Somit erfülle ich nur eine Dienstanweisung." Dann wandte sie sich an die Gäste und verabschiedete sich.

Während Mirjam zu ihrer Arbeit hetzte, führte der Verwalter die Leute in sein Büro. Lächelnd schenkte er den vorbereiteten, gekühlten Wein in die Gläser und wartete, bis alle saßen. Einer der Männer, der nach dem Glas griff, welches ihm vom Verwalter gereicht wurde, fragte: „Was ist mit dieser Schwester? Hast du sie im Griff?"

Dr. Kaiser lächelte selbstsicher: „Mach dir keine Sorgen, ich habe hier jeden Mitarbeiter im Griff. Besonders jeden weiblichen!"

Der andere ließ nicht locker: „Ich weiß! Aber ich kenne auch diese Frau. Sie ist nicht der Standard. Ich glaube auch nicht, dass du sie in dein Bett bekommst. Das wäre mir neu. Sie ist anders. Ich hoffe, das weißt du auch!"

Der Verwalter blickte den Mann siegessicher an und erklärte. „Lass das meine Sorge sein. Sie wird ab nun so viel Arbeit bekommen, dass sie nicht mehr zum Nachdenken, geschweige denn zum Kombinieren kommt."

Einer der Stadträte flüsterte: „Aber es sollte uns doch niemand hier sehen? Du hast gesagt, wir wären hier allein! Es würde niemand von diesem Treffen erfahren! Und jetzt ... wie konnte das passieren!?"

Der Verwalter beschwichtigte: „Gemach, wir sind doch allein. Diese Schwester wird bald vergessen haben, dass ihr hier gewesen seid." Dann lehnte er sich zurück und erklärte: „Also ... es gibt einen Grund für dieses Treffen, einen sehr guten Grund, Freunde!" Er wartete kurz und die Spannung stieg, ehe er weitersprach: „Es sind sehr gute Neuigkeiten, denn ... ich ... habe einen Käufer für unser Projekt. Und dieser wird Provisionen für uns alle bezahlen. Gute Provisionen. Und zwar in der Höhe, wie wir uns das vorgestellt haben." Dann hob er sein Glas und sagte: „Auf dieses wunderbare Geschäft, bei dem es nur Sieger geben wird!"

Die Gäste hoben ebenfalls ihre Gläser, prosteten einander zu und nahmen einen Schluck. Die Stimmung in der Gruppe wurde besser und bald erinnerte sich keiner dieser weniger ehrenwerten Herren mehr an die für sie nun dumm wirkende Krankenschwester, die noch hier gewesen war. Fast keiner, denn Dr. Kaiser begann bereits über einen Plan nachzudenken und dieser begann schon jetzt sehr konkrete Formen anzunehmen.

Schon am nächsten Morgen veränderten sich Mirjams Arbeitsbedingungen deutlich. Sie bekam von der Verwaltung und von der Pflegedirektorin eine Unmenge an Arbeiten aufgetragen, die sie allein nicht mehr in der gewünschten Zeit bewältigen konnte.

Also arbeitete sie noch mehr, noch länger und versuchte, die Aufgabenstellungen zu erfüllen. Doch es gelang immer weniger.

Nach einigen Wochen sprach sie die Pflegedienstleitung auf die zusätzlichen Arbeiten an. Die Pflegedirektorin erklärte: „Mirjam, die Zeiten sind einfach für unser Haus etwas schlechter geworden. Wir müssen da jetzt alle durch. Immerhin müssen Sie mich auch von Ihrer Loyalität zu diesem Haus überzeugen. Das haben Sie bis jetzt nicht geschafft. Ansonsten kann ich meine Befürwortung, dass Ihr Dienstvertrag in ein unbefristetes Dienstverhältnis übergeführt werden wird, nicht geben. Deshalb habe ich den Termin auch noch einmal nach hinten verschoben. Ich finde, Sie sind einfach derzeit zu wenig … offen für den tatsächlichen Bedarf dieses Hauses."

Mirjam fragte überrascht: „Wie, Sie verlängern die Probezeit? Das ist doch gegen das Gesetz! Und was meinen Sie mit zu wenig offen?"

Die Frau atmete hörbar ein und erklärte: „Nun, Sie arbeiten doch mit Herrn Peter Koller zusammen. Ich denke, ich habe Ihnen doch gesagt, dass dieser Mann, der uns von der Landesregierung geschickt worden ist, hier ist, um uns zu beurteilen."

Mirjam bestätigte: „Ja, das ist mir bekannt!"

Die Vorgesetzte überlegte kurz, ehe sie fortfuhr: „Ich dachte, Sie wissen auch um die Bedeutung dieser Beurteilung."

Die junge Frau bestätigte: „Natürlich weiß ich davon."

Die Dienstleitung fragte: „Und warum tun Sie dann nicht alles, was in Ihrer Macht steht, dass sie die Erwartungen des Mannes erfüllen?"

Mirjam erklärte: „Aber das tue ich doch. Was immer er an Veränderungen bei diesen Ausarbeitungen vorschlägt, setze ich um, und ich arbeite fast jede Nacht durch, so viele Anordnungen gibt er. Ich bringe auch jede Ausarbeitung am nächsten Tag mit und lege sie vor, so wie es verlangt ist. Zudem verbieten Sie, die tatsächlichen Arbeitszeiten festzuhalten."

Die ältere Frau lachte und fragte: „Sagen Sie, sind Sie wirklich so dumm? Ich habe schon bemerkt, dass Sie selten naiv sind, aber das überrascht mich dann schon. Es geht doch nicht um diese läppischen Ausarbeitungen. Die sind im Grunde doch vollkommen egal!" Mirjam schaute überrascht in das Gesicht ihres Gegenübers und es dauerte etwas, bis die Frau weitersprach: „Ich habe selbst mehrmals gehört, dass Herr Koller Sie um ein gemeinsames Abendessen gebeten hat. Ist das so schwer, dass Sie ihm diesen Wunsch erfüllen?"

Mirjam antwortete: „Ich möchte mit diesem Mann nicht weggehen, denn seine Absichten sind eindeutig."

Die Vorgesetzte fuhr sie wütend an: „Na und? Dann ist Ihnen wenigstens bekannt, worum es geht! Stellen Sie sich doch nicht so ungeschickt an. Immerhin beurteilt dieser Mann unser Haus. Wir haben tatsächlich genug Mängel, über die er hinwegschauen sollte. Es ist aber von großer Bedeutung, dass wir in diesem Bericht gut abschneiden. Verstehen Sie nicht, wie wichtig diese Beurteilung sein wird? Die durchaus bedeutsamen Mängel unseres Hauses müssen wir anderweitig ausgleichen. Ich weiß zwar nicht, warum gerade Sie ihm gefallen, aber Sie haben nun tatsächlich die Chance, hier entscheidend ausgleichen zu können. Dr. Kaiser und ich wollen nämlich nicht, dass Peter Koller zu genau hinsieht, wie es sonst seine Art ist. Ich weiß, dass man ihn ... gerade mit bestimmtem Entgegenkommen einer Frau ... nun sagen wir ... durchaus ... wohlwollender für den Ausgang seiner Beurteilung stimmen kann. Wenn wir schon das unwahrscheinliche Glück haben, dass er eine Schwäche für Sie entwickelt hat, können wir ja unmöglich diese Chance verstreichen lassen."

Mirjam blickte ihre Vorgesetzte etwas fassungslos an, ehe sie herausbrachte: „Ich hoffe, ich habe mich verhört."

Doch Palmendorfer sprach weiter: „Sie haben mich schon richtig verstanden, Sie verkorkstes Frauenzimmer. So ein Abend würde Ihnen schon guttun und die Flausen aus Ihrem Kopf bringen. In Ihrem Fall wäre es ja tatsächlich eine echte Win-Win-Situation, denn Sie könnten da einiges lernen. Ich hoffe, Sie sind nicht zu verkorkst und wissen, dass ein Mann von Welt keine Einschränkungen im Sex toleriert. Aber das werden Sie ja hoffentlich können. Dumme Frauen können das in der Regel.

Er ist zwar nicht sehr ... anspruchsvoll, hat man mir erzählt ... eher der Genießer, deshalb will er schon ein ganzes Wochenende. Freitag am Abend wäre das Essen, danach würde er mit

Ihnen in die Jagdhütte unseres Verwalters im Waldviertel fahren. Ich erwarte Sie erst am Montagabend zurück und wäre auch bereit, Ihnen dieses Wochenende als Dienstzeit und ... Weiterbildung anzurechnen. Immerhin, es wäre ja auch im Dienst des Hauses und für Sie wäre es ja auch tatsächlich eine Weiterbildung. Man sagt, er sei ... ein Könner ... glauben Sie mir, es kann nett werden. Sie sollten doch sicherheitshalber ... an Verhütung denken. Herr Koller lehnt grundsätzlich den Gebrauch von Kondomen ab. Und er will sicher genießen, was wir ihm bieten."

Mirjam schüttelte den Kopf und fragte: „Was heißt, was wir ihm bieten? Ist das ... schon ausgemacht?"

Doch die Frau schrie sie an: „Hören Sie schon auf, Sie werden doch wissen, worauf ein Mann steht? Sie werden ja schon den einen oder anderen Liebhaber befriedigt haben. In Ihrem Alter wäre das durchaus sinnvoll. So macht man eben Karriere als Frau. Jede erfolgreiche Frau macht das, und Sie werden das auch schaffen, auch wenn Sie für die große Karriere offensichtlich einfach zu blöd sind. Aber das ist kein Schaden, solche Trampel wie Sie brauchen wir in der Führung sowieso nicht."

Die junge Frau war nun aufgestanden und sagte etwas lauter: „Nein! Das mache ich nicht! Nein! ... und noch einmal NEIN!"

Da kam die Vorgesetzte auf sie zu, packte sie an den Schultern und schüttelte sie, ehe sie die Frau anschrie: „Und Sie werden tun, was ich sage! Dieser nette Mann hat nun einmal einen gewissen Gefallen an Ihnen gefunden. Gut, wenn er eben auf dümmliche Blondinchen steht, dann sollten wir diese glückliche Gegebenheit für uns nützen, denn das ist ein Wink des Schicksals. Ich erwarte da nun tatsächlich Ihre uneingeschränkte Loyalität zum Haus, Mirjam. Sie müssen zum Friseur gehen, lassen Sie sich auch schminken. Und Ihre Kleidung müssen wir auch noch aufbessern, Sie müssen sich etwas aufregender kleiden. Herr Koller bevorzugt bei seinen Begleitdamen ein aufregendes Kleid mit ... wenig darunter. Strümpfe und Strumpfgürtel sind sein Traum und Heels ... High Heels, wenn es geht. Können Sie mit so etwas überhaupt gehen? Nun, das können wir ja üben. Sie sollten also ein Kleid tragen, aber sonst schon sehr offen stehen, wenn Sie wissen, was ich meine. Das bekommen Sie doch hin, oder?"

Mirjam schüttelte den Kopf und erklärte: „Dieses Gespräch hat nie stattgefunden. Sie entschuldigen mich!"

Danach verließ sie das Büro ihrer Vorgesetzten, die zornig hinter ihr schrie: „Sie werden jetzt nicht gehen, Sie werden mir eine positive Antwort für das kommende Wochenende geben! Mirjam! Mirjam! Wenn ich Sie auf Weiterbildung schicke, werden Sie das nicht ablehnen. Das war eine Dienstanweisung! Mirjam!"

Mirjam zog sich in ihr Büro zurück und sagte der Sekretärin, dass sie für niemanden zu sprechen sei. Es dauerte nicht lange, da trat der Verwalter in das Büro und sagte kurz zur Sekretärin: „Yvonne, du gehst jetzt in mein Büro und arbeitest dort mit. Ich sag dir, wenn du wieder hierherkommen sollst." Der Mann setzte sich auf den Schreibtisch und blickte lächelnd der jungen Frau nach, die rasch den Raum verließ. Doch dann wurde sein Blick ernst. Er sah auf die Bürotür, hinter der er Mirjam wusste. Er würde ihr nun ein paar Dinge erklären. Dann erhob er sich und ging langsam auf die Tür zu.

Ohne anzuklopfen, riss er diese auf und starrte auf die Frau, die am Schreibtisch an ihrem Laptop saß. Er grinste, als er zu reden begann: „Schon wieder fleißig? Das ist gut! Ich störe dich doch nicht, Mirjam?"

Die junge Frau blickte auf und blieb stumm. Sie ahnte, dass das nichts Gutes bedeuten konnte, wenn der Chef persönlich zu ihr ins kleine Büro kam.

Gleich darauf schloss er die Tür und kam langsam auf sie zu. Dabei sprach er leise und Mirjam fühlte, wie sich ihre Haare im Nacken aufstellten: „Die Pflegedirektorin hat mich informiert, dass du die Beurteilung unserer Stiftung gefährden willst. Das ist doch sicher nicht dein Ernst, Mirjam, oder?"

Mirjam erhob sich und schaute in das Gesicht des Mannes, der ihr nun gegenüberstand, ehe sie ruhig antwortete: „Nein, diese Information ist falsch. Ich tue alles, was in meiner Macht steht, dass ich die Anforderungen, die an mich gestellt werden, erfüllen kann. Frau Palmendorfer hingegen hat mich zu einer sexuellen Handlung mit Herrn Koller aufgefordert. Das werde ich nicht tun. Und mir ist auch egal, ob Sie mich jetzt hinauswerfen. Aber ich werde das nicht tun."

Der Mann lachte und meinte: „Mirjam, was sagst du denn da? Ich rede von … Gefälligkeiten. Herr Koller findet dich attraktiv und würde gerne mit dir ein wenig Zeit verbringen. Ich finde dich übrigens auch sehr attraktiv, weißt du das? Aber bei einem solchen Treffen kann man auch sehr gut einige Punkte ansprechen, die wichtig sind. Ich wusste nicht, dass das für dich ein Problem ist, so prüde hätte ich dich gar nicht eingeschätzt. Aber okay, du bist da wohl sehr … konservativ in deiner Einstellung. Ich habe damit kein Problem, es ist nur nicht der übliche Weg. Alles klar, Britta dachte, es wäre eine glückliche Fügung, aber … kein Problem. Für das Wochenende werde ich eine Lösung finden. Dann musst du aber noch mehr arbeiten. Das weißt du hoffentlich schon. Ist es das wert?"

Mirjam nickte und erklärte: „Natürlich ist es den vermehrten Einsatz wert, aber seriös. Ich bin davon überzeugt, dass wir so mehr Erfolg haben werden."

Der Verwalter nickte und erklärte: „Gut, dann erwarte ich von dir noch mehr Einsatz, noch mehr Schnelligkeit, mehr fertige Ausarbeitungen, Vorschläge und überhaupt auch mehr Ideen und Beispiele. Herr Koller überlegt, deine fertige Ausarbeitung zu kaufen, wenn sie gut ist, und damit ein Programm herauszugeben. Verstehst du, das wäre durchaus ein großer Erfolg. Es würde nach deinen Bedingungen geschehen. Wenn Peter also ein Programm erstellen und verkaufen könnte, nach Unterlagen, die du hier erarbeitest, hätte er einen Gewinn. Das gefiele ihm sicher gut. Auch das wäre gut für uns. Also erwarte ich, dass die Arbeit so attraktiv sein wird, dass er diesen Kauf auch durchführen wird."

Mirjam nickte und versprach: „Ich werde mich bemühen."

Der Verwalter ging zur Tür, drehte sich dort noch einmal um und flüsterte: „Enttäusche mich nicht, Mirjam. Ich zähle auf dich!"

Sie lächelte und nickte. Aber sie blieb stumm.

Die Arbeitsintensität wurde nun noch deutlich mehr und verlangte Mirjam sehr vieles ab. Aber sie tat alles und versuchte alles zu erfüllen, was natürlich in dieser Intensität nicht mehr möglich war.

In den wenigen Stunden ihrer Freizeit besuchte sie gelegentlich Vorlesungen in Wien. So fuhr sie, nach einem Nachtdienst, von dem sie, wie immer, erst nach zehn Uhr weggehen durfte, da sie die Pflegedienstleitung immer zu einer Besprechung bestellte, mit dem Zug zu einer Vorlesung der Chemie an der medizinischen Fakultät in Wien. Es kostete sie viel Kraft, wach zu bleiben, aber mit einer sehr hohen Kaffeedosis schaffte sie es schließlich doch. Während der Vorlesung wuchs in ihr der Wunsch, sich noch viel intensiver in diese Bereiche vertiefen zu können.

An diesem Abend telefonierte sie mit Sophie und erzählte ihr von der schrecklichen Dienstanweisung. Sophie war fassungslos und brauchte etwas Zeit, um endlich antworten zu können: „Mirjam, du brauchst dringend einen anderen Job. Der Kaiser wird dich ruinieren, wenn du nicht nach seiner Pfeife tanzt. Glaube mir, ich weiß, dass er das schon bei anderen gemacht hat. Dieser Mann ist einfach ein grenzenloses Arschloch und genauso solltest du ihn behandeln. Schau, dass du diese verdammte Stiftung so schnell wie möglich verlässt." Da Mirjam nicht mehr antwortete, ahnte Sophie allmählich, dass Mirjam wohl am Telefon eingeschlafen war, was auch der Wahrheit entsprach. Sophie beschloss, sie am Wochenende anzurufen und ihr von ihrer neuen Arbeitsstelle zu erzählen. Ellen del Negro war eine sehr nette Dame und eine angenehme Vorgesetzte.

Ende November erhielt Mirjam einen Anruf von Pater Raphael: „Mirjam, wie gut, dass ich dich erreiche! Ich stelle gerade den Dienstplan der Organisten für Dezember auf und suche, du wirst es nicht glauben, einen Orgeldienst für den Christtag, und zwar um halb acht Uhr in der Früh! Wie sieht das bei dir aus?"

Mirjam fragte überrascht: „Du suchst einen Orgeldienst für den Christtag?"

Der andere lachte und meinte: „Ja, und ich dachte, du würdest dich darüber freuen!"

Sie atmete durch und flüsterte: „Ich weiß es noch nicht, aber ich kann es dir in den nächsten Tagen sagen."

Der Anrufer fragte: „Ist alles in Ordnung bei dir?"

Sie gestand: „Nein, gar nichts ist in Ordnung, Christian. Ich ... bin ziemlich ... egal. Ich ... sag dir die nächsten Tage ... nein, ich sag dir übermorgen Bescheid. Da habe ich die Dienstpläne schon bestätigen lassen."

Doch mit dieser Antwort gab sich Raphael sicher nicht zufrieden. Leise fragte er: „Kann ... ich etwas für dich tun?"

Mirjam fühlte, wie ihr der Hals eng wurde, sie seufzte, ehe sie antwortete: „Du, ich muss jetzt weitermachen, aber ich rufe dich übermorgen an. Ich kann noch nichts versprechen. Danke für deinen Anruf!" Schon legte sie auf.

Der Geistliche hielt noch einige Zeit den Hörer in der Hand, ehe er schließlich ebenfalls auflegte. Nachdenklich stand er auf und verließ seine Kanzlei.

Eine Stunde später klopfte es an der Kanzleitür und Yvonne öffnete gleich darauf, um zu erklären: „Da steht ein Pater in meinem Büro und fragt nach dir."

Mirjam blickte überrascht von ihrem Laptop hoch und murmelte: „Oh, das wird Pater Ambrosius sein, er wird die Adventfeiern mit mir besprechen wollen. Ich nehme mir gleich Zeit. Bitte gib ihm meinen Vorschlag, den ich in sein Fach gelegt habe, und schick ihn gleich herein." Yvonne schloss wieder die Tür und Mirjam hörte draußen jemanden reden.

Eilig stand Mirjam auf, ging zur Anrichte, schaltete die Kaffeemaschine ein und stellte zwei Untertassen auf ein Tablett. Während der erste Kaffee in die Tasse lief, nahm sie eine Packung Milch aus dem Kühlschrank und goss davon in ein Kännchen.

Gleich darauf trat Pater Raphael ein und erklärte: „Nein, ich bin eigentlich nur auf Besuch hier, denn ich habe Pater Ambrosius gefahren, heute bin ich das Taxi. Und da ich nun schon einmal hier bin, dachte ich, wir könnten den noch offenen Bereich der Orgeldienste vielleicht doch gleich klären."

Mirjam sagte leise: „Komm herein und nimm bitte Platz. Du magst doch Kaffee, oder?"

Der Gast verschloss die Tür und meinte, während er zum Tisch ging: „Gerne!"

Mirjam brachte das Tablett und stellte eine Tasse vor dem Gast hin. Die andere nahm sie selbst. Sie war zu müde, als dass ihr Lächeln überzeugen hätte können, also probierte sie es erst gar nicht.

Sie fragte: „Was darf ich für dich tun, Pater Raphael?"

Er wollte wissen: „Was ist los mit dir? Ich höre seit Monaten nichts mehr von dir, Hannah weint, weil ihre Tante Mirjam so viel arbeiten muss, und die Großmutter ist überfordert, weil ihr alles zu viel wird. Ich dachte, du hättest einen Schondienst gefunden und wolltest dich mehr um Hannah kümmern?"

Mirjam schüttelte stumm den Kopf und meinte zögernd: „Nein, einen solchen … habe ich offensichtlich nicht. Derzeit ist es sehr dicht und ich tue der Firma noch immer zu wenig. Ich denke, ich komme auf das Doppelte an Arbeitszeit, als ich im Vertrag stehen habe."

Der Geistliche überlegte: „Du hast schon einen 40-Stunden-Vertrag! Recht viel mehr wird es wohl nicht sein dürfen."

Sie nickte und erklärte: „Ja, einen solchen habe ich unterschrieben."

Der Besucher entgegnete: „Das ist Ausbeute und in deinem Fall Wahnsinn!"

Sie nickte und flüsterte: „Ja, ich weiß. Ich habe leider viel zu spät gemerkt, wie es hier läuft."

Nach einigem Zögern fragte der Geistliche: „Und was gedenkst du zu tun?"

Sie antwortete: „Ich möchte einen anderen Job suchen, sonst kann ich mein Studium vergessen, aber das geht nicht so schnell. Es gibt nicht viele Jobs in der Pflege für Personen die nicht mehr schwer arbeiten dürfen."

Der Mann nickte und fragte: „Kann ich etwas tun?"

Sie schüttelte den Kopf und entgegnete schließlich nach kurzem Überlegen: „Nein, da muss ich selbst durch. Ich weiß auch, dass mich Hannah immer mehr braucht und ihretwegen muss ich einen stabilen Job finden. Ich muss hier weg, das weiß ich selbst. Hier gelten eigenartige Gesetze. Die Dinge, die man hier erwartet, kann ich nicht. Ich werde mich einfach mehr bemühen, einen anderen Job zu finden. Aber im Krankenhaus ist Aufnahmesperre und in der Geriatrie möchte ich vorerst nicht mehr arbeiten."

Pater Raphael nickte, doch er fragte: „Was meinst du mit eigenartigen Gesetzen?"

Mirjam zögerte, ehe sie antwortete: „Ach, nichts, ist nicht so wichtig."

Dann nahm sie ihre Ausarbeitung für die Adventfeiern wahr, die auf dem Tisch lagen, die Yvonne wohl nun diesem Gast mitgegeben hatte, und griff danach. Dabei sprach sie: „Könntest du bitte, Pater Ambrosius diese Vorschläge mitnehmen? Ich dachte, wir könnten ein Adventsingen einplanen und auch einige besinnliche Gedanken. Ich habe Vorschläge gemacht, aber ich weiß, dass Pater Ambrosius immer seine eigenen mitbringt. Doch falls er verhindert wäre, könnten wir das ja …"

In diesem Moment ging die Tür auf und die Direktorin trat ein. Überrascht fragte sie: „Mirjam, ich dachte, Sie arbeiten, dabei haben Sie Besuch?"

Mirjam blieb ruhig und erklärte: „Pater Raphael holt für Pater Ambrosius die Gestaltungsvorschläge für die Adventfeiern, die wir geplant haben. Die entsprechenden Unterlagen habe ich schon vor einer Woche in Ihrem Büro abgegeben."

Die ältere Frau entgegnete bissig: „Kann schon sein, dass Sie die Unterlagen abgegeben haben, Sie legen ja jeden Mist, den Sie erstellen, in meinem Büro ab. Sie werden es mit diesem genauso gemacht haben." Während sie redete, ließ sie lange ihren Blick über den Gast gleiten, der aufgestanden war und ihr entgegenkam, um ihr die Hand zu reichen. Endlich nahm sie diese und fragte: „Sie sind doch kein Mann, der sich hinter Klostermauern verstecken muss. Warum geht man als junger Mann nur ins Kloster? Das werde ich nie verstehen!"

Der Mann antwortete freundlich:: „Nun, dann muss ich es auch nicht erklären."

Die Vorgesetzte lächelte ihn an, wandte sich dann wieder an Mirjam und meinte: „Mirjam, halten Sie dieses Gespräch bitte kurz! Ich erwarte Sie baldmöglichst in meinem Büro. Wir haben bis morgen noch einige Dinge fertigzustellen. Ich will Ihnen noch meine Instruktionen geben, bevor ich nach Hause fahre. Und genau genommen möchte ich bald fahren. Also, ganz genau genommen muss ich jetzt auf Sie warten."

Der Geistliche blickte die Frau an, die Mirjam für einen Augenblick mit einem eigenen Blick bedachte, der ihm einen kalten Schauer über den Rücken laufen ließ. Den Gast schien sie nicht mehr zu beachten, zumindest hatte er das Gefühl. Doch er irrte, denn bei der Tür stehend wandte sie sich ihm zu und sagte: „Herr Pater, Sie können aber gerne auch in meinem Büro einmal vorbeischauen, dort gibt es den besten Kaffee des Hauses, und auch die niveauvollere Unterhaltung als hier beim Fußvolk. Es ist im Übrigen unüblich, dass man sich nicht in der Direktion vorstellt, wenn man in dieses Haus kommt und kooperieren möchte. Ich hoffe, Sie sind mit den Grundregeln von gutem Benehmen vertraut."

Der Mann entgegnete nur kurz: „Das bin ich durchaus, weshalb mich Ihre anfängliche Begrüßung irritierte. Aber ich werde mich an Ihre Einladung gerne erinnern, wenn ich wieder hier sein sollte."

Dann betrachtete sie den Mann noch einmal von Kopf bis Fuß, ehe sie sich abwandte und die Tür zuwarf.

Pater Raphael drehte sich Mirjam zu und fragte: „Soll ich gehen?"

Sie nickte nachdenklich, doch schon im nächsten Augenblick widersprach sie sich: „Nein, trinke bitte deinen Kaffee, ich denke, diese paar Minuten dürfen wir uns gönnen." Betont ruhig setzte sie sich wieder zum Tisch und griff nach ihrer Tasse, doch ihre starren Finger umfingen das Gefäß viel zu stark und er sah, dass sich ihre Knöchel weiß färbten. Er blieb still, doch er hatte nach diesem Intermezzo begriffen, dass es hier für Mirjam schlimm sein musste.

Irgendwann fragte er, nachdem er seine Tasse eher rasch geleert hatte, doch seine Stimme klang leise: „Wann kann ich dich anrufen?"

Sie überlegte, ehe sie entschied, wobei auch sie leise sprach: „Ich werde mich melden, kann aber später sein."

Er ergänzte:: „Ich bin bis Mitternacht auf. Ruf mich auf dem Handy an."

Sie blieb stumm. Er griff nach den Unterlagen und verabschiedete sich. Gemeinsam verließen sie gleich darauf das Büro. Überrascht stellte der Geistliche fest, dass die Sekretärin neben der Tür im Regal etwas einordnete. Er fragte sich insgeheim, ob diese Person möglicherweise gelauscht haben könnte. „Zumindest wäre es in einem schlechten Film so gewesen", dachte er. War das hier ein schlechter Film? Er konnte es nicht sagen, aber er fühlte sehr viel Unbehagen in sich.

Mirjam begleitete den Gast noch zur Tür, dann eilte sie in das Büro der Direktorin. Die schien schon sehr ungeduldig zu sein. Kaum hatte Mirjam die Tür hinter sich geschlossen, reichte die Vorgesetzte ihr eine Mappe und erklärte: „Ich hoffe, ich habe ihr Plauderstündchen nicht zu sehr gestört. Also: Überarbeiten Sie das bis übermorgen. Stellen Sie einen Index zusammen und morgen will ich den Entwurf bereits auf meinem Schreibtisch haben. Morgen in der Früh."

Mirjam nahm die Mappe und sagte: „Ich werde es versuchen."

Die Vorgesetzte starrte die junge Frau grinsend an und fragte schließlich: „Ist dieser Mönch der Grund, warum Sie auf die für Sie sicher durchaus notwendige Weiterbildung im Herbst verzichtet haben?"

Mirjam sagte: „Ich verstehe nicht, was Sie meinen. Der Priester hat die genannten Unterlagen geholt. Ich denke, er war keine zehn Minuten im Raum, das müsste die Sekretärin bestätigen können."

Die Vorgesetzte erklärte: „So vergeuden Sie also wertvolle Zeit, und dann werden Sie mit keiner Arbeit mehr zur Zeit fertig."

Mirjam erklärte: „Ich hatte heute nicht einmal ein paar Minuten Pause. Sehen Sie die zehn Minuten um 16 Uhr einfach als meine Mittagspause an. Und Sie können mir gerne dafür eine Stunde abziehen, auch wenn es allerhöchstens ein Viertel von dieser Zeit gewesen ist."

Die Direktorin blickte sie lange Zeit an und ihre Augen wurden zu Schlitzen, was sie gefährlich aussehen ließ. Irgendwann flüsterte sie: „Wenn Sie in Zukunft nicht machen, was ich sage, dann dichte ich Ihnen und diesem Pfaffen ein delikates Verhältnis an. Ich habe leicht die Möglichkeit, derlei Sachen zu verbreiten, glauben Sie mir. Ich werde diesem Mann sämtliche Möglichkeiten, die er in der Kirche noch haben sollte, zerstören. Und Ihre bescheidenen Möglichkeiten zerstöre ich auch. Ich kann sagen, ich habe Sie in einer eindeutigen Situation überrascht. Wie würde Ihnen das gefallen? Also, wir sollten uns da nun gleich auf eine Kleinigkeit einigen. Sie arbeiten noch weiter mit Herrn Koller zusammen und zwar in allen erforderlichen Bereichen. Für diese Zusammenarbeit möchte ich, dass Sie sich aufreizender kleiden. Kurze Röcke, ich meine sehr kurz, Tangas, Heels und tief dekolletierte Ausschnitte, das ist einmal der Anfang. Und ich denke, wir werden diese leider verschobene … Weiterbildung, die über einige Tage andauern soll, wieder etwas mehr in unser Blickfeld rücken. Sie werden jetzt sicher sehr willig auf seine delikaten Vorstellungen eingehen, das steht nun ja außer Frage. Ich werde Sie für diese Fortbildung möglicherweise länger beurlauben können. Sie haben Glück, dass ich für derlei Anliegen tatsächlich immer ein offenes Ohr habe, finden Sie nicht auch, Mirjam?"

Mirjam ging zur Tür. Dort drehte sie sich um und erklärte: „Ups, jetzt hatte ich doch glatt versehentlich den Aufnahmeknopf an meinem Handy gedrückt und ich habe ihre Anweisung aufgenommen. Selbstverständlich die gesamte Anweisung. Nun, somit kann ich mir diese noch ausführlich anhören und darüber in Ruhe nachdenken." Dann schloss sie die Tür hinter sich. Hastig schickte sie diese Aufnahme an ihr anderes Handy, denn sie ahnte, was nun passieren würde. Danach löschte sie den Ausgang der Sendung. Sie hastete in ihr Büro zurück und packte zusammen.

Wenige Minuten später standen der Verwalter und die Pflegedirektorin im Raum und der Verwalter begann zu reden: „Mirjam, darf ich dich bitten, dass du die letzte Tonaufnahme auf deinem Handy löschst. Vor uns!"

Mirjam entgegnete: „Es handelt sich um eine sehr klare Dienstanweisung der Direktorin, und da ich müde bin, hätte ich diese gerne bis morgen behalten. Außerdem ist sie sehr interessant, wollen Sie sie hören?"

Der Verwalter zögerte kurz, ehe er sagte: „Gut, spiel mir die Aufnahme vor."

Sie nahm ihr Handy, da beschwichtigte die Direktorin: „Mirjam, es reicht, wenn Sie es löschen. Diese Pflegedetails sind nicht so interessant."

Mirjam blickte die Frau an und drückte im selben Moment den Wiedergabeknopf des Gerätes. Die Aufnahme spielte nun ohne Unterbrechung ab und war für alle im Raum befindlichen Menschen gut hörbar. Der Verwalter blickte wortlos auf die Direktorin, als die Erpressung zu hören war, doch er blieb stumm, bis zum Ende. Dann zischte er zwischen den zusammengepressten Zähnen hervor: „Lösche sofort diese Aufnahme! Vor meinen Augen!"

Mirjam zögerte, da schrie er sie an: „Du sollst die Aufnahme löschen! Sofort!"

Sie tat es schließlich.

Er nickte und erklärte: „Das war die richtige Entscheidung, Mirjam!" Dann wandte er sich ab und ging zur Tür, ehe er fortfuhr: „Und Mirjam, wo das Thema nun wieder aktuell ist: Das mit dem Wochenende wäre tatsächlich sehr klug, wenn du das machen könntest. Ich werde es dir gut entgelten und Peter ist eigentlich auch sehr nett, es wäre nicht dein Schaden! Du solltest dich bald entscheiden!" Danach verließ er den Raum.

Die Direktorin blieb noch, um zu sagen: „Das werden Sie büßen, Sie hinterhältiges kleines Biest, Sie! Das werden Sie bereuen, Sie blöde Kuh, Sie!" Gleich darauf verließ auch sie den Raum.

Mirjam setzte sich kurz hin, doch dann stand sie auf, packte fertig zusammen und verließ das Büro. Sie fuhr mit dem Wagen über die Brücke des Flusses, danach parkte sie auf einem Parkplatz ein und ging zum breiten Fluss. Nachdenklich blieb sie auf einer Bank sitzen und überlegte, was sie zu tun hatte. Doch irgendwann kehrte sie zum Wagen zurück. Sie sah nicht den Wagen des Verwalters, der etwas abseits von ihrem Auto geparkt hatte. Er wollte wissen, was sie so tat, wenn sie nicht in der Stiftung war. Vielleicht gab es da ja doch etwas, was er nützen konnte. Aber sie war hier allein. Sie traf sich auch mit niemandem; es wirkte zumindest nicht so. Mirjam ging schließlich zu ihrem Wagen zurück und fuhr langsam auf die Straße. In sicherem Abstand folgte ihr der Verwalter bis zum elterlichen Haus. „Sie ist also nach Hause gefahren, sie hat ja auch noch genug zu tun. Nun, heute wird sie wohl hierbleiben", dachte er. Aber er musste ein paar Sachen wissen. Und er musste wissen, was sie wusste. Dieses Frauenzimmer hatte er doch tatsächlich unterschätzt. Er durfte keinen Fehler mehr machen. Er griff zum Telefon und wählte eine Nummer. Als sich dort eine Stimme meldete, flüsterte er: „Wir haben ein Problem!"

Sobald Mirjam im Hof parkte, wirbelte ein Kind aus dem Haus und fiel ihr um den Hals. Mirjam stieg aus dem Wagen und hob das Mädchen in ihre Arme, um es fest an sich zu drücken. Obwohl sie das Kind trug, nahm sie die schwere Tasche aus dem Wagen und trug beides ins Haus. Hannah griff nach der Tasche und versicherte, ihr beim Tragen zu helfen. Da sie das Kind trug, wurde es durch Hannahs Versuche mitzuhelfen noch etwas schwerer, aber sie flüsterte: „Jetzt geht es gleich leichter! Danke mein Schatz!"

Erst beschäftigte sie sich mit dem Mädchen und brachte es auch ins Bett. Dann saß sie noch kurz bei Großmutter Milly in der Küche, schließlich zog sie sich in ihr Zimmer zurück und arbeitete. Die Ausarbeitungen waren so viel, sie würde heute lange nicht schlafen.

Nach 22 Uhr schickte sie an Pater Raphael eine SMS mit dem Text: *Erreichbar?*

Bald darauf klingelte ihr Handy und der Priester meldete sich: „Ja, ich bin erreichbar. Sag, was ist denn bei dir in der Arbeit los?"

Mirjam zögerte, doch dann erzählte sie: „Na ja, ich muss mich wohl noch einarbeiten, und es ist viel zu tun, das habe ich gewusst. Ich mag diese Arbeit, aber irgendwie bin ich noch nicht eingearbeitet, denke ich … hm, …was ist das? Dauernd knackst da etwas, vielleicht eine schlechte Verbindung … na ja, irgendwie fang ich auch schon zu spinnen an. Mein Handy hat während der Gespräche noch nie so viel geknackst wie in den letzten Tagen."

Der andere erklärte: „Du hast recht, auch ich höre nun ein Knacksen in meiner Leitung. Das ist tatsächlich eine schlechte Verbindung."

Sie entgegnete: „Ja, du hast sicher recht." Nach kurzem Zögern erklärte sie: „Du, der Grund meines Anrufes ist deine Anfrage wegen des fehlenden Orgeldienstes. Ich denke, ich kann ihn übernehmen. Wegen der gewünschten Lieder reden wir bitte noch, aber mir ist da alles recht. Du hast somit deinen Dienst besetzt."

Pater Raphael begriff, dass sie ein belangloses Thema wählte, sie rechnete offensichtlich wirklich damit, dass man sie abhörte. Nachdem, was er heute miterlebt hatte, war er sich nicht mehr sicher, was er denken sollte. Was war da los? Schon hörte er Mirjam sagen: „Gott, da hab ja noch eine Anfrage von dir notiert, die hätte ich jetzt übersehen … übermorgen, am Abend. Ich denke, den Dienst kann ich auch übernehmen. Ich geh an diesem Tag aus dem Nachtdienst, also den kann ich sicher zusagen. Läuft das so wie immer? Wie lange muss ich rechnen? Eine Stunde? Oder eineinhalb Stunden?"

Er entgegnete: „Ja, nicht ganz so wie immer … ich denke, es dauert etwas länger als sonst. Hm…" Er überlegte: „Nein, das wären fast zwei Stunden, und es wäre toll, wenn du den Termin übernehmen könntest. Ist das schlimm, wenn ich dich bitte, dass du alles spielst? Ich schreib dir einen genauen Fahrplan."

Sie überlegte und sagte schließlich zu: „Nein, ist es nicht. In der Kapelle, wie die letzten Male?"

Der Mann entgegnete: „Ja, wie das letzte Mal. Du parkst auch wieder da, wo du das letzte Mal geparkt hast, das ist am einfachsten. Sei bitte eine gute halbe Stunde früher da, damit wir noch alles besprechen können."

Sie erwiderte: „Alles klar! Ich werde da sein!"

Danach verabschiedete sich Mirjam und der Geistliche legte auf. Sie hatte ihn um einen Termin für ein Treffen gebeten. Das letzte Mal hatten sie sich allerdings nicht in einer Kapelle getroffen, sondern im Stift in seinem Büro und der Termin lag Monate zurück. Sie würde also ins Stift kommen und er würde sie in den Hof fahren lassen, damit sie von der Straße weg war. Da er ihr das mit dem Parken gesagt hatte, hatte er ihr signalisiert, dass er sie verstanden hatte und sie im Stift erwartete. Übermorgen also. Er zog seinen Kalender heraus. Okay, er musste ein Gespräch anders einteilen, das würde er vorverschieben auf morgen. Den Abend hielt er sich frei, dieser Termin war mehr als dringend.

Zwei Tage später öffnete sich am Abend das Tor im Süden des Stiftes, um einem Gast Einlass in den Hof zu gewähren. Hinter dem Wagen des Gastes kam ein anderer Wagen, der wohl auch diese Einfahrt nutzen wollte. Doch diesem wurde die Zufahrt verweigert. Als der Lenker des anderen Wagens, der nun einen Parkplatz suchen musste, endlich zum Eingang lief, gelangte er nur noch durch die Seitentür in den Hof. Langsam drehte er sich nun neben der großen Kirche im Kreis, aber es war niemand mehr zu sehen. Nachdenklich setzte sich der Mann auf eine Bank im Hof und wartete.

In der Zwischenzeit hatte Mirjam im Kirchenrektorat Platz genommen. Sie hatte das Handy schon vor ihrer Abfahrt ausgeschaltet und den Akku herausgenommen. Die Tonaufnahme hatte sie in der Zwischenzeit auf einem Stick gesichert und diesen überreichte sie dem Mönch, der sie fragend anblickte. Doch da sie nichts sagte, erhob er sich, ging zu seinem Computer und steckte den USB-Stick in die vorgesehene Vorrichtung. Bald darauf hörte er die Tonaufnahme ab und blickte fassungslos auf Mirjam. Leise sagte er: „Um Gottes willen, was geht dort ab?"

Mirjam konnte erst kaum antworten, doch dann flüsterte sie: „Das sind Verbrecher, Christian! Ich bin offensichtlich in etwas hineingeraten und weiß einfach nicht, wie ich wieder herauskomme. Es sind auch einige Leute von der lokalen Politik in die Sache involviert, dass ich mich an niemanden wenden kann. Ich weiß auch nicht, wer im Hintergrund die Fäden zieht. Zudem befürchte ich Unterlagen und Wissen zu besitzen, deren Besitz durchaus heikel ist!"

Der Geistliche kam wieder zum Tisch zurück. Da sie vorerst stumm blieb, fragte er schließlich nach: „Mirjam, was heißt das?"

Sie blickte ihn an und sagte schließlich: „Ich denke, der Verwalter dreht mit einigen Politikern der Stadt ein lukratives Ding. Ich glaub, der verschachert die Stiftung vor unser aller Augen und bekommt dafür Geld … wie auch die Politiker, die damals bei ihm waren."

Raphael fragte erstaunt: „Wo waren Politiker? Mirjam, langsam! Welche Politiker?"

Nun erzählte Mirjam von den Treffen, von ihren Funden der falschen Dienstabrechnungen, von den Dingen, die nicht zusammenpassten und von denen sie nichts sagen durfte, und dann von diesem Herrn Peter Koller, der ihr regelmäßig zuflüsterte, dass er sie näher kennenlernen wolle, also noch viel näher als näher. Und das war nun auch diese Weiterbildung, wo sie quasi die Dienstanweisung habe, mit diesem Mann sexuell in Kontakt zu treten und auf seine etwas delikateren Wünsche einzugehen. Abschließend sagte sie: „Und jetzt verwenden sie dich, damit sie mich erpressen können. Wenn ich nicht mache, was sie wollen, dann zerstören sie dich und mich. Aber ich lass mich nicht erpressen und ich werde nicht nach ihrer Pfeife tanzen. Spiel diese Aufnahme bitte dem Abt vor und erzähle ihm, was du für richtig hältst. Ich denke, es ist nicht gut, zu viel zu sagen."

Der Geistliche fragte: „Bist du in Gefahr?"

Sie überlegte und erklärte schließlich: „Ich weiß es einfach nicht. Ich kann Herrn Koller nicht einschätzen. Ich weiß auch nicht, warum ich in dieser Situation bin. Ich habe doch nichts außer meiner Arbeit getan. Sicherlich habe ich diesem Mann keine Signale in irgendeiner Weise gegeben. Der Verwalter hat sogar gesagt, dass Koller von meiner Arbeit so begeistert ist, dass er sie kaufen möchte und daraus ein Programm schreiben will. Dabei habe ich ja nur Excel-Dateien, das ist ja nie und nimmer ein Programm. Aber alle sagen, es sei eines." Mirjam verstummte wieder und hing abwesend ihren Gedanken nach, die sich in ihrem Kopf zu überschlagen schienen.

Es war der Priester, der nach einiger Zeit die Stille unterbrach: „Ich habe ein ganz schlechtes Gefühl, Mirjam. Deshalb möchte ich dir jetzt einen bestimmten Schlüssel geben, mit welchem du jederzeit ins Stift kannst. Er ist für den Gästebereich. Falls du gefährdet sein solltest, komm hierher. Du brauchst hier kein Handy, nimm auch keines mit. Im Zimmer ist ein Telefon, von da aus kannst du mich jederzeit anrufen. Ich werde die Nummern meiner Erreichbarkeit auf die Unterseite des Telefons kleben. So, und jetzt kommst du mit, ich zeige dir, wie du relativ unsichtbar in diesen Gästetrakt kommst. Niemand wird dich hier finden. Bevor du jetzt ablehnst, schau es dir bitte einmal an! Mir ist lieber, du hast den Schlüssel und weißt, wie du ihn nützen kannst."

Noch ehe Mirjam begriff, verließen sie das Büro und gingen, ohne den Hof zu benützen, in die Kirche. Bald erreichten sie von einer ihr unbekannten Seite den Gästetrakt. Allmählich begriff sie das Wegsystem und konnte sich orientieren.

Es war etwas skurril, aber die ganze Situation war so unwirklich, dass Raphael nun seine Entscheidung für gerechtfertigt hielt. Er führte sie bald in ein schönes, helles Zimmer: „Hier wird dich niemand von draußen finden. Aber bleib achtsam, falls du tatsächlich hierherkommen musst."

Mirjam wandte sich im Zimmer um und flüsterte schließlich: „Danke, Christian! Ich hoffe, ich brauche das hier nie, aber es gibt mir Sicherheit, dass ich diesen Schlüssel nun bei mir tragen kann. Ich ... gebe ihn an einen sicheren Ort. Danke!"

In der Zwischenzeit war der späte Besucher, der noch immer unentschlossen im Hof wartete, von einem älteren Mitarbeiter aufgefordert worden, den Hof zu verlassen, da man die Tore verschloss. Der Gast beharrte darauf, den Gottesdienst, der hier stattfinden sollte, besuchen zu wollen. Doch dem Mitarbeiter war ein solcher zu dieser Zeit nicht bekannt. Widerwillig verließ der Mann den Hof und wartete vor der Tür auf den Wagen, dessen Fahrerin er beobachten hätte sollen. Er war mürrisch und kauerte erst auf einer Bank in der Nähe seines Wagens. Aber das große Eisentor im Süden öffnete sich nur zweimal, weil Heimkehrer in das Stift zurückkamen.

Mirjam war mit Pater Raphael in das Kirchenrektorat zurückgekehrt. Sie war überrascht, wie unsichtbar man in diesem Stift wandeln konnte, und stellte fest, dass ihr das sogar gut gefiel. Deshalb fragte sie nun: „Sag, hast du mich gerade als Gespenst für das Stift engagiert? Bekomme ich da einen Dienstvertrag? Dann könnte ich ja sofort meine schreckliche Stelle kündigen. Dieser Job gefiele mir sogar gut! Wie ist die Bezahlung?"

Der andere meinte: „Sogar wenn du in Gefahr bist, kannst du noch darüber Scherze machen, ich weiß. Ich mach mir aber tatsächlich Sorgen."

Sie wurde ernst: „Musst du nicht. Der Verwalter weiß nicht, was ich alles habe, er kann mich nicht einschätzen. Also wird er erst einmal versuchen, das herauszubekommen. Bis dahin bin ich sicher. Und ich suche auf Hochtouren einen anderen Job ... nachdem ihr mich nicht als Gespenst haben wollt. Ihr wärt das erste Stift mit einem Gespenst, ist dir das klar? Das ist eine echte Marktlücke! Ich sehe schon den Werbeslogan: mystische Stiftstage ... Lernen Sie das Fürchten! Wir lehren Sie das Beten!"

Er nickte und murmelte: „Ja, so ungefähr, in diesem Bereich bewegst du dich derzeit sowieso. Also, als du gekommen bist, war ein Wagen hinter dir, den ich nicht in den Hof fahren habe lassen. Sag, ist dir der Wagen aufgefallen? Weißt du, wer das ist?"

Sie schüttelte den Kopf und meinte: „Vielleicht ein lästiger Besucher, der am liebsten gleich mit dem Auto in die Stiftskirche gefahren wäre, weil das bequemer ist?"

Raphael ergänzte: „Er trug eine schwarze Haube und drehte sein Gesicht weg, als ich ihm sagte, er dürfe nicht weiterfahren; so, als wolle er nicht, dass ich mich an sein Gesicht erinnere. Und jetzt, wo du mir das alles erzählst, überlege ich, ob man dich beobachten lässt."

Mirjam blickte ihn lange an, ehe sie antwortete: „Dann wäre das Knacksen während der Telefonate doch nicht so zufällig ... und der Fisch ist wohl noch viel größer, als ich dachte. Wer hat die Macht, mich gleich observieren zu lassen?"

Der Geistliche fragte, während er zum Fenster ging und auf die Parkplätze schaute: „Welche Politiker sind involviert?"

Sie überlegte: „Ich bin mir nicht sicher ob das alle gewesen sind, die in der Sache involviert sind, aber damals bei diesem Treffen im Heim waren ..." Sie nannte die Namen der Männer, die sie gesehen hatte. Da der Geistliche nicht antwortete, fuhr sie schließlich fort: „Gott, die haben doch alle Unterstützung, die sie brauchen ... wenn es blöd läuft ..." Mirjam verstummte.

Pater Raphael hatte leider den Wagen entdeckt, nach welchem er Ausschau gehalten hatte. Der Mann war also noch da. Langsam kehrte er zu Mirjam zurück und überlegte: „Das weißt du nicht. Möglicherweise kennt dein Verwalter auch andere Kreise, die ihm hilfreich zur Seite stehen können, und die Politiker sind gar nicht involviert! Ziehe keine voreiligen Schlüsse. Es gibt Gründe, warum man eine Besprechung ansetzt."

Mirjam ätzte: „Stimmt, diese Herren waren alle zufällig am Abend in der Stiftung. Vielleicht haben sie sich angemeldet zum Probeliegen? Wieso denkst du eigentlich, die Scheibentheorie der Welt könnte wahr sein?"

Derweil kombinierte der Geistliche weiter: „Dieser Mann im Wagen schien mir eher ein Mann aus dem Osten zu sein ... das war kein Österreicher."

Mirjam war unsicher geworden: „Und wie komme ich jetzt nach Hause?"

Raphael überlegte kurz: „Wie voll ist dein Tank?"

Mirjams Antwort „Vollgetankt!" gefiel ihm. Der Geistliche sann weiter: „Sag, hättest du etwas dagegen, wenn wir etwas ausprobieren? Ich schicke Frater Thomas mit einer Aufgabe, allerdings in deinem Auto weg. Er sollte sowieso heute noch Drucksachen in einer Pfarre abliefern. Und wir beobachten, ob dieser Wagen, der hinter dir gefahren ist, nun erneut deinem Wagen folgt. Ich bin mir sicher, das wird nicht sein, aber ich möchte, dass du es selber siehst. Während Frater Thomas seinen Auftrag erfüllt fahre ich dich nach Hause. Frater Thomas wird dein Auto zurückbringen und fährt mit mir ins Stift. So könnten wir klären, ob du beobachtet wirst."

Mirjam nickte und erklärte sich damit einverstanden.

Der Geistliche nahm den Hörer, doch ehe er wählte, fragte Mirjam: „Und was ist, wenn ich verfolgt werden sollte?"

Pater Raphael legte wieder auf und ergänzte: „Ich möchte mit dieser Aktion nur beweisen, dass es nicht so ist." Sie nickte und er fragte: „Was denkst du?"

Sie antwortete leise: „Dass du dich jetzt irrst. Aber beweise mir, dass ich mich irre. Bitte! Beweise es mir!"

Der Mann kehrte wieder zum Telefon zurück und klärte am Telefon die Details der Fahrt. Er schickte seinen Mitbruder mit einem Auftrag zu einer der Stiftspfarren, damit dieser dort einfach ein Paket mit Druckware abstellte und wieder zurückkam. Das machte er öfter so und das fiel am wenigsten auf. Bald gingen sie zu den Autos. Erst nahm Mirjam ihre Arbeitstasche aus ihrem Wagen, dann noch den Laptop. Sie überreichte dem Mönch ihren Autoschlüssel, welchen sie aber vom Schlüsselbund herunternahm, und Thomas stieg ein. Bald darauf öffneten sich die großen Torflügel und langsam rollte Mirjams Wagen aus dem Stiftshof. Es war bereits dunkel geworden und der Fahrer blendete auf. Der Wagen fuhr an einem einsamen parkenden Auto neben der Auffahrt vorbei und verließ den Berg. Mirjam und der Geistliche standen im Schatten des Tores und sahen, dass nun der Fahrer des fremden Wagens startete und Mirjams Auto hinterher fuhr. Mirjam blickt Raphael stumm an, und während sich das Tor langsam wieder schloss, bat sie: „Hast du eine DVD im Büro? Alle Dateien von meinem Computer müssen gesichert und an einem unbekannten Ort hinterlegt werden. Ich habe einen Banksafe, dort werde ich das morgen in der Früh hinbringen." Raphael wollte etwas sagen, aber sie fiel ihm ins Wort: „Nein! Ich möchte dich nicht noch mehr in die Sache hineinziehen, als ich es offensichtlich schon getan habe."

Der Geistliche dachte nach: „Eine externe Festplatte müsste noch im Büro sein. Es ist eine neue Festplatte, die überlasse ich dir. Komm noch einmal mit, wir haben Zeit, denn Thomas wird einige Zeit unterwegs sein."

Sie kehrten zurück und Mirjam führte eine Sicherung aller Dateien ihres Laptops durch. Dabei zeigte sie ihm, wie viel sie an Aufgaben zu tun hatte. Heute hatte sie den ersten freien Abend seit fünf Monaten. Das war der erste Abend seit langem, an dem sie nicht gleich zu Hause weitergearbeitet hatte. Aber sie wusste auch, dass sie am nächsten Tag deshalb Probleme mit der Vorgesetzten haben würde. Doch es war ihr egal.

Sie packte nachdem alles getan war, ihren Laptop zusammen. Ehe sie das Büro verließen, ging der Geistliche zu einem Schrank, nahm etwas heraus und kam zu seinem Gast zurück. Er legte einen scheibenförmigen Anhänger in ihre Hand und bat: „Trag das bei dir, Mirjam!" Bevor sie ihre Frage formulieren konnte, erklärte er: „Ich möchte, dass du das immer trägst!"

Nachdenklich wollte sie wissen: „Ist das ein Benediktuskreuz?"

Er nickte nur, dann meinte er: „Wir müssen fahren, komm!" Mirjam gab den Anhänger an ihre Halskette. Als sie nach ihrer Tasche griff klingelte das Handy des Geistlichen. Er nahm das Gespräch überrascht an: „Frater Thomas, was gibt es?" Er blieb ruhig, als ihm der Anrufer erzählte, ein Wagen wäre hinter ihm gefahren und hätte versucht, ihn von der Straße zu drängen. Es wäre nichts passiert, aber er würde nun gerne umkehren. Der Geistliche wies ihn an: „Ja, mach das und komm zu der genannten Adresse. Es ist nicht weit von deinem jetzigen Standort. Sei vorsichtig."

Nachdenklich erzählte er, was passiert war, und fragte schließlich: „Willst du gleich hier im Gästezimmer bleiben?"

Sie schüttelte den Kopf und überlegte: „Nein, aber ihr müsst den Zwischenfall anzeigen! Bitte!"

Der andere blieb stumm.

Bald nachdem sie das elterliche Haus erreicht hatten, traf auch Frater Thomas ein und parkte den Wagen ein. Während er ausstieg, schimpfte er noch immer: „So ein Verrückter, Mirjam, es tut mir leid, wenn dein Wagen einen Kratzer hat, aber … der überholt mich in einer Kurve und drängt mich dann an den Straßenrand. Wo doch da ein Abgrund ist! Das war schon gruselig. Der Kerl war doch besoffen!"

Mirjam erkundigte sich: „Ist dir etwas passiert?"

Der andere schüttelte den Kopf und meinte: „Nein, aber …"

Sie sah die Schramme auf der Fahrerseite, und ihr lief es kalt über den Rücken. Leise flüsterte sie: „Das ist nicht viel, mein Mechaniker macht das schon."

Pater Raphael überlegte: „Was hältst du davon, wenn wir dein Auto ein wenig ausprobieren? Ich meine, du machst in den nächsten Tagen bitte einen Crash-Kurs. Lerne dein Auto kennen und in extremen Situationen zu lenken. Ich organisiere einen Kurs. Wenn ich dir den Termin nenne, wirst du fahren! Keine Widerrede!"

Die Männer verabschiedeten sich, und Mirjam ging langsam ins Haus zurück. Da bereits alles schlief, setzte sie sich an ihre Arbeit. Während sie über ihren Aufgaben saß, kehrten die Kirchenmänner in das Stift zurück. Pater Raphael suchte noch die Krypta auf, um dort zu beten. Das Gebet war mächtig, er wusste es.

Als Mirjam endlich mit ihren Aufgaben fertig war, dämmerte es. Der Zeiger der Uhr verriet ihr, dass es halb 5 Uhr morgens war. Eine Stunde also hatte sie noch. Sie stellte den Wecker und fiel bald darauf in einen bleiernen Schlaf.

Vorerst blieb dies der einzige Zwischenfall. Aber die Intensität der Arbeit blieb in den nächsten Wochen bestehen. Mirjam kam kaum einen Tag früher als 4 oder halb 5 Uhr morgens ins Bett, Tagwache war 6 Uhr, und die Direktorin war mit ihrer Arbeit natürlich auch so gut wie nie zufrieden. Verschiedene Mappen mussten fertiggestellt werden, darunter Standardmappen, die alle Bereiche der Stiftung betrafen. Die zeitaufwendigsten Ausarbeitungen erhielt Mirjam, obwohl es dafür Sekretärinnen im Haus gegeben hätte. Sie musste mehrere Vorschläge bringen und somit hatte sie ein Vielfaches zu tun gegenüber dem, was notwendig gewesen wäre. Zudem fertigte sie die Standardmappen, wie ihr aufgetragen wurde, in neunfacher Auflage an. Sogar die Mappen musste Mirjam selbst vorfinanzieren, doch sie erhielt diese Beträge nie zurück. Allein hier konnte man erkennen, mit wie viel unnötiger Arbeit sie bedacht wurde.

Allerdings war nun doch von dem Abendessen oder dem Wochenende mit Herrn Koller keine Rede mehr, und darüber war sie erleichtert.

In der Adventszeit wurde den Mitarbeitern der Pflegebereiche vom Verwalter im Zuge einer Personalbesprechung eröffnet, dass die gesamte Stiftung verkauft werden müsse. Wer der Käufer sei, wäre noch nicht klar, sagte der Verwalter, aber das wäre unwichtig. Er werde durchsetzen, dass alle Angestellten übernommen werden müssten. Mirjam ahnte, dass er schon wusste, wer der Käufer war. Er hatte es schon entschieden, und es war nicht der Bestbietende. Es war alles schon entschieden. Allmählich zeigte das Puzzle in ihrem Kopf einen Teil, der sichtbar geworden war. Es war noch kein Bild, wahrscheinlich würde es dieses auch nie werden, aber Fragmente formten sich zu einem kleinen Bereich, der ein Bild ergab.

An diesem Abend erklärte der Verwalter auch, dass er erneut die Spendenboxen im Haus aufstellen werde. Das waren Boxen, in denen die Angehörigen der Bewohner ihre Dankbarkeit dem Personal gegenüber zeigen durften, so die Definition des Verwalters. Allein diese Definition erboste Mirjam, denn das Seniorenhaus war tatsächlich teuer genug. Diese Boxen waren mit einem Vorhängeschloss, dessen Schlüssel nur der Verwalter hatte, gesichert.

Als diese Boxen einige Wochen später wieder eingesammelt wurden, zählte der Verwalter das Geld darin wie jedes Jahr allein und veröffentlichte nun die Beträge mit einem entsprechenden Dankschreiben auf die jeweiligen Pflegebereiche. Die Angehörigen konnten nachlesen und so geschah es, dass sich Angehörige meldeten, die allein mehr Spenden gegeben hatten als an Gesamtbeträgen angeführt worden waren.

Schließlich wurde die Kriminalpolizei eingeschaltet und ermittelte. Die Sache hätte eigentlich klar sein müssen, denn es gab nur einen Mann, der den Schlüssel für diese Boxen gehabt hatte. Die Pflegedirektorin beteuerte, dass sie bei der Geldzählung im Büro des Verwalters anwesend gewesen sei, auch wenn das nicht der Wahrheit entsprach. Wie jedes Jahr hatte der Verwalter die Boxen ohne Zeugen entleert und den Inhalt gezählt. Nun sagte die Pflegedirektorin anders aus und gab dem Mann ein Alibi.

Hierauf wurde gegen das Personal ermittelt. Wahnwitzige Theorien wurden erstellt, dass Mitarbeiterinnen im Nachtdienst mit geleimten Ruten das Geld entwendet haben könnten. Die Mitarbeiter erfuhren erst durch diese Beschuldigungen von den Möglichkeiten, die man ihnen unterstellte. Hätte man ihre Arbeiten pro Nachtdienst kontrolliert, dann wäre von vornherein klar gewesen, dass für derlei Ideen und Durchführungen keine Minute Zeit gewesen wäre. Aber das tat man nicht, denn man brauchte einen Schuldigen oder eine Schuldige. Alles war recht. Das Ganze war für alle Mitarbeiter sehr belastend, und die Gruppe reagierte entsprechend gereizt.

Mirjam, die zusätzlich zu ihren Tätigkeiten im Büro noch in der Pflege mitarbeitete, gehörte somit auch zu den potentiellen möglichen Tätern und wurde von der Direktorin diesbezüglich strenger kontrolliert. Diese Situation allein war ja schon wahnwitzig genug, hatte doch die Pflegedirektorin bei der Polizei bewusst eine Falschaussage gemacht und den wahrscheinlichsten Täter geschützt. Alle in der Gruppe kannten die Wahrheit, niemand wagte es, zu reden.

Palmendorfer hingegen hatte diese Situation auf eine Idee gebracht. Sie überlegte indes sehr genau, wie sie diese lästige Person Mirjam Steiner möglichst skandalös entlassen konnte. Diese Sache mit der kleinen Unachtsamkeit des Verwalters spielte ihr sehr gut in die Hände. Allmählich nahm der kranke und fiese Plan in Britta Palmendorfers Kopf konkrete Formen an.

Sie saß in ihrem Büro und war gerade in ihre Gedanken vertieft, als der Verwalter eintrat. Er verschloss die Tür hinter sich und ging zu der Frau, die ihm lächelnd entgegenkam. Sie tat überrascht: „Du hier?"

Er entgegnete: „Ja, und ich bin dir sehr dankbar."

Sie antwortete: „Du hattest mir befohlen diese Aussage zu machen, und ich weiß, was ich dir schulde!"

Leise fragte er: „Und, was schuldest du mir?"

Sie hauchte: „Absolute Loyalität!"

Er grinste sie lauernd an. Was würde sie für ihre Loyalität wohl verlangen? Er wusste, sie würde etwas fordern, es war nur eine Frage der Zeit. Nun war er hier, um vorzufühlen. Seine Stimme klang tief, als er fragte: „Was hältst du davon, wenn wir beide uns ein schönes Wochenende machen? Nur du und ich? Wie früher!"

Sie lächelte und ihren Lippen entkam ein: „Oh!"

Schließlich sagte er: „Ich werde etwas buchen und dich informieren. Wir sollten hier nicht länger reden. Im Augenblick muss alles korrekt wirken. Komm in der Mittagspause in mein Büro, da werde ich die Details schon sagen können." Er drehte sich um und verließ das Zimmer ohne Gruß.

Für Mirjam wurde die Arbeit noch mehr, weshalb sie nun von Kolleginnen ihre Anwesenheit in einem Kalender bestätigen ließ. Fast täglich rief die Direktorin noch nach 22 Uhr einmal an, um zusätzliche Aufgaben zu fordern.

In diesen Tagen wurde das Haus erneut von einer Delegation der Landesregierung, Abteilung Soziales, visitiert. Mirjam stand in einem Stationsbereich, der soeben besucht wurde, wobei die Pflegedienstleitung die Gäste führte. Mirjam hörte eine der Damen schwärmen: „Wie Sie das alles hinbringen. Wann machen Sie das eigentlich? Ich bin noch immer begeistert, wie kreativ Sie die Standardmappen ausgefüllt haben. Das müssen doch unendliche Stunden gewesen sein. Also ich muss Ihnen sagen, ich bin begeistert, wie liebevoll und kompetent diese Standardmappe geführt ist. Und dann noch so übersichtlich ausgearbeitet! Einfach vorbildlich! So eine Arbeit sieht man selten!"

Die Pflegedirektorin entgegnete: „Glauben Sie mir, ich habe nächtelang gearbeitet und dabei war ja auch der Zeitdruck ein großer Faktor. Aber wissen Sie, wenn man etwas gerne macht, dann kennt man keine Grenzen." In diesem Augenblick wurde sie sich der Anwesenheit von Mirjam bewusst und zuckte zusammen. Doch schon streckte sie sich durch und sprach sie an: „Mirjam, Sie sollten doch Zeitausgleich nehmen. Sie können schon gehen, ich brauche Sie heute nicht mehr! Sonst müsste ich denken, Sie wollen Überstunden schinden, Sie böses Mädchen, Sie!"

Alle lachten.

Während die Frau nun gleich wieder die Gruppe mit sich nahm, erklärte sie: „Ja, ich mache diese Dinge sehr gerne. Da kann ich einfach zeigen, was ich kann, und auch, was ich gerne tue. Zudem kann ich alles hineinarbeiten, was ich denke, das für die Bewohner ideal ist."

Mirjam blickte der Gruppe nach, dann setzte sie sich hin. Sie war so fassungslos, dass sie nichts mehr sagen konnte. Eine der Pflegehelferinnen, die das Szenario verfolgt hatten, erklärte: „Ja, so ist sie, unsere Britta! Schläft mit dem Boss, damit sie den Posten bekommt und hat keine Ahnung von ihren Aufgaben. Und weil das nicht genug ist, gibt sie deine Arbeit für ihre aus. Das kann sie wahrlich gut. Oh, sie ist gut, ich sag es dir. Aber so hat sie es immer gemacht und so wird sie es wieder machen. Sie wird noch nicht im Büro sein, wird sie sich auch deine Ausarbeitungen, die du für eine bessere Lebensqualität für unsere Bewohner ausgearbeitet hast, an ihre Fahnen heften. Es ist ja auch durchaus praktisch. Seit du da bist, geht es den Leuten hier besser, sie bekommen etwas geboten, dürfen wieder leben, werden wahrgenommen. Du hast den Pflegegarten eingeführt, sie dürfen hier pflanzen und ihre Kräuter selbst ziehen. Das tut ihnen gut. Dein Verdienst sind die Kochbücher, die du mit ihnen schreibst, ihre alten Rezepte mit ihnen in Heftchen verewigst. Deine Idee war auch das Projekt mit den Schulen, wo Schüler die Zeitdokumente erstellen kommen, und die Leute können endlich erzählen, was sie im Krieg erlebten. Du organisierst eine Bibliothek, die die Bewohner selbst bespielen können. Du gibst den Menschen Verantwortung und damit Lebensfreude zurück. Jetzt willst du die Möglichkeit von Streicheltieren vermitteln. Du machst so viele Dinge für diese Menschen, ich kann mir ja gar nicht vorstellen, dass man das in dieser kurzen Zeit alles zu Wege bringt. Schläfst du überhaupt noch? Dabei achtest du auch auf die Mitarbeiter, dass diese ihre Freistunden bekommen. Seit du da bist, stimmen meine Abrechnungen und ich bekomme auch Zeitausgleich für die Überstunden. Das war vorher nie gewesen.

Britta sind sowohl die Heimbewohner, als auch die Mitarbeiter egal, nur der Kaiser ist wichtig. Da schwänzelt sie herum und biedert sich an. Sie hat nichts vorzuweisen. Deshalb wird sie all deine Ausarbeitungen jetzt verwenden, um vor diesen

Leuten des Landes zu glänzen. Und sie wird sie auch nützen. Glaub mir, sie wird alles als ihre Arbeit ausgeben. Sie ist die abscheulichste Frau, die ich kenne! Dabei macht sie es so elegant. Sie blendet alle!"

Mirjam blickte die andere an und fragte: „Hast du das jetzt gehört?"

„Klar!", entgegnete die andere. „Das war ganz typisch für unsere Britta. Die macht das immer so. Und jetzt sage ich dir noch etwas: Sie ist sauer auf dich, weil dich der Kerl von der Landesregierung so direkt angebaggert hat und nicht sie. Sie wollte mit ihm wieder ins Bett, aber sie ist ihm einfach in den letzten Jahren zu alt geworden. In den Jahren hat sie bei solchen Untersuchungen immer die Argumente gebracht, die das Haus für gute Beurteilungen gebraucht hat. Aber sie ist offensichtlich bei dem Typen nicht mehr gefragt. Na ja, sie ist ja wirklich alt geworden, nur sie will das nicht glauben. Dabei hat sie das letzte Mal auch blaue Flecken gehabt, insofern wird das alles nicht so ein berauschendes Fest gewesen sein. Ich denke, dieser Herr K ist gar nicht so nett, wie sie tut. Sie kann halt nicht verstehen, dass du so ein Angebot abweisen kannst. Dabei solltest du stolz sein, dass seine Wahl auf dich gefallen ist. Aber du wagst es, das Angebot, diese Auszeichnung nicht anzunehmen. So eine Chance darfst du dir nicht entgehen lassen … na ja, sie würde es nicht tun."

Mirjam fragte überrascht: „Sag einmal, was weißt denn du über die Sache?"

Die andere erklärte: „Glaub mir, ich weiß in diesem Haus so ziemlich alles! Die Britta ist ein Teufel in Menschengestalt und stellt diese Bezeichnung noch in den Schatten. Sie hat ein Verhältnis mit dem Chef, Verhältnisse in politische Bereiche, auch in andere, wo du nicht denkst, dass das möglich wäre. Ja, sie war dem Kaiser schon recht behilflich in seinen Unternehmungen. Diese Frau muss der Mittelpunkt sein, alles muss sich um sie drehen. Alles! Aber wehe, es ist jemand da, der ihr die Show stiehlt.

Du bist eine solche Person, eine Frau die man sieht. Deshalb ist sie voll Hass gegen dich, weil du alles das kannst, was sie beherrschen müsste. Sie hasst dich für deine Jugend, sie hasst dich für deinen Charme und für deine Natürlichkeit. Sie hasst dich so sehr, dass sie dich lieber heute als morgen fertigmachen würde. Unterschätze sie nicht. Sie hält sich in ihrem Job nur, weil sie mit dem Verwalter was laufen hat und bei jedem Dreck mitmacht. Aber das kann sich ändern. Genaugenommen machst du ihre Arbeit. Sie fühlt sich von dir allmählich gefährdet, denn du kannst die Dinge, die sie tun sollte. Und noch etwas, diese Frau ist geisteskrank! Vergiss es nie, sie ist geisteskrank! Normalerweise wäre sie hier nicht tragbar. Aber was ist in diesem Haus schon normal. Ich mag dich, weil du uns hilfst, darum sag ich dir das jetzt alles. Sei vorsichtig und suche dir dringend einen neuen Job, sonst zerstört sie dein Leben! Mach es bald!"

Mirjam nickte stumm. Sie suchte bereits, aber sie war bis jetzt nur abgelehnt worden. Man konnte sich die Posten nicht mehr aussuchen, wie früher.

Aber heute hatte sie wenigstens frei.

An diesem Nachmittag fuhr Mirjam, nach Wien und besuchte endlich wieder einmal eine Vorlesung der medizinischen Chemie. Sie fühlte sich hier wohl und überlegte zu kündigen und mit dem Medizinstudium zu beginnen. Sie wollte dies schon so lange tun. Aber wovon sollte sie leben? Versunken in ihre Gedanken saß sie nach der Vorlesung auf einer Bank und überlegte, wie sie dieses Vorhaben in die Tat umsetzen könnte. Es war eine böse Laune des Schicksals, dass gerade in dieser Vorlesung die Tochter von Palmendorfer, die mit dem Studium bereits begonnen hatte, saß und Mirjam sofort erkannte. Natürlich berichtete diese gleich nach der Vorlesung ihrer Mutter von dem überraschenden Zusammentreffen mit dieser Mitarbeiterin. Was tat die Frau in Wien an der Medizin?

Schon am nächsten Tag musste sich Mirjam für diesen Besuch von ihrer Vorgesetzten rechtfertigen. Mirjam antwortete ganz ruhig: „Sie haben mich weggeschickt, Sie erinnern sich? Es war gleich nachdem Sie meine Arbeit als die Ihre ausgegeben hatten. Danach haben Sie mich weggeschickt und somit hatte ich tatsächlich frei. Bekanntlich kann man in der Freizeit tun, was man tun will."

Die Frau schrie sie an: „Und da fahren Sie gleich nach Wien? Was sind Sie nur für eine blöde Kuh! Denken Sie, in Wien wartet man auf Sie? Wollen Sie vielleicht studieren? Sie? Gott, wie blöd kann ein Mensch nur sein. Sie brauchen doch den Großteil Ihrer geistigen Kapazität um aufrechtzugehen. Sie werden ja nicht einmal mit Ihren Arbeiten fertig. Dabei verlange ich wirklich nicht viel! Was wissen Sie schon über Fächer wie Chemie? Sie haben doch keine Ahnung! Übrigens bräuchten Sie für ein solches Studium eine Matura. Haben Sie das wenigstens verstanden?"

Mirjam erklärte: „Es geht Sie einfach nichts an, was ich in meiner Freizeit mache!"

Da zischte die wütende Frau: „Das glauben Sie. Aber das stimmt nicht. Sie hätten damals die Weiterbildung annehmen sollen. Aber Sie waren sich ja zu gut dafür. Herr Koller war sehr enttäuscht, und es wird wohl auch Konsequenzen für unser Haus haben. Das werden Sie büßen, Sie blöder Trampel! Das hätten Sie einfach nicht tun dürfen. Ich schwöre Ihnen, wenn ich mit Ihnen fertig bin, dann wird Sie kein Hund mehr anpinkeln! Sie werden noch Ihr beschissenes Leben verfluchen, das ich Ihnen lasse! Und jetzt gehen Sie mir aus den Augen, ich kann Sie nicht mehr sehen! Sie widern mich einfach nur an. Mit so etwas muss ich zusammenarbeiten! Sie sind das Dümmste, was mir je begegnet ist! Sie…!"

Mirjam war zu erschöpft, als dass sie jetzt entsprechend hätte reagieren können. Aber sie unterbrach das Gespräch: „Ich hoffe, Sie haben sich bald wieder im Griff, sonst bin ich verpflichtet, einen Arzt zu holen." Danach verließ sie, die tobende Frau ignorierend, den Raum.

Die Anrufe der Pflegedirektorin nach 22 Uhr begannen wieder, die Arbeitsanweisungen wurden mehr. Die Frau war dabei kreativ, verwendete verschiedene Telefonnummern und rief auch auf dem privaten Festnetzanschluss von Mirjams Zuhause an, um ihr Anordnungen zu geben, die bis zum Morgen fertig sein mussten. Zudem ordnete sie mehrmals hintereinander 24-Stunden-Dienste an, die Mirjam trotz Invalidität durchführen musste. Nachdem der Pflegedirektorin auch die Vertretung der Gewerkschaft und ihr nur Dr. Kaiser übergeordnet war, gab es keine Möglichkeit für Mirjam, eine Beschwerde einzureichen.

Aufgrund dieser Arbeitsbedingungen kam es bei Mirjam innerhalb von kurzer Zeit zu deutlichen gesundheitlichen Verschlechterungen und schließlich brach sie nach einem der angeordneten 24-Stunden-Dienste auf offener Straße bewusstlos und in einem Krampfstatus, einer Tetanie, zusammen. Durch den langen Schlafentzug hatte sich eine zusätzliche Erkrankung entwickelt, die sich nun zeigte.

Kurz nachdem sie von ihrem Krankenhausaufenthalt entlassen worden war, erhielt sie einen Anruf der Kriminalpolizei. Der Beamte bestellte sie zu einer Befragung zu den Vorfällen in der Stiftung in sein Büro. Das Ganze entwickelte sich sehr rasch zu einem Verhör. Erst allmählich begriff Mirjam, dass Palmendorfer sie wegen eines angeblichen Diebstahls, der während ihres Krankenstandes durchgeführt worden war, angezeigt hatte. Man verhörte sie mehrere Stunden, auch im Zusammenhang mit den Diebstählen der Boxen für das Weihnachtsgeld, danach wurde der Fall an die Staatsanwaltschaft weitergegeben.

Zudem erhielt sie nun per Post auch die Entlassung von der Stiftung und die Aberkennung aller ihrer geleisteten Überstunden. Dabei hatte sie doch schon die Zusage gehabt, ihr Vertrag würde nun endlich nach einem Jahr in einen unbefristeten Dienstvertrag übergehen. Da sie aufgrund ihrer Invalidität einen geschützten und geförderten Arbeitsvertrag hatte, war dies auch arbeitsrechtlich zu hinterfragen. Von ihrem Betreuer des Bundessozialamtes wurde bestätigt, dass man dort bereits die Information gehabt hatte, sie weiter unter Vertrag zu halten. Am letzten Tag, in den letzten Stunden der viel zu langen Probezeit, war sie aber nun doch entlassen worden. Ein Grund wurde ihr offiziell nie mitgeteilt, aber man tat alles, um den angeblichen Diebstahl zu verbreiten.

In Folge verbreitete sich das Gerücht unter den Kollegen, diese Mirjam Steiner habe eine Patientin bestohlen. Mithilfe einiger tratschender Putzweiber, denen tatsächlich keinerlei Intelligenz im Wege stand, um zu hinterfragen, was ihnen so leicht über die Lippen kam, wurde diese Mär auch im Krankenhaus verbreitet. Leider gab es einige Mitarbeiter, die diese Geschichte ausschlachteten und mit entsprechenden Erweiterungen weitererzählten.

Hyänen bleiben immer Hyänen, egal, welche Kleider sie tragen. Diese Erkenntnis war nicht neu und leider bestätigte sich dieses Sprichwort im vorliegenden Fall erneut.

Mirjam wurde von der Gesellschaft isoliert, man wendete sich ab, wenn sie einen Raum betrat, man ließ sie stehen. Menschen, die sich früher gerne mit ihr gezeigt hatten, wechselten die Straßenseite, wenn sie des Weges kam. Sie wurde von Leuten beschimpft, verhöhnt und einmal sogar angespuckt. All diese Gegebenheiten und vor allem auch ihre Arbeitslosigkeit belasteten sie immer mehr. Sie zog sich weiter zurück und suchte Rechtsauskunft bei entsprechenden Stellen. Man stellte ihr einen Rechtsanwalt zur Seite und riet ihr, die Verantwortlichen zu verklagen. Doch das klang leichter als es war, denn der Eigentümer der Stiftung war während ihrer Tätigkeit noch die Stadt gewesen. Am Tag nach ihrer Entlassung hatte nun die neue Firma, die die gesamte Stiftung gekauft hatte, die Führung übernommen. Ihre Situation erschien absolut hoffnungslos, sodass sie verzweifelte. In all diesen Wochen, in denen sie so viele Demütigungen hatte erfahren müssen, waren es einige Freundinnen, die sehr klar zu ihr standen.

Diese organisierten sich, besuchten sie, luden sie ein, gingen mit ihr in Konzerte, allerdings auch nur wenige Male. Denn einmal kam es auch hier zu einem hässlichen Zwischenfall. Eine ehemalige Kollegin traf mit ihr in einem Konzertsaal zusammen. Sie sagte gut hörbar zu ihrem Mann: „Schau, Schatz, die ist das, die gestohlen hat. Schau, das ist sie! Eine Schande ist das!"

Mirjam verließ ohne ein Wort den Saal und wartete im Wagen, bis ihre Freundin zu ihr kam. Sie brauchte Zeit, bis sie sich beruhigte. Doch ab diesem Abend wurden öffentliche Veranstaltungen von ihr gemieden.

Einige Wochen nach Mirjams Entlassung wurde das angeblich von ihr gestohlene Geld in einem Versteck der Patientin gefunden. Das war purer Zufall. Die Bewohnerin glaubte sich unbeobachtet und manipulierte in ihrem Kleiderschrank. Die Schwester, die noch im Zimmer war, wollte der Frau helfen und fand gleich darauf die Box, in der das angeblich gestohlene Geld versteckt war.

Mirjam wurde von der Kollegin informiert und herbeigeholt, und die ältere Dame entschuldigte sich reumütig bei ihr mit den Worten: „Dich wollte ich nicht treffen. Ich wollte die andere wegbekommen, aber nicht dich. Du bist immer lieb zu mir gewesen, ich wusste nicht, dass die Hexe da vorne es dir anhängen wird!"

Mirjam bat darum, diesen Vorfall genau zu protokollieren, was die betreffende Kollegin auch tat. Man hielt in dem Protokoll auch den genauen Wortlaut der Entschuldigung der Bewohnerin fest. Zudem wies man auf die Unschuld von Mirjam hin. Diese Schwester gab das Protokoll persönlich in der Pflegedirektion ab, doch es verschwand. So kopierte sie ihre Kopie des Protokolls ein weiteres Mal und gab es ab. Insgesamt dreimal verschwand das Protokoll in der Pflegedirektion von Palmendorfers Schreibtisch. Die Direktorin beteuerte auf die Anfrage der Schwester, nie ein solches Schreiben bekommen zu haben.

Mirjam wartete indes auf die Rehabilitation und die Richtigstellung der Gegebenheiten. Doch sie wartete vergebens. Es gab keine Reaktion und auch keine Richtigstellung. Da als Grund ihrer Entlassung der angebliche Diebstahl angeführt worden war, wäre eine Entlassung aufzuheben gewesen. Aber an wen hätte sich Mirjam wenden können? Sie wusste es nicht mehr, denn die Vorverurteilungen hatten in der Zwischenzeit ein derartiges Ausmaß erreicht, dass ihr niemand mehr zuhören wollte. Mirjam blieb verfemt.

Nun begann für Mirjam ein Albtraum, denn die Verleumdung wurde überaus geschickt in allen pflegerischen Kreisen der Region hochgehalten. Die Reaktionen darauf waren entsprechend, und ihre Chancen auf Arbeit sanken auf null.

Auch die Arbeitsuche selbst zeigte sich demütigend, was besonders bei den verschiedenen Vorstellungsgesprächen herauskam. Mirjam wurde geradezu von den entsprechenden Leuten vorgeführt. Einmal sagte ihr eine leitende Angestellte, wie hässlich sie wäre, aber auf Qualifikationen ging diese Frau natürlich nicht ein. Jedes Gespräch verlief ähnlich und kam bisweilen Beschimpfungen gleich. Als wäre es das Ziel gewesen, dass die Bewerbende danach weinend in ihrem Wagen saß und noch weiter in ihre Verzweiflung fiel.

Nach wie vor wurde sie auf der Straße beschimpft und vermied es bald, belebte Straßen aufzusuchen. Als sie eines Tages in einem Supermarkt nur Salat holte, befand sich auch eine ehemalige Angestellte eines Putzteams des Krankenhauses in diesem Supermarkt. Als Mirjam zur Kasse ging, hörte sie hinter sich diese Frau rufen: „Schaut dieser Person in die Tasche, die stiehlt." Alle Blicke richteten sich auf Mirjam, die wie vom Blitz getroffen stehen blieb. Sie fühlte, wie ihre Knie weich wurden, aber sie streckte sich durch, blickte in die Runde und fragte mit möglichst starker Stimme: „Das ist eine Lüge! Wer von Ihnen hat das gehört?"

Niemand hatte es gehört, niemand gab einen Zeugen, doch hinter Mirjam steckte man die Köpfe zusammen und zeigte sogar auf sie. Mirjam wurde daraufhin aufgefordert, ihre Taschen herzuzeigen, was an sich dann schon wieder komisch war, denn sie trug gar keine Tasche bei sich. Sie hielt nur eine Gurke und einen Endiviensalat in ihren Händen und einen Fünfeuroschein, mit dem sie bezahlen hatte wollen. Nach diesem Zwischenfall entschied sie, für einige Zeit unsichtbar zu werden. Vielleicht würde dann das Gerede etwas verebben.

Sie bat Pater Raphael, für einige Zeit im Stift sein zu dürfen. Er riet ihr, sobald als möglich anzureisen, und das tat sie schon am nächsten Morgen, wobei sie von einer Freundin gefahren wurde. Sie blieb für eine Woche in dem kleinen Zimmer, welches schon längere Zeit für sie reserviert gewesen war, wagte sich kaum aus diesem Raum, ging nur am Abend auf den Hof, besuchte die Kirche nur dann, wenn sie wusste, dass niemand da war. Sie mied sogar die Orgel. Nichts sollte darauf hinweisen, dass sie hier war oder dass es sie gab. Sie dachte, wenn sie nicht gesehen wurde, dann würde man auch nicht über sie reden, irgendwann wäre sie dann nicht mehr das Gespräch. Sie ertrug den Gedanken nicht mehr, dass man sie so schwer belastete. Sie ertrug die Situation kaum und floh sogar vor den Menschen, die immer zu ihr gehalten hatten. Auch die hatte es gegeben und gab es noch immer. Gerade diese Menschen sollten ihr auch in den nächsten Jahren gewogen bleiben und zu starken Säulen werden, die ihrem Leben Halt geben sollten.

Im Stift war alles friedlich, und sie hatte das Gefühl, für einen kurzen Augenblick endlich auch vergessen zu können. Vor allem konnte sie endlich schlafen und erholte sich allmählich von den Strapazen der letzten Monate.

Pater Raphael führte mit ihr Gespräche. Sie beratschlagten, was zu tun sei. Bewerbungen wurden gesucht, geschrieben und gleich vom Berg weggeschickt. Der Geistliche war sich so sicher, dass sie allein wegen ihrer Qualifikationen bald Arbeit finden würde. Ja, er war tatsächlich zutiefst davon überzeugt, dass es so sein müsse. Doch er irrte.

In diesen Tagen entschied Mirjam, der Gemeinschaft der Oblaten der Benediktiner beizutreten. Diese Gemeinschaft, eine Art dritter Weltorden für Menschen, die nicht oder noch nicht in eine Ordensgemeinschaft eintreten wollten oder konnten, war eine wachsende Gruppe am Berg. Mirjam konkretisierte diesen Gedanken in der Zeit der Stille immer mehr und Pater Raphael begleitete sie, riet ihr aber, ihre Entscheidung zu überdenken und noch zu warten. Trotzdem wollte sie mit der Probezeit beginnen und tat dies schlussendlich auch.

Bevor Mirjam ihren Aufenthalt im Stift beendete, legte der Geistliche mehrere Briefe vor sie auf einen Tisch und bat: „In jedem dieser Kuverts ist ein Psalm enthalten. Zieh eines daraus und nimm das, was du darin findest, mit dir. Dieser Psalm soll dich begleiten."

Mirjam schloss die Augen und bewegte die Hand langsam über das Papier. Irgendwann griff sie zu, zog ein Kuvert heraus, dieses enthielt den „Psalm 23: Der Herr ist mein Hirt, mir wird nichts mangeln, er weidet mich auf einer grünen Au. Der Herr ist mein Hirt …!" Mirjam legte das Papier zur Seite und murmelte: „Ich hätte lieber einen zornigen Psalm gezogen, das würde mir mehr Luft geben. Einen, der den rächenden Gott der Israeliten beschwört. Richte mich Gott und führe meine Sache gegenüber dem unheiligen Volk … oder Psalm 42: Wie der Hirsch schreit, nach frischem Wasser, so schreit meine Seele. Gott zu dir! Aber nicht einmal jetzt finde ich einen zornigen Gott, der meine Sache klären könnte, sondern den Hirten."

Der Geistliche entgegnete: „Ich finde, der gute Hirt ist eine gute Wahl, Mirjam!" Und nach kurzer Pause ergänzte er: „Und muss ich auch wandern im finsteren Tal, fürchte ich kein Unglück."

Mirjam ätzte: „Das freut mich aufrichtig für dich, Christian. Aber nicht du durchwanderst das finstere Tal, das durchwandere ich und du sitzt hier am Berg in Ruhe und Stille. Ich finde dein Gottvertrauen schon einzigartig. Hättest du ein Fläschchen für mich? Das wäre nett!"

Der Mann seufzte, ehe er rief: „Komm, zieh ein anderes Kuvert. Ich kann dir aber den 42. Psalm und den 43. Psalm auch ausdrucken, denn ich finde sie beide recht schön." Im nächsten Augenblick zitierte er: „Wie der Hirsch schreit, nach frischem Wasser, so schreit meine Seele, Gott nach dir …vielleicht tut dir der 42. Psalm ja doch gut."

Mirjam schüttelte nachdenklich den Kopf und erklärte schließlich: „Nein, ich behalte diesen 23. Psalm. Früher habe ich ihn gerne gemocht. Vielleicht sollte ich darüber nachdenken … ich werde es tun. Auf jeden Fall habe ich jetzt vor, von Schubert den Frauenchor wieder näher anzuschauen. Ich sollte wieder mehr üben und mich in die Musik hineinlassen. … und den 42. Psalm habe ich, in den Noten von Mendelssohn, … so schön wirst du mir diesen Psalm nie vermitteln können, wie das dieser Herr Mendelssohn zu Papier gebracht hat. Diese Musik erzählt von der Sehnsucht meiner Seele. Weißt du, wie schön sie ist? Danke, Christian. Du hast mir sehr geholfen.

Du hast recht, mein Weg ist diese Musik. Diese Klänge, diese Harmonie. Ja, das ist es!"

Raphael nickte, entgegnete aber vorerst nichts.

Erst nach einer kurzen Pause fragte er: „Wie geht es jetzt weiter? Ich kann deine Orgeldienste hier ein bisschen ausbauen, wäre das etwas Hilfe?"

Mirjam antwortete: „Das wäre schön, danke! Ansonsten warte ich auf das, was an Antworten auf die Bewerbungen kommen wird, vielleicht … es könnte ja sein, dass ich irgendwo anfangen kann. Und sonst habe ich wohl mit Hannah auch genug zu tun."

Der Geistliche fragte interessiert: „Ja, wie geht es Hannah?"

Mirjam antwortete: „Die junge Dame fordert mich derzeit sehr. Sie zeichnet nicht, sie spielt nicht, sie will immer nur alles hören und erzählt bekommen. Als ob sie durch das Hören allein ihre Inputs aufnähme. Es ist sonderbar mit ihr. Sie ist auf der einen Seite so ein gescheites Mädel, hat Hunderte von Fragen und will diese auch beantwortet haben. Sie diskutiert richtig mit mir. Nicht irgendwie, ich muss alles genau erklären, und bevor sie einschläft, fragt sie noch immer: „Sag's mir, wie ist das?" Sie ist wie ein Schwamm und das, was ich ihr erzähle, das behält sie. Ich weiß nicht, was das noch wird mit ihr. Manches Mal denke ich, sie hat vielleicht eine Teilleistungsschwäche, aber mit diesen Dingen kenne ich mich nicht aus. Ich muss mich jetzt mehr damit beschäftigen, nicht, dass ich etwas übersehe."

Der Geistliche meinte: „Brauchst du Adressen? Ich kenne da einen sehr guten Psychologen, der in diesem Bereich sein Spezialgebiet hat."

Mirjam überlegte: „Ich melde mich, wenn ich die Adresse brauche."

Wieder nickte der Mann nachdenklich, ehe er festhielt: „Ich kann einen günstigen Tarif vermitteln, Mirjam. Soll ich einen Termin vereinbaren?" Er sah die Tränen, die ihre Augen nun füllten und die sie so gewaltsam zurückzuhalten versuchte.

Darum stand sie jetzt auf und erwiderte: „Ich weiß es nicht, gib mir noch ein paar Tage, damit ich mir darüber klar werde, was ich tun soll."

Mirjam hatte Angst, er würde sie noch einmal auf diesen Punkt ansprechen und sie müsse zugeben, dass sie sich einen solchen Termin derzeit nicht leisten konnte. Also wich sie aus: „So, aber jetzt muss ich, Christian. Ich werde heute noch abreisen, am Nachmittag kommt mein Taxi. Sag mir bitte noch, was ich schuldig bin."

Er schüttelte den Kopf und erklärte: „Du bist Gast gewesen und bist jederzeit hier wieder willkommen, Mirjam."

Nun stand sie ratlos da und sagte leise: „Ich möchte nicht betteln, Christian."

Dieser erklärte: „Das tust du nicht. Trotzdem warst du Gast. Nimm es bitte einfach an und komm dafür wieder." Leise entgegnete sie: „Danke."

Mirjam kehrte noch an diesem Tag zu ihrem Haus zurück, wo sie von Hannah schon erwartet wurde.

Einige Zeit später nahm man sie in der Gemeinschaft der Oblaten auf. Es war eine schöne, würdevolle Feier im Stift. Mirjams Freunde waren gekommen und danach hatte man noch gefeiert. Bei der Heimfahrt von diesem Festakt wurde sie von einem Wagen überholt. Doch der Wagen blieb danach neben ihr auf gleicher Höhe und begann, sie mehr und mehr von der Straße abzudrängen. Da neben ihr ein Abgrund lag, der einige Meter in die Tiefe führte, steuerte sie plötzlich gegen und ging davon aus, dass dieses Auto nun jeden Moment in ihren Wagen krachen würde. Dann würde die Polizei kommen und die Identitäten sichern. Sie reduzierte das Tempo und auch der andere Wagen wurde langsamer. Es war seltsam, aber auf einmal nahm sie alles im Zeitlupentempo wahr. Der Lenker des anderen Wagens riss im nächsten Moment sein Fahrzeug wieder in die Straßenmitte und beschleunigte sogleich. Es war ein roter Fiat. Als der Wagen davonfuhr, sah sie, dass es keine Nummernschilder an diesem gab. Auch trug der Fahrer eine schwarze Mütze, die er tief in das Gesicht gezogen hatte. Schon bei der nächsten Ausfahrt fuhr das Auto ab. Mirjam wurde langsamer und fuhr rechts auf den Pannenstreifen. Sie zitterte am ganzen Leib. Was war das gewesen? Es dauerte, bis sie in der Lage war, die Fahrt fortzusetzen, was sie schließlich tat. Sie zeigte den Vorfall nicht an, aber sie erzählte ihren Freunden davon, fertigte ein Gedächtnisprotokoll an und hinterlegte Kopien bei mehreren Freunden.

Hannah war wohl die einzige Person, die darüber froh war, dass Tante Mirjam nun für sie Zeit hatte. Das Kind hatte eine gute Zeit, denn Mirjam kümmerte sich um alles, was zu tun war. Hannah lernte das Rad fahren, das Schwimmen, das Lieder singen und mit der Zeit auch das Zeichnen. Hannah zeichnete mit beiden Händen gleich gerne, und alles, was sie zeichnete, stand weiterhin Kopf. Der Christbaum stand Kopf, Hannahs Welt stand Kopf, aber Tante Mirjam schien das nicht zu stören. Sie wollte sogar wissen, warum das so war. Hannah konnte mit ihr darüber reden, warum in ihrem Kopf die Dinge so durcheinander waren. Sie hatte das Gefühl, dass ihre Tante sie verstand. Das war toll.

11. Kapitel

Francescos Ordination wurde allmählich wieder von mehreren Patienten aufgesucht. Es gab tatsächlich auch Menschen, die mit ihm über den schrecklichen Tod seiner Frau reden wollten. Doch derlei Teilnahme blockte er sehr direkt ab.

Als Vortragender wurde er am Wiener Institut nach wie vor gemieden. Waren die Kurse der Kollegen überbucht, so fanden sich nur wenige Studierende in seinen Seminaren.

Trotzdem erfüllte er seine Aufgaben und bot auch zusätzliche Lehrveranstaltungen an, die er spannend und interessant gestaltete.

Es gab auch Kollegen, die ihn noch immer mieden, die sich wegdrehten, wenn er auf sie zukam. Gespräche verstummten, wenn er einen Raum betrat, und man betrachtete ihn stumm, sprach aber kein Wort mit ihm.

Ari Peron, der Kollege, der früher bei Lydias Partys in Francescos Wohnung ein und aus gegangen war, zeigte ihm seine Verachtung immer deutlicher. Er hielt sich auch mit manchen bissigen Bemerkungen nicht zurück. So betonte er in seinen Kursen immer wieder, dass es Kollegen im Haus gäbe, die sich wohl alles erlauben könnten, weil sie genug Geld besäßen. Das bedeute aber nicht, dass es ratsam wäre, mit ihnen in Kontakt zu treten.

Hinter vorgehaltener Hand wurde bald auch unter den Studenten so manche Geschichte erzählt, die zwar nicht der Wahrheit entsprach, aber sie erzählte sich eben gut.

Francesco litt unter all diesen Gegebenheiten, versuchte aber seine Arbeit zu tun und wollte nur wieder ein normales Leben führen.

Doch irgendwann begriff er, dass er in Wien wohl kaum ein normales Leben führen würde können.

Trotz all der schlimmen Gegebenheiten versuchte er mit Hilfe von Michael die Liebschaften von Lydia zu recherchieren. Paolos letzter Rat an ihn war gewesen, in seiner Umgebung zu suchen. Er nahm diesen Rat ernst und seine Umgebung hieß für ihn nun auch seine Familie in Italien. Die Familie zu der kaum Kontakt bestand, außer zu seinem Cousin Cesare. Er hatte sich nichts vorzuwerfen, denn er hatte Cesare als Verwalter in seinem größten Weingut eingesetzt. Dieser Mann war sicher nicht sein Feind. Francesco begann nun genauso vorzugehen, wie in seine wissenschaftlichen Arbeiten. Entweder bestätigte sich eine Theorie, oder sie schloss sich anhand von Fakten aus. Er nahm nichts mehr als gegeben an, obwohl er doch einige Dinge als gegeben zu wissen dachte. Seinen Cousin schloss er von seinen Überlegungen aus.

Die Telefonnummern an Lydias Handy führten ihn nicht weiter. Diese Nummern gab es nicht mehr. Trotzdem forschte er weiter. Noch immer gab es die Wohnung in Florenz. Wieder beauftragte Michael eine Detektei und allmählich gab es einige wenige Hinweise. Lydia hatte offensichtlich in dieser Wohnung immer wieder Besuch von einem bestimmten Mann bekommen. Doch die Identität dieses Mannes ließ sich vorerst nicht klären. Allerdings fand Francesco in der Wohnung selbst etwas, was ihn erneut an seine Grenzen brachte. Eine DVD. Es war ein pornografischer Film, in dem Lydia die Hauptrolle spielte. Die Bilder am Cover waren eindeutig.

Es dauerte Tage, bis Francesco in der Lage war, die DVD in den Recorder zu legen. Er schaute nur immer wieder kurz in einen Abschnitt, dann zippte er weiter. Nun lernte er eine Frau kennen, die wohl genau in diese Szene passte. Handlung gab es keine nennenswerte außer die, deretwegen sich Menschen wohl derlei Filme kauften. Lydia war nymphoman, das war hier ganz offensichtlich. Angeekelt stoppte er das Gerät und entnahm den Datenträger.

Einige Wochen nach diesem Fund zog er auch zu diesem Bereich Michael ins Vertrauen. Michael stellte Fragen, zu denen Francesco kaum Antworten kannte.

Der Anwalt begann nun von sich aus weitere Filme im Internet zu suchen und wurde fündig. Ihm ging es weniger darum, Lydia zu sehen. Vielmehr wollte er wissen, wer die Produzenten dieser Filme waren. Vielleicht wäre das eine Spur. Doch die Filmgesellschaft schien es nicht mehr zu geben. Sie war wie vom Erdboden verschluckt. Der Produzent Jo Miller, der auch Regie geführt hatte, war ebenfalls nicht mehr zu finden. Die Annahme, dass der Name Jo Miller ein Pseudonym war, bestätigte sich. Alles wurde noch verworrener.

Noch eine Frage beschäftigte Michael. Warum hatte die Polizei diese DVD damals bei den laufenden Untersuchungen nicht gefunden? Man hatte doch die Wohnung untersucht? Jedes Buch, jede Zeitung, alles hatte man genau angeschaut. Der Film wäre aufgefallen. Hatte vielleicht ein Liebhaber einen Schlüssel zur Wohnung und den Film später in diese gebracht? Bald wurde klar, dass tatsächlich einer der Schlüssel zu dieser Wohnung fehlte.

Francesco entschied sich nach längeren Überlegungen, die Wohnung in Florenz zu verkaufen. Es wurden auch die Schlösser ausgetauscht. Zwei Möbelstücke ließ er aus der Wohnung in das Haus am Meer bringen und in eines der oberen, leeren Zimmer stellen. Das eine war ein fünfhundert Jahre alter Schreibtisch, den er einst für Lydia gekauft hatte. Anfänglich hatte sie den Tisch gemocht, bald aber hatte sie ihn abgelehnt. Francesco gefiel das Stück. Warum er diesen Tisch in sein Haus bringen ließ, konnte Francesco nicht sagen. Genauso wusste er nicht, warum er den wunderschönen, venezianischen Spiegel mitnahm. Es handelte sich dabei um ein Meisterwerk und war wohl aufgrund seines Alters ein Vermögen wert. Auch diesen hatte er für Lydia einst gekauft.

Die Wohnung wurde vor ihrem Verkauf noch einmal genau auf Spuren untersucht. Francesco wurde nun auch wieder bewusst, wie verschwenderisch Lydia gelebt hatte. Kleider, Modelle, Kostüme, Mäntel, Pelze, alles neu und nie getragen. Dann noch die Unmengen an Schmuck, die hier lagen. Doch es fehlten wertvolle Schmuckkreationen, die Francesco seiner Frau zu Anlässen geschenkt hatte. Wo waren diese?

Francesco bat seinen Freund Michael, eine Lösung für den vorhandenen Schmuck und die teuren Roben zu finden. Das tat der Freud und war bemüht, dass Francesco etwas von diesen Ausgaben wieder zurückbekam. Der Betrag, den allein der Schmuck erzielte, war beachtlich.

Zurück in Wien zog sich Francesco noch mehr aus dem öffentlichen Leben zurück. Er ging seinen Verpflichtungen nach, aber er bot keine zusätzlichen Vorlesungen mehr an. Er ließ alles laufen. Er arbeitete nur mehr wissenschaftlich, doch in diese Arbeit verbiss er sich immer mehr. Es schien der einzige Bereich zu sein, in dem er noch existierte.

Die täglichen Telefonate mit seiner Mutter blieben, wobei seine Besuche bei ihr weniger wurden. Er ertrug es sehr schlecht, in dem Haus zu sein, in welches er einst mit seiner Familie ziehen hätte wollen. Die Erinnerungen an Lydia quälten ihn.

Francesco wohnte noch in einer Wohnung in der Nähe des Instituts. Es handelte sich um ein großes und schönes Anwesen mit Dachterrasse. Anfänglich hatte er diese Terrasse genossen. Nun nahm er sie kaum mehr wahr. Er lebte in seinen Gedanken und seinen Erinnerungen. Grübelnd zog er sich immer wieder zurück und verließ die Wohnung nur mehr, wenn er musste.

In dieser Zeit erahnte er wohl manches Details des teuflischen Plans, den Lydia an ihm ausgeführt hatte. Doch er begriff nicht, wie umfassend der Plan war. Allerdings war ihm klargeworden, dass Lydia nach seinem Leben getrachtet hatte. Sie hatte ihm Gift gegeben und das wohl über eine längere Zeit. Wie war sie zu diesen psychostimulierenden Substanzen gekommen? Das waren Substanzen, die man im Krieg einsetzte, um feindliche Gefangene in den Wahnsinn zu treiben. Sie lösten Angst aus. Wie war sie zu solchen Stoffen gekommen? Das Wissen über diese Ermittlungsergebnisse belasteten ihn schwer. Aber die Gewissheit, dass Lydia Liebhaber gehabt hatte, wobei es da wohl einen gab, von dem sie gesagt hatte, dass sie ihn liebe, löste in ihm einen unbeschreiblichen Schmerz aus, der ihn zu zerstören schien. Wer war der Mann? Hatte er etwas mit ihren Plänen, ihn zu vergiften, zu tun gehabt? War er das Superhirn in dieser Geschichte und Lydia war nur die Ausübende gewesen? Francesco wusste nicht, was er davon halten sollte. Diese Erkenntnisse lähmten ihn. Sie machten ihn blind und ließen ihn verzweifeln. Die Fragen nach dem Warum blieben ohne Antwort.

Es waren Michael und Andrea, aber auch Waldenstein, die ihn immer öfter auch in seiner Wohnung aufsuchten und allmählich gelang es, ihn wieder ins Leben zurückzuholen. Wenngleich es ein anderes Leben war als früher. Aber es wurde wieder ein Leben. Und dieses Leben stand nun vollkommen im Dienste der Wissenschaft.

Die Fürsorge seiner Freunde rührten Francesco und gab ihm eine gewisse Stabilität. Ebenfalls gaben ihm die Treffen mit seiner Mutter Kraft. Die Frau verstand es sehr gut, ihren Sohn zu fordern und auch wenn sie vorerst nichts von all diesen ungeheuerlichen Gegebenheiten seiner Ehe erfuhr, so fühlte sie sehr wohl, in welcher Krise ihr Sohn steckte. Sie hielt den Kontakt zu ihm und zeigte in den Kommunikationen sehr viel Feingefühl. Erst allmählich erfuhr sie von Freunden, was Lydia ihrem Sohn angetan hatte. Doch Francesco blockte jedes Gespräch über Lydia ab.

So trieb Francesco für Monate in diesem unwirklichen Zustand dahin und lebte nur in seinen Erkenntnissen der Wissenschaft. Hier machte alles Sinn und hier wurden Gesetze eingehalten. Er hatte seinen Platz gefunden.

12. Kapitel

Aufgrund der anhaltenden Arbeitslosigkeit war Mirjams Erspartes trotz sparsamen Umgangs bald aufgebraucht, ihr Gesundheitszustand verschlechterte sich und alles zusammen brachte sie wahrlich an ihre Grenzen.

Mirjam sprach auch deshalb bei Magister Holzinger, dem Bürgermeister der Stadt, vor und bat um Hilfe. Sie legte eine Auflistung ihrer unzähligen Überstunden vor und bat darum, eine Lösung zu finden, mit der es beiden Seiten gut ginge. Der Bürgermeister blickte sie lange an, dann überflog er die Unterlagen und reichte sie weiter an den Herrn neben ihm. Dieser war Dr. Hallinger, der neue Direktor der Stadt, seines Zeichens zusätzlich aber auch der Schwiegersohn des Landeshauptmanns Dr. Emil Plender. Hallinger beschäftigte sich wesentlich länger mit den Unterlagen und zog sie erst ins Lächerliche. Die Unterlagen würden nichts beweisen, aber schon gar nichts, bekräftigte der Mann immer wieder kopfschüttelnd. Er wollte aber diese Ausdrucke doch behalten. Mirjam zögerte, stimmte schließlich zu. Der Bürgermeister erklärte: „Nun, ich kann da leider nichts für Sie tun. Sie müssen mich klagen, dann kann ich Ihnen alles auszahlen."

Mirjam fragte überrascht: „Klagen? Ich soll gegen die Stadt eine Klage einbringen?"

Holzinger grinste, als er erklärte: „Das ist aber der einzige Weg, um Ihnen helfen zu können. Glauben Sie mir, das machen alle so. Ich bin Ihnen da auch nicht böse und nehme das auch nicht persönlich. Heutzutage ist das der gängige Weg. Überlegen Sie es sich und dann schauen wir weiter."

Auch Hallinger reichte ihr zum Abschluss die Hand und meinte grinsend: „Sie sind ja nur eine Trittbrettfahrerin. Nun, schauen wir doch, wer es von uns beiden länger aushält!"

Mirjam wusste nicht, was der Mann meinte. Wieso Trittbrettfahrerin? Wieso länger aushalten? Sie verstand nicht, was der Mann hier ansprach. Doch sie fühlte großes Unbehagen in ihr erwachen.

Mirjam beratschlagte sich mit Pater Raphael und ihren Freunden und sie erwogen das Pro und Kontra einer eventuellen Klage gegen die Stadt. Sie kamen aber zu keiner Lösung.

Mirjam machte sich die Entscheidung nicht leicht, holte noch Rechtsauskünfte bei Gericht und anderen Stellen ein und erhielt schließlich einen Termin bei einem Richter des Arbeitsrechts. Diesen hatte ihre Freundin Doris vermittelt, weil sie den Richter kannte und schätzte. Der ältere Mann gab sich freundlich und ermutigte Mirjam, ihm den Tatbestand zu erzählen. Sie sprach von all den Geschehnissen, die in der Stiftung passiert waren. Der Richter hörte mit großen Augen zu und bestärkte sie zu klagen. Schließlich fragte er: „Haben Sie Beweise gegen diesen Dr. Kaiser?"

Mirjam erklärte: „Ich habe keine Beweise. Ich weiß nur von einem Treffen, davon habe ich Ihnen erzählt, aber ich weiß nicht, worum es damals gegangen ist. Ich wurde weggeschickt."

Der Richter streckte sich durch und erklärte: „Bringen Sie mir etwas, damit ich den Kaiser verurteilen kann, und ich helfe Ihnen in Ihrer Sache!"

Mirjam verstand erst nicht, was er meinte, deshalb fragte sie: „Wie, ich soll Ihnen etwas bringen, ich ... kann doch nichts erfinden?"

Der Mann zuckte mit den Achseln und erklärte: „Wie Sie meinen."

Mirjam überlegte: „Vielleicht ist da etwas in den Unterlagen und ich weiß gar nicht, was ich alles an Unterlagen habe? Schicken Sie mir jemanden, der die Unterlagen mit mir durchgeht."

Der Richter erklärte: „Suchen Sie alles durch, es wäre für Sie wichtig!"

Da man die Verleumdung nicht richtigstellte, entschied sich Mirjam schließlich, ihren ehemaligen Dienstgeber zu verklagen.

Die Klage brachte der Rechtsbeistand, den ihr die Arbeiterkammer zur Verfügung gestellt hatte, ein. Doch erst als sie eingebracht war, erfuhr Mirjam, dass die Deckung des Verfahrens nur für die angefallenen Überstunden, nicht aber für die Verleumdung gegeben war. Sie bat den Anwalt, um Erweiterung dieses Punktes anzusuchen, diese wurde nicht gewährt. So blieb der entscheidende Punkt in der Sache gerichtlich unbeachtet. Aber genau die Verleumdung war für Mirjam das eigentliche Problem gewesen. Sie bat auch im Verfahren den Richter, der nun der gleiche Mann war, der ihr Rechtsauskunft gegeben hatte, den Tatbestand aufzunehmen. Doch das wurde nicht getan. Schon sehr bald musste Mirjam erkennen, dass dieses Gericht nicht sonderlich an ihrem Fall interessiert zu sein schien.

Sie war anfänglich noch froh darüber gewesen, dass der Richter, der ihr Rechtsauskunft gegeben hatte, auch den Fall verhandelte. Doch nun war er nicht mehr freundlich, stellte ihre Aussagen als unwahr hin und machte sie während der Verhandlungen lächerlich. Der Anwalt, der sie vertrat, reagierte auf derlei Gegebenheiten nicht. Im Gegenteil, er verhielt sich durchaus neutral und vermittelte das Bild, nur zufällig in den Verhandlungsraum geraten zu sein.

Eine weitere Verhandlung wurde ausgeschrieben, dann ruhte der Fall Jahre, ehe endlich eine Zeugin geladen wurde. Doch diese Zeugin war Britta Palmendorfer, Sie war die einzige Zeugin der Gegenseite. Die Frau log, dass sich die Balken bogen, aber das war ja auch das, was sie am besten konnte. Wohl niemand hatte in dieser Disziplin so viel Erfahrung wie diese Person. Mirjam musste schlussendlich nach vier Wochen im Protokoll lesen, welchen überzeugenden Eindruck diese Zeugin vor Gericht gemacht hatte.

Im nächsten Herbst kam Hannah in den Kindergarten und wurde von den Kindern gemobbt. Natürlich belastete die Situation das Kind sehr. Aber die Betreuerinnen waren nicht sonderlich daran interessiert, diesem Geschehen Einhalt zu gebieten. Hannah litt unter der Situation, erzählte aber nichts zu Hause. Mirjam fiel allerdings auf, dass das Mädchen weiterhin Probleme mit dem Zeichnen hatte, also suchte sie schlussendlich doch den Psychologen auf, der ihr riet, das Mädchen ein Jahr in die Vorschule zu geben, ehe es mit der Volksschule beginnen sollte. Mirjam beschloss, diesen Rat zu befolgen.

Die Arbeitssuche blieb weiterhin belastend und erfolglos. Aber Mirjam erhielt eine neue Orgelstelle, das war nicht viel, aber es war gut.

Im Frühjahr ergab es sich, dass Mirjam bei einer Wallfahrtsgruppe als Organistin nach Rom mitfuhr. Doch plante sie nur die vier Tage in Rom, für die sie als Organistin gebraucht wurde, bei der Gruppe zu bleiben und auch nur mitzukommen, wenn sie ihr Patenkind mitnehmen durfte. Schließlich waren diese Dinge geregelt. Hannah und sie würden die Gruppe, die von Rom zu weiteren Pilgerstätten reisen wollte, nach den vier Tagen verlassen und noch einige Tage in der Ewigen Stadt bleiben. Die Wallfahrt begann, und es wurde ein Erlebnis für alle Teilnehmer. Davon abgesehen, dass Mirjam in diesen vier Tagen in den Hauptkirchen Roms Musik von Bach und Mendelssohn präludierte, gab es keine nennenswerten Zwischenfälle.

Nach dem offiziellen Teil verließen Mirjam und Hannah die Gruppe. Nun gab es nur sie beide. Mirjam fiel der große Wissensdurst ihrer Nichte auf. Also erzählte sie Geschichten von alten Zeiten, von den Römern. Hannah hatte viele Fragen und Mirjam begriff: Sie war wie ein Schwamm, der alles aufsog, was sie an Erklärungen bekam. Sie liefen in der Stadt herum und Hannah hatte so viele Fragen, die beantwortet werden mussten, dass sie ihre Ziele reduzierte. Als die Füße schmerzten, setzte sich Mirjam an einen Brunnenrand und hielt die Beine in das kühlende Nass, was Hannah sofort nachmachte. Mirjam lehnte sich an eine Säule, und da sie befürchtete, dass das Mädchen zu schnell wieder weiterlaufen wollte, begann sie Lieder zu singen, in welche Hannah einstimmte. So sangen sie ihre Lieder, neben ihnen lag ihr Rucksack auf dem Boden. Bald kamen einige Touristen vorbei und warfen einige Münzen auf den Rucksack. Hannah war begeistert und sang noch lauter. Das Kind wollte nun gar nicht mehr aufhören. Vor allem aber blieb es hier sitzen und drängte nicht mehr zum Aufbruch. Nach einer Stunde wurde die durchaus beachtliche Beute redlich zwischen den beiden Sängerinnen aufgeteilt. Hannah war sehr stolz auf ihre Leistung. Mirjam suchte in der Nähe ihrer Unterkunft eine Pizzeria, wo sie ihre hungrige Nichte einmal ausreichend sättigte.

Am Abend kehrten sie in das Quartier zurück. Mirjam achtete auch hier darauf, dass ihre Nichte normale Zeiten fürs Schlafengehen hatte. Sie blieb im Zimmer und setzte sich in eine Ecke, damit sie das schlafende Kind nicht störte. Dann las sie noch in dem Buch, welches sie mitgenommen hatte. Es war ein medizinisches Buch mit dem Titel „Histologie". Immer wieder betrachtete sie die Abbildungen. Allmählich begann sie Strukturen zu erkennen. Es war das Spannendste, was sie jemals gelesen hatte.

Hannah war in diesen Tagen so glücklich. Alles war perfekt und Tante Mirjam war nur für sie da. Es war am Abend vor ihrem Rückflug, als Hannah sie beim Zubettgehen leise fragte: „Bist du meine Mama geworden? Kannst du zu Hause auch meine Mama sein? Sonst will ich in Rom bleiben, weil ich da eine Mama habe."

Mirjam zog sie fest in den Arm und erklärte vorsichtig: „Ich bin deine Tante, kleiner Flitzer. Das ist einmal so und wir können das nicht ändern. Aber ich denke auch, dass wir zwei mehr Zeit miteinander verbringen sollten. Wir sollten im Sommer miteinander wieder fortfahren, einfach nur wir beide und der Welt ein großes Loch schlagen."

Hannah blickte sie lange an und fragte: „Und was machen wir dann mit dem großen Loch? Da kann ja jemand hineinfallen?"

Mirjam musste lachen und erklärte: „Nein, das ist eine Redewendung für: Ich möchte etwas ganz besonders Schönes mit dir erleben!"

Hannah lachte glucksend und wollte sich gar nicht beruhigen. Sie fand es toll, dass man der Welt ein Loch schlagen konnte, wobei sie nicht ganz sicher war, wie sie das nun wirklich machen sollte. Aber Tante Mirjam war davon überzeugt, dass sie dann etwas ganz besonders Schönes erleben würden, und so beschloss das Mädchen im Geheimen, für diese Reise im Sommer sicherheitshalber eine kleine Schaufel einzupacken.

Es folgte nach weiteren 20 Monaten eine weitere Verhandlung, in der Mirjam einen Teil ihrer Unterlagen vorlegen durfte. Danach wurde das Urteil gesprochen. Es erging schriftlich an die vertretenden Anwälte. In diesem war zu lesen, dass man Mirjam Steiner nicht glaubte. Sie bestand darauf, dass ihr Anwalt Berufung einlegte, mit der Begründung, dass keiner ihrer Zeugen gehört worden war. Die Berufung wurde angenommen, die Nichteinvernahme der Zeugen als Fehler bewertet. Aber wie sinnhaft war es nach Jahren noch, diese Zeugen zu befragen? Wer würde die wichtigen Details noch nennen können, die tatsächlich Jahre zurücklagen?

Mirjam blieb weiterhin ohne Anstellung.

Seit ihrer Kündigung half sie in der Nachbarschaft aus, wenn jemand Hilfe brauchte. So versorgte sie täglich am Abend eine ältere Frau. An einem Abend im Frühjahr kehrte sie von ihrer Abendtour wieder zurück. Es war sehr kalt und sie beeilte sich. Die Straße war ohne Beleuchtung und es war bereits dunkel.

Mirjam war in ihren Gedanken, als sie etwas hinter sich hörte. Überrascht drehte sie sich um und erhielt einen Schlag auf den Kopf. Sie fühlte, dass sie stürzte, dann war alles dunkel.

Sie erwachte auf der Straße liegend und sie fror. Wie lange sie gelegen hatte, wusste sie erst nicht. Ihr Kopf schmerzte und ihr Brustkorb tat weh. Das Durchatmen ging schlecht, da Schmerzen es verhinderten. Als sie sich langsam aufsetzte, fühlte sie den Schmerz im Lendenbereich. Allmählich erinnerte sie sich und begriff, was passiert war.

Sie versuchte aufzustehen, und es bedurfte mehrerer Versuche, bis ihr das tatsächlich auch gelang. Sie kämpfte sich zum Haus zurück. Eilig wählte sie die Nummer ihrer Freundin Lisbeth und bat sie um Hilfe. Diese kam bald und brachte Mirjam ins Krankenhaus, wo sie zur Überwachung stationär aufgenommen wurde. Sie hatte Prellmarken am Hinterkopf, auf der linken

Seite des Kopfes ein Hämatom und am rechten Jochbein eine Abschürfung, dazu wurde ein Rippenbruch diagnostiziert. Die Beschwerden im Lendenbereich wurden nicht ernst genommen und so stellte erst der Hausarzt nach ihrer Entlassung eine ausgeprägte Hämaturie fest.

Bald wurde Mirjam von einem Beamten der Polizei aufgesucht, der ihr erklärte, dass das, was sie erzählte, nicht so gewesen sein konnte. Sie müsse anders gelegen sein, wäre auf eine Steinkante gefallen, habe sich selber verletzt. Sie würde sich einen Überfall nur einbilden.

Mirjam nahm schließlich mit einem namhaften Gerichtsmediziner Kontakt auf und bat ihn, den Fall zu beurteilen. Der Mann wollte Bilder und die Details wissen. Diese schickte sie ihm. Danach erklärte er ihr, dass sie eindeutig niedergeschlagen worden war. Hier lag für ihn eindeutig Fremdverschulden vor, das betonte er.

Der Sachverständige rief auch bei der zuständigen Polizeidienststelle an. Er bat die Beamten, den Fall ernst zu nehmen, es handele sich eindeutig um einen solchen. Das führte aber nicht dazu, dass man Mirjam ernster nahm. Ganz im Gegenteil. Dieser Überfall konnte nie geklärt werden.

Es dauerte erneut Monate, ehe die nächste Verhandlung ausgeschrieben wurde. Bei derselben wurde sie zu allen arbeitsrechtlichen Details noch einmal befragt, und weiterhin wurden ihre Aussagen ins Lächerliche gezogen. Nun wurde allmählich klar, dass niemand ihre Überstunden kontrollieren, nachrechnen und dokumentieren werde. Sie durfte auch nicht die detaillierten Zusammenfassungen vorlegen, so als ob man wüsste, welche Unterlagen ihre Aussagen beweisen könnten. Nachdem Hallinger einige dieser Aufzeichnungen hatte, war ihr auch klar, warum man die Vorlage dieser Unterlagen untersagte.

13. Kapitel

Francesco hatte sehr lange nach einer geeigneten Wohnung gesucht. Nach längerer Zeit informierte ihn Michael, er habe ein Haus gefunden, welches zum Verkauf stünde. Dieses lag im ersten Bezirk und seine Lage war optimal. Francesco überlegte nach Einsicht der Pläne nicht lange, sondern beauftragte seinen Freund, das Anwesen zu erwerben. Francesco hatte eine Schwäche für Altbauten und entschloss sich, das Haus vollständig renovieren zu lassen. Ein Baumeister wurde bestellt, der Umbau wurde genau geplant, man legte einen Schwerpunkt auf Erhaltung der alten Strukturen. Zudem sollte im Keller eine Garage entstehen. Bald waren die Pläne fertig, und die Umbauarbeiten begannen. Im Zuge dieser entstand auch eine besonders aufwendig gestaltete Dachwohnung, die Francesco für sich wählte.

Francesco wollte auch den wunderschönen alten Lift aktivieren und mit neuer Technik ausstatten lassen. Die ovale, kunstvoll im Jugendstil gestaltete Kabine aus edlen Wurzelhölzern blieb erhalten und fuhr bald bis zum Dachgeschoss. Alle Wohnungen im Haus wurden nach modernen Standards renoviert und trotzdem blieb der Charakter des Jugendstils erhalten.

Seine bisherige Wohnung in der Nähe des Institutes behielt er noch, aber er wollte sie bald für Forschungszwecke umbauen lassen. Zudem war sie ihm auch zu laut geworden.

Sein neuer Wohnbereich erstreckte sich über mehr als 200 Quadratmeter und dazu kam noch eine Terrasse, die sich entlang zweier Außenwände zog. Ein Teil der Terrasse wurde zu einem Wintergarten umgebaut, der andere Teil wurde mit Sonnenschutz ausgestattet und blieb offen.

Francesco genoss es, genug Raum zum Leben zu haben. Er hatte in der neuen Wohnung eine Bibliothek nach alten Vorstellungen eingerichtet. Dieser große büchergefüllte Raum bestand aus zwei großen Bereichen. Im ersten war die wissenschaftliche Literatur untergebracht, im anschließenden, abgetrennten Teil befanden sich die Klassiker der Weltliteratur und dort waren auch englische Meister zu finden. Dieser Raum war schon sehr bald sein liebstes Zimmer. Der Bibliothek schloss sich das Wohnzimmer an, welches in einen weiteren Raum überging. Dieser wurde von ihm als Musikzimmer geplant und eingerichtet. Auch das war groß. Deshalb fand sich hier bald auch ein großer Steinway Flügel. Es hatte eine Zeit gegeben, da hatte er sich sehr mit Musik beschäftigt. Da er allein war, versuchte er wiederzuerlangen, was er einst beherrscht hatte. Doch sehr bald gab er diese Versuche auf. Trotzdem blieb der Flügel stehen und gelegentlich spielte er auch darauf. Francesco empfand es als Lebensqualität, ein solches Musikzimmer zu besitzen, auch wenn er darin meistens seine geliebte Musik über Tonträger genoss. Das tat er wieder regelmäßig.

Natürlich hätte er auch in das Haus in Döbling ziehen können. Dort war alles fertiggestellt und bereit, bezogen zu werden. Aber er schaffte es nicht, in den südlichen Flügel einzuziehen. Er fühlte eine innere Sperre, die abzubauen ihm nicht gelang. Alles war so geblieben, wie er es damals geplant hatte. Er hatte all diese Bereiche mit so viel Liebe zum Detail eingerichtet, aber er wollte nicht mehr in den Räumen sein. Nicht einmal in dieser großen Bibliothek, die voll seiner geliebten Werke war. Es war eben eine Bibliothek, die so verstaubt war, wie er. Noch immer hörte er Lydias Vorwürfe in seinen Erinnerungen nachklingen und noch immer beeinflussten sie sein Handeln. Er versuchte den Erinnerungen zu entfliehen, die ihn immer wieder ungnädig einholten. Aber niemand kann dem entfliehen, was er in sich trägt, solange er diese Dinge nicht freigeben kann.

Da Francesco nicht ohne Forschungsbereich wohnen wollte, hatte er eine der Wohnungen für diesen Bereich adaptiert. Es war die Wohnung, welche unter der seinen lag, die er für diesen Bereich gestaltete. Noch bevor er eingezogen war, hatte er die beiden

Ebenen mit einer Wendeltreppe verbinden lassen. Im unteren Bereich gab es ein großes neues Labor mit modernsten Geräten.

Es war eine Woche vor Weihnachten, als er an einem Morgen gut gelaunt zum Institut ging. Er hatte nur eine Vorlesung und wollte danach an seiner Publikation weiterarbeiten. Er lief die Stufen in den ersten Stock hinauf. Auf dem Gang standen Studenten und blickten stumm auf ihn. Als er zu seinem Arbeitszimmer kam, hing an der Tür ein Zettel und darauf stand mit großen Zeitungslettern der Satz geklebt: *Hier arbeitet ein Mörder!*

Fassungslos riss er den Zettel von der Tür und lief sofort die Stufen wieder hinunter, direkt in das Büro des Vorgesetzten, dem er das Papier vorlegte. Der Mann blickte ungläubig darauf. Francesco bestand darauf, Anzeige zu erstatten, was schließlich auch gemacht wurde.

Natürlich konnten keine Fingerabdrücke gefunden werden und auch sonst verlief alles im Sand. Der Vorfall bewirkte, dass die Verleumdungen nicht in Vergessenheit gerieten. Das war wohl auch der Sinn der Aktion gewesen.

Dieser Vorfall beschäftigte Francesco lange und veranlasste ihn, dass er Ende Februar ein Angebot, welches ihn für 18 Monate nach Amerika holte, annahm. Das Mobbing, welches er in Wien erlebte, zerstörte ihn, das wurde ihm immer mehr klar. Er musste etwas ändern und zwar bald. Und im Grunde wollte er nur noch weg und endlich vergessen.

Schon bald waren alle Vorbereitungen getan. Francesco baute in den nächsten Wochen seine Überstunden mittels Zeitausgleich ab. Danach nahm er Resturlaub. Er hatte bis zur Abreise sieben Wochen frei und nützte die Zeit, Vorbereitungen zu treffen und mit seiner Mutter noch Zeit zu verbringen.

14. Kapitel

Mirjams Situation änderte sich in den nächsten Monaten nicht. Sie verrichtete zuverlässig ihre Orgeldienste. Pater Raphael erhöhte die Anzahl des Bedarfs. Es war eine gute Arbeit, zudem war sie auf der Chorempore meist allein, damit war sie von den anderen Besuchern räumlich getrennt. Sie empfand das durchaus als wohltuend, mit niemandem zusammenzutreffen.

Im Dorf wurde sie geächtet. Niemand wollte mit ihr zu tun haben, niemand wollte mit ihr reden. Die Menschen drehten sich weg, tuschelten hinter ihrem Rücken. Ihre Freizeit verbrachte sie mit intensiver Arbeitssuche und mit ihrer Nichte.

Eine Woche, bevor Francesco Österreich für längere Zeit verlassen wollte, verbrachte er mit seiner Mutter einige Tage in Niederösterreich. Sie suchten verschiedene Regionen auf und erreichten an einem Sonntag das Stift am Berg. Seine Mutter wollte hier eine Messe besuchen. Der Gottesdienst wurde von jungen Künstlern gestaltet. Das Kyrie einer kleinen Solomesse für Sopran und Orchester, bestehend aus Orgel, Klavier, Bass und Schlagzeug, weckte Francescos Interesse. Die Stimme der Sängerin war weich und glockenklar. In den Höhen erblühte ein besonderes Timbre, das ihn zutiefst berührte.

Nach dem Gottesdienst bedankte sich der Priester bei der Künstlerin Mirjam Steiner und ihren Freunden für den wunderbaren Beitrag. Der Geistliche wünschte den Besuchern noch einen gesegneten Sonntag, sprach das Segongebet und die Messfeier war beendet. Wie es am Berg an Sonntagen üblich war, folgte nun ein wunderbares Postludium, welches so manchen Kirchenbesucher, so auch Francesco, aufhorchen ließ. Ostern lag nur wenige Wochen zurück und wahrscheinlich auch deshalb erklang die Bearbeitung des Händel'schen Halleluja von Franz Liszt, welches von Mirjam Steiner vorgetragen wurde.

Francesco blieb, nachdem die Orgel verstummt war, noch in der Kirche, während die anderen Besucher nach draußen drängten. Ellen suchte die Krypta auf und wollte nun allein sein. Der Kirchenraum hatte sich bald geleert, außer Francesco befand sich noch ein Paar darin, welches langsam den Gang entlang schlenderte. Er lehnte sich zurück und versank in seine Gedanken und auch in manche Erinnerung, die ihn noch immer quälte.

Da erschien eine kleine Gruppe von Menschen in der Gesellschaft des Priesters, der die Messe gefeiert hatte, im Altarraum. Sie unterhielten sich leise. Francesco erkannte richtig, dass das wohl die Musiker sein mussten. Ihm fiel sofort die junge Frau auf, die ein einfaches, dunkelblaues Kleid und ihre langen, blonden Haare offen trug. Eine Jacke hatte sie um die Schulter gehängt, sie war aber nicht hineingeschlüpft.

Er fand sie sympathisch. Ihr rechter Arm hielt Noten an ihre Brust gedrückt, sie schien sich daran festzuhalten, obwohl das nicht sinnvoll gewesen wäre. Francesco fiel eine lange Narbe am Hals der Frau auf und er überlegte, was die Ursache für diese sein könnte. Einige Diagnosen schossen durch seinen Kopf, aber er schob die Gedanken wieder weg.

Da das die einzige Frau in der Gruppe war, erkannte Francesco, dass sie die Sopranistin war, was ihn nun doch überraschte. Er war sich sicher, dass diese Narbe beim Singen Probleme machte, möglicherweise würde das noch kommen. Der Priester sagte nun etwas zu ihr und sie schien „Danke" zu antworten. Francesco hörte es nicht, aber er sah auf ihren Mund und meinte, es von ihren Lippen gelesen zu haben.

Francesco stand nun neben dem Abgang zur Krypta, und während Mirjam die Stufen in den Kirchenraum hinunterging, fanden sich für einen Augenblick ihre Blicke. Schon im nächsten Moment verlor er sich in diesen großen, schönen Augen, von denen ein besonderes Strahlen ausging. „Augen, wie ein ruhender Gebirgssee, unergründlich und doch voll Überraschungen", dachte Francesco.

Er nickte ihr, da er sich nun ihrer Aufmerksamkeit sicher war, zu und gab ein Zeichen, als würde er applaudieren. Sie lächelte und neigte leicht ihren Kopf. Noch einmal fanden sich ihre Augen. Doch schon wurde sie von jemanden aus der Gruppe angesprochen. Sie wandte sich ab und antwortete. Sie hatten nun den Gang in der Kirche erreicht, und Francesco bedauerte, nicht mehr diese Augen sehen zu können. Da drehte sich die Frau noch einmal in seine Richtung und lächelte ihn an.

Mirjam wandte sich noch einmal zu dem netten Manne hin, der ihr seine Bewunderung signalisiert hatte. Noch immer schien er sie anzublicken, also suchte sie sein Gesicht, seine Augen. Sie fand ihn interessant. Er wirkte gebildet auf sie. Diese dunklen Augen sprachen sie an. Er lächelte erneut, doch nur mit dem Mund, nicht mit den Augen, in denen sie viel Traurigkeit zu erkennen glaubte. Sie fühlte sich von diesen Augen angesprochen.

Noch einmal war es ihm gegeben, in diese strahlend blauen Augen zu sehen, die ruhig seinem Blick standhielten. Dieser Augenblick berührte ihn. Sie nickte wieder kurz, danach ging die kleine Gruppe zum großen Eingangstor und verließ den leeren Kirchenraum. Francesco blickte ihnen nachdenklich hinterher.

Langsam ging er schließlich in die Krypta und überlegte, wie der Name der Sängerin gewesen war, der Priester hatte ihn genannt. Mirjam? Oder doch anders? Er wusste es nicht mehr, und das ärgerte ihn nun. Langsam ging er die Stufen hinunter und erreichte den Raum, wo er auch bald seine Mutter fand.

Als er kurz darauf auch die Kirche verließ und in den Hof kam, war die kleine Gruppe nicht mehr zu sehen.

Die nächsten Tage besuchten Francesco und Ellen Salzburg, wo sie eine Woche blieben, ehe sie nach Wien zurückkehrten. Es waren gute und kulturreiche Tage, die sie in Salzburg erlebten. Das würde er wohl in den Staaten vermissen, das reiche Kulturleben. Aber er fieberte nun auch seiner Abreise entgegen und somit war er auch über die Rückkehr nach Wien froh. Er hatte vor seiner Abreise noch viele Dinge zu tun.

Als Francesco schließlich in das Flugzeug stieg, um Wien für längere Zeit den Rücken zu kehren, war er zutiefst erleichtert.

15. Kapitel

Zehn Monate später

Noch immer suchte Mirjam Arbeit, noch immer wurde sie des Diebstahls bezichtigt, alle Ansuchen wurden abgelehnt, kaum beantwortet und sie blieb arbeitslos.

Mirjams Anwalt vertrat in der Zwischenzeit bestenfalls noch seine Schuhe, aber mit Sicherheit nicht seine Mandantin. Aber das hatte er in Wahrheit auch nie beabsichtigt gehabt. Er saß wie ein Statist bei den Verhandlungen und sagte nichts. Doch solange er dabei war, durfte sie vor Gericht nicht reden, weil sie vertreten war. Allmählich begriff sie das Spiel, das man hier spielte, und auch die Regeln vor Gericht. Diese Verhandlungen hielt man nur ihretwegen ab, der Ausgang des Verfahrens war längst entschieden.

Mirjams Versuche, den uninteressierten Anwalt zu wechseln, wurden ihr vom Kostenträger, der Arbeiterkammer, untersagt. Man sei mit der Arbeit des Anwalts durchaus zufrieden, teilte man ihr mit. Aber man stellte ihr natürlich frei, jederzeit selbst einen Anwalt zu beauftragen, den sie aber dann auch selbst bezahlen müsse. Man rechnete ihr auch vor, dass sie dann die bis dato angefallenen Kosten erstatten müsse. Bei der nächsten Besprechung wurde sie wegen dieser eigenmächtigen Handlung von ihrem Anwalt entsprechend zurechtgewiesen.

Innerhalb von fünf Wochen wurde nun erneut eine Verhandlung ausgeschrieben. Vier Tage vor dem Termin wurde Mirjam nach dem Orgeln einer Andacht in der Dorfkirche überfallen und niedergeschlagen. Der Täter schlug ihren Kopf so lange gegen den Steinboden, bis sie bewusstlos liegen blieb. Danach stieg jemand mit Gewalt auf ihren linken Handrücken und das mit so viel Kraft, dass an ihrer linken Hand das Kahnbein brach.

Bevor es aber in der Kirche zu dieser Tat kam, war Mirjam nach dem Orgelspiel auf der Empore geblieben und hatte Noten in Mappen eingeordnet. Wie immer waren zu wenig Ordner da gewesen, und sie hatte eine alte Mappe gefunden, deren Klammern nicht mehr ineinandergriffen. Erst hatte sie versucht, diese Metallklammern zusammenzupressen, und da dies nicht möglich gewesen war, hatte sie die Klammern gegen einen hölzernen Pflock der Brüstung geschlagen. Die Klammern hatten sich kaum bewegt und somit war die Mappe nicht mehr zu verwenden gewesen.

Dieser Vorgang wurde von der Straße her von der Frau beobachtet, die seit jeher kein gutes Haar an Mirjam ließ. Als nun bekannt wurde, dass Mirjam in der Kirche niedergeschlagen worden war, erzählte sie sofort, sie habe gesehen, dass Mirjam sich selbst Verletzungen zugefügt habe.

Im Krankenhaus wurde die Kahnbeinfraktur vorerst nicht festgestellt, sondern eine Prellung diagnostiziert. Man wies sie aber an, sie solle nicht wehleidig sein. Als sich nach Wochen die Schmerzen nicht besserten, bat Mirjam einen befreundeten Arzt, ihr eine Röntgenzuweisung zu schreiben, und sie suchte den niedergelassenen Radiologen auf. Dieser diagnostizierte schließlich die Fraktur und konnte auch zeitlich genau das Alter der Fraktur eingrenzen.

Im Krankenhaus wurde die betroffene Hand schließlich eingegipst und der Primar der Abteilung gab an, sich um Mirjam nun zu kümmern. Er schickte sie zu einer MRT-Untersuchung und behauptete, er könne anhand dieser Aufnahme klären, wie alt die Fraktur sei. Da aber die Bruchlinie in diesen Bildern nicht leuchtete, was für frische Verletzungen typisch war, erklärte er, es sei ein alter Bruch. Nur wenige frische Brüche würden bei der MRT Untersuchung nicht leuchten. Meist seien das alte Verletzungen, betonte er immer wieder. Er gehe nun auch bei dieser Verletzung von einer alten aus. Nun, er hatte ja auch gar nicht so unrecht, der Bruch hatte auch schon seit Wochen bestanden bis man ihn endlich erkannt hatte. Von frisch konnte durchaus nicht die Rede sein. Aber so sprach man ihr sogar diese Verletzung ab und unterstellte ihr, eine Altverletzung zu präsentieren.

Man musste allerdings auch hier das Gesamtbild sehen: Dieser Arzt schuldete wohl dem einen oder anderen Politiker noch einen Gefallen, und solche waren eben jederzeit einzufordern.

Mirjams Freunde glaubten ihr, der Radiologe bestätigte erneut das Alter des Bruches, Intensivmediziner machten sich ihr eigenes Bild und wussten, dass alles nicht so gewesen sein konnte, wie es dargestellt wurde. Doch auch wenn alle diese Fachärzte ihre Meinung sagten, Befunde schrieben und wenn Mirjam diese abgab, änderte das an Mirjams Status nichts.

Mirjam wurde es vonseiten der Polizei und des Gerichts sogar untersagt, einen Gerichtsmediziner oder einen Sachkundigen hinzuzuziehen. Auch waren im Krankenhaus ihre Verletzungen nicht dokumentiert worden. Mirjam bestand allerdings darauf, dass die Bilder, die Freunde angefertigt hatten und die die Verletzungen zeigten, in die Akte aufgenommen wurden. Trotz allem wurde Mirjam als Selbstverstümmler hingestellt. Es interessierte niemanden, ob es überhaupt möglich war, sich selbst mit großer Wucht auf den Handrücken zu treten, so sehr, dass das Kahnbein an dieser Hand brach. Es hätte ja nur jeder, der sich hier profilieren wollte, probieren müssen, um nachzuvollziehen, dass es unmöglich war, dies selbst zu tun. Niemand wollte die Wahrheit wissen, doch alle glaubten die Wahrheit zu kennen. Entsprechend wurde sie behandelt. Mirjam wurde ignoriert, niemand sprach mit ihr, dafür redeten alle über sie. Durch das Getratsche glaubten sich die Menschen bestätigt, ohne mit ihren Erzählungen auch nur in die Nähe der Wahrheit zu kommen.

Auf ihren Wunsch hin wurde die ausgeschriebene Verhandlung nicht abgesagt, obwohl sie dieser aufgrund der Gegebenheiten nicht beiwohnen konnte. Nun wurden die noch nicht verhörten Zeugen befragt. Der Anwalt, der sie vertreten sollte, stellte kaum

Fragen; und wenn er es doch tat, waren es nur belanglose, obwohl er genug Details kannte.

Herr Koller, der ebenfalls als Zeuge geladen war, tat überhaupt seine Verwunderung kund, warum man ihn vorgeladen habe, zumal er diese Person gar nicht kenne, um die es hier ginge. In Folge gab er Mirjams Ausarbeitungen als seine Arbeit aus. Er sagte, er habe einer Mitarbeiterin der Stiftung diese geborgt, damit sie damit arbeiten könne. Er habe schließlich mit seinen Ausarbeitungen auch ein Programm geschrieben. Das hatte er tatsächlich getan, mit den Unterlagen, die Dr. Kaiser ihm Jahre zuvor noch kurz vor der Übernahme der Stiftung durch den neuen Eigentümer verkauft hatte. Doch das „vergaß" Herr Koller bei seiner Aussage zu erwähnen. Vor Gericht stellte er die Tatsache so hin, dass Mirjam mit seinem Programm gearbeitet habe. Somit wären die Überstunden gar nicht notwendig gewesen. Mirjams Rechtsvertreter hatte an diesen Zeugen keine Fragen.

Erst zehn Tage später wurde noch eine Verletzung der Retina dokumentiert, die Mirjam auch von diesem Überfall davongetragen hatte, doch der Befund wurde ihr nicht ausgehändigt und verschwand danach auch. Man konnte ihn angeblich auch nicht mehr ausdrucken. Einige Wochen später behauptete man, sie sei nie im Krankenhaus gewesen. Das war nicht zuletzt deshalb interessant, weil sie eine Freundin zu dieser Untersuchung gefahren hatte. Somit musste sich diese ebenfalls geirrt haben, erklärte man Mirjam. Aber es galt gesichert, dass Mirjam niemals eine Augenuntersuchung durchführen hatte lassen.

Dafür diagnostizierten parafachunkundige Polizeibeamte eine Epilepsie, die sie auch gleich in der Akte dokumentierten. So unglaublich es auch erscheinen mag, diesen Beamten war es offensichtlich, wodurch auch immer, gegeben, Diagnosen stellen zu dürfen. Mirjam brachte daraufhin einen neurologischen Untersuchungsbefund, der klar zeigte, dass keine Form der Epilepsie vorlag. Aber ein Polizist erklärte grinsend, man habe eben bei dieser Untersuchung keinen Anfall auslösen können. Der Mann war zwar nicht in der Lage, den Inhalt des Befundes umzusetzen, aber er hielt an seiner gestellten Diagnose fest. Zudem erklärte man Mirjam, sie leide an dieser Krankheit und wolle es eben nicht zugeben. Sie solle endlich aufhören mit der Verschleierungstaktik, und wieder hörte sie die Aussage: „Hören Sie auf, unangenehm zu sein. Man kann hier auch anders!" Aber das hatte Mirjam sowieso schon begriffen. Immer wurde sie zum Verhör geholt, wurde mit dem Polizeiauto abgeführt und zurückgebracht. Sie wurde wie eine Verbrecherin behandelt.

Einige Zeit nach der Tat wurde Mirjam zu einem Lokalaugenschein geholt, zu dem sie ihre Freundin Monika begleitete. Wann immer Mirjam auf gestellte Fragen antwortete, erklärte einer der Beamten, so, wie sie das erzählte, könne es nicht gewesen sein. Irgendwann bat Monika, Mirjam einfach einmal ausreden zu lassen. Da schrie ein anderer Polizist Monika an, sie möge still sein, man könne auch anders gegen sie vorgehen. Danach stellte man erneut alles, was Mirjam aussagte, als nicht möglich hin.

Man hatte in der Zwischenzeit die Aussage der Frau, die behauptete, gesehen zu haben, dass Mirjam das selbst getan hatte. Die Glaubwürdigkeit der Frau wurde nicht geprüft. Gerade diese Aussage war für manche Beteiligte sehr nützlich.

Man konnte auch nicht sagen, dass der Beamte, der den Fall bearbeitete, untätig war. So fuhr er zum Beispiel die Pfarren ab, wo Mirjam orgelte, und teilte den Pfarrern mit, dass sich Mirjam sehr wahrscheinlich selbst verstümmelt habe. Mirjam, die in den vergangenen Jahren mit dem Orgelspiel überlebt hatte, verlor dadurch einige für sie wichtige Stellen und erlebte ab dann durchaus die eine oder andere Feindseligkeit auch in diesem Bereich. Sie zog sich noch weiter zurück und ging kaum mehr außer Haus. Aber die Feindseligkeiten blieben nicht auf sie beschränkt, denn auch ihre Nichte wurde gemobbt, weil ihre Tante ja verrückt sei, zumindest hörte das das Mädchen immer wieder. Hannah versuchte ihre Tante zu verteidigen, raufte sogar mit Kindern, die dumme Anspielungen machten, wagte aber nicht, mit Mirjam darüber zu reden.

Durch die Ausfälle des Einkommens vom Orgeln konnte sich Mirjam zeitweise nicht einmal mehr ihre lebensnotwendigen Medikamente kaufen. Aber genaugenommen fiel das nicht auf.

Mirjam war in kurzer Zeit zur „Persona non grata" gemacht worden. Je mehr sie sich zur Wehr setzte, umso schlimmer wurden ihre Bedingungen. Alle ihre Beweise wurden umgedreht und als Beweis gegen sie geführt. So hörte sie auf, etwas zu beweisen, da sie begriff, dass sie es mit jeder Aktion verschlimmerte.

Als drei Monate später erneut massive Beschädigungen an ihrem Wagen durch Unbekannte durchgeführt wurden, zeigte sie den Tatbestand an. Die Polizisten bezichtigten sie, den Wagen selbst beschädigt zu haben. Man unterstellte ihr in betrügerischer Absicht die Versicherung belasten zu wollen. Doch der Wagen war nur haftpflicht-, aber nicht kaskoversichert. Sie bestand darauf, dass der Tatbestand dokumentiert wurde, was schlussendlich doch passierte.

Erneut erfolgte eine Verhandlung und ein Urteil: Man hatte Mirjam zwar ein Drittel der eingeklagten Überstunden zugesprochen, aber da sie mit dem Programm von Koller gearbeitet habe, wurde ihr der Rest der Stunden erneut abgesprochen. Zudem unterstellte man Mirjam nun, dass sie aus eigenem Interesse die Überstunden gemacht hatte. Die bestätigten Stunden wurden nicht weiter beachtet und hatten auch keinerlei Auswirkungen auf den gesamten Tatbestand.

Doch noch etwas bewirkte dieses Urteil: Die Stadt versuchte, nachdem Mirjam behauptete, so viele Überstunden gemacht zu haben, ihre Invalidität absprechen zu lassen. Besonders aktiv waren in diesem Fall zwei ehemalige Mitarbeiterinnen des Krankenhauses, die Karriere in der Politik gemacht hatten. Bei beiden handelte es sich um ehemalige diplomierte Krankenschwestern, die dem Ruf einer Gewerkschaft gefolgt waren. Die eine, die einst von allen Schülerinnen „Lieschen" genannt worden war, hatte sich der Gewerkschaft der Partei angeschlossen, die im Land das Sagen hatte. Die andere, Lieschens beste Freundin

Mitzi, hatte den Ruf der Partei wahrgenommen, die es liebte, mit den Ängsten der Menschen zu spielen, und es gut verstand, diese Ängste auch zu schüren. Diese Philosophie entsprach tatsächlich auch mehr Mitzis innerer Grundeinstellung als jedes soziale Denken, das dieser Frau sowieso nur sehr verkümmert gegeben war.

So unglaublich es schien, gerade diese beiden Frauen, die die Schülerinnen bei jeder Gelegenheit terrorisiert und gedemütigt hatten, waren nun Gemeinderätinnen und beurteilten, ob es möglich wäre, dass jemand so viele Stunden hätte arbeiten können. Das Lieschen hatte nun endlich die Gelegenheit, es Mirjam zurückzuzahlen, dass sie damals geredet hatte. Und sie nützte ihre Chance. Keine der Beiden hatten jemals Einblick in die Unterlagen genommen, geschweige denn Aufzeichnungen angefordert und nachgerechnet.

Mitzi Schuster war noch immer braun gebrannt und überaus talentiert darin, Intrigen zu spinnen. Sie nützte ihre Talente nun auch, um die Verleumdung gegen ihre Kollegin zu beleben. Der Unterschied zu früher war nun, dass sich in den vergangenen Jahren ihr Sprachbild etwas gebessert hatte, und die bellenden Laute beim Reden waren deutlich weniger geworden. Das war durchaus ein Vorteil für das zuhörende Gegenüber und erhöhte die Verständlichkeit des Gesagten, verbesserte aber nicht im Geringsten dessen Inhalte.

Die Absprache der Invalidität glückte schlussendlich aus mehreren Gründen nicht. Es lagen Untersuchungen von neutralen Amtsärzten vor, die die lebenslange Invalidität bereits bestätigten. Und Mirjams Zustand war tatsächlich wegen der unglaublichen Arbeitsbedingungen in der Stiftung so schlecht, dass eine weitere Untersuchung durch einen nicht ganz unparteiischen Arzt die vorangegangenen Ergebnisse nicht abschwächen konnte, sondern sogar bestätigen musste. Somit war die Invalidität auch nicht mehr Thema. Allerdings störte niemanden die Tatsache, dass der Verwalter einen geförderten Posten in dieser Weise ausgenutzt hatte, und dies blieb weiterhin auch vor Gericht ungehört.

Mirjam verlangte noch einmal gegen das Urteil zu berufen, zumal sie beweisen konnte, dass diese Dateien von ihr ausgearbeitet worden waren.

Der Anwalt berief allerdings nicht – gegen ihren Willen. Er war sich sicher, die Gegenseite würde es tun. Das tat diese auch, allerdings legte man nur gegen die zugesprochenen Stunden Berufung ein. Somit hatten Mirjams angeblich so großartig arbeitender Anwalt und eben Mirjam gegen das Urteil, das ihr so eine große Stundenanzahl nicht zugesprochen hatte, nicht berufen. Da die Frist verstrichen war, blieben die Stunden verloren. Der Anwalt tat das mit den Worten ab: „Na, dann hätten sie halt überzeugender darauf bestehen müssen, dass ich das tun soll. Sie sind dafür verantwortlich, nicht ich!" Zudem schadete die fehlende Berufung auch ihrer Glaubwürdigkeit. Das alles schien ihren Anwalt nicht sehr zu stören.

Mirjam lernte in dieser schlimmen Zeit die Menschen in ihrer Umgebung kennen. Sie wurde von vielen enttäuscht, doch nicht von allen. Noch etwas lernte sie in diesen Monaten und Jahren kennen. Ihre Freunde! Und sie begriff, dass ihr wunderbare Menschen an die Seite gestellt worden waren.

Diese Menschen besuchten sie, halfen ihr, bekannten sich zu ihr, versuchten richtig zu stellen, was niemand glauben wollte, versuchten zu helfen und scheuten auch nicht davor zurück, involvierten Personen ihre Meinung zu sagen.

Diese Freunde versuchten der Depression, in die Mirjam durch all diese Vorfälle hineinschlitterte, entgegenzuwirken. Zu einem gewissen Grad gelang dies auch.

Der Fall wurde erneut in die Länge gezogen, und es kam zu einem Richterwechsel. Dass die Richterin durch ihre Praktikumsarbeit mit dem Fall nachweislich vertraut war, störte nur Mirjam. Somit gelang es auch nicht, ihr den Fall entziehen zu lassen.

Die junge Richterin kam in ziviler Kleidung und zeigte ein sehr freundschaftliches Benehmen gegenüber dem anwesenden Magistratsdirektor Hallinger, der übrigens nach diesen Jahren das erste Mal bei dem Verfahren anwesend gewesen war. Vor der Verhandlung führte sie mit dem Mann kichernd und überschwänglich, geradezu kumpelhaft ein Gespräch.

Die Dame hatte eine durchaus beeindruckende Art, ihre unparteiische Haltung zu zeigen. Während der Verhandlung fragte sie die Klägerin nach deren Beruf und wo sie arbeite, und Mirjam gab Auskunft: „Diplomierte Krankenschwester, derzeit arbeitslos."

Da entgegnete die Richterin: „Sie sind also ein Nichts!", und ihre Freundlichkeit war dabei so groß, dass sie ihr Grinsen nicht unterdrücken konnte, während sich ihr Blick mit dem Hallingers traf.

Nachdem Mirjams Anwalt wieder einmal nichts gehört hatte, bat nun die Klägerin selbst: „Darf ich Sie bitten, Ihre letzte Aussage zu protokollieren, Frau Rat?" Was natürlich nicht passierte. Aber die Richterin vermied ab nun weitere Pannen.

Der Antrag, beweisen zu dürfen, dass Mirjam Steiner die Unterlagen, die Koller als seine ausgegeben hatte, selbst erstellt hatte, wurde von der Richterin zurückgewiesen. Das Arbeitsgericht, das über die tatsächlich geleisteten Überstunden urteilen hätte sollen, ließ Mirjam somit nicht den Beweis antreten, wieviel sie tatsächlich nachweisbar gearbeitet hatte.

Es war klar, wie diese Verhandlung verlaufen würde, und genauso war es auch. Der Anwalt saß dabei und tat das, was er in den vergangenen Verhandlungen auch getan hatte: nichts! Die Gegenseite drohte Mirjam mit einer Verleumdungsklage, wenn sie noch einmal behaupte, sie habe diese Arbeit getan, denn sie würde Koller der Falschaussage bezichtigen. Mirjam verteidigte sich, da ihr Anwalt auch das nicht tat, dass sie Herrn Koller keine böse Absicht unterstelle, sondern sie räume ihm vielmehr einen Irrtum ein. Die Ausarbeitungen stammten ja tatsächlich von ihr, und sie wollte das beweisen.

Diese Chance bekam sie nicht. Auch wurde ihr verboten, die Rechnungshofberichte, die in der Zwischenzeit zu dem Fall der Stiftung erschienen waren und die Mirjams Aussagen durchaus bestätigten, heranzuziehen.

Daraufhin wurde die Verhandlung relativ schnell beendet. Mirjams Anwalt verabschiedete sich nicht einmal von ihr. Für ihn war die Sache so gelaufen, wie sie hatte laufen sollen. Es sollte sich auch bald zeigen, dass er in den nächsten Jahren sehr viele Verträge für die Stadt abhandeln durfte.

Das Urteil, welches irgendwann schriftlich an die Rechtsvertreter erging, bestätigte schließlich das bereits vom Vorgänger gefällte Urteil. Dieses Mal berief die Stadt nicht mehr. Mirjam war zu erschöpft, als dass sie noch einmal berufen hätte. Man würde ihr nie die Erlaubnis geben, nachzuweisen, was sie nachweisen hatte können. Nicht in diesem Gericht. Es blieb wohl immer hier, am Erstgericht: ein arbeitsrechtliches Verfahren, welches man Jahre hinausgezögert hatte. Es sprach wohl für sich, wie hier gearbeitet worden war.

Mirjams Arbeitssuche blieb, wie in den Jahren davor, erfolglos. Deshalb baute sie ihre Orgeldiensttätigkeit aus und spielte, wann immer man sie fragte. Das ging natürlich auch nur in den Pfarren, wo dieser Polizeibeamte, den ihre Überfälle interessieren hätten sollen, nicht aktiv gewesen war. Doch er hatte sich nur dort eingebracht, wo er von ihrer Tätigkeit gewusst hatte. Das Orgeln blieb vorläufig ihre einzige Arbeit. In ihrem Beruf fand sie keine Stelle, obwohl sie sich sehr bemühte.

Immer wieder schrieb sie Bewerbungen, meist erhielt sie nicht einmal Antwort. Falls doch, war es immer nur eine Absage. Sogar der Wortlaut fast überall gleich: „Sie entsprechen nicht vollkommen unserem Profil, aber wir wünschen Ihnen weiterhin alles Gute auf Ihrem beruflichen Weg."

Mirjams Freunde blieben ihr weiterhin gewogen, und das gab ihr Kraft. Man erzählte ihr, dass Dr. Kaiser für sein überaus erfolgreiches Handeln beim Verkauf der Stiftung nie zur Rechenschaft gezogen worden war. Er war aber gleich nach Beendigung seines Dienstes von gefälligen politisch aktiven Landtagsabgeordneten und anderen Politikern beauftragt worden, ein Projekt in Zentralafrika zu leiten und war so sehr elegant aus der Schusslinie der Justiz gekommen. Mirjam begriff, wer da wohl mitgespielt hatte, wenn er diesen Auftrag erhalten hatte. Hier waren mehrere Lager, die aktiv waren. Sie war somit nur der Kollateralschaden, den man für den Fall brauchte und in Kauf nahm.

Durch Doris' Vermittlung kam schließlich ein Gespräch mit einem alten Bekannten, der politisch aktiv war und sehr gute Kontakte hatte, zustande. Mirjam hatte sich bereits mehrmals um eine Kontaktaufnahme mit diesem Mann bemüht gehabt. Aber Mirjams Anfragen waren immer ungehört geblieben. Da nun Doris aktiv geworden war, kam es zu einem Treffen. Dieser Mann hatte bedeutende Freunde. Doris erhoffte sich von diesem Treffen Hilfe für ihre Freundin.

Der Bekannte gab Doris einen Termin für Mirjam bekannt. Sie sollte sich an einem von ihm genannten Tag in Wien in einem Café einfinden. Sie solle einen Platz im hinteren Bereich suchen und Fenster meiden. Das Treffen sollte zufällig wirken.

Mirjam traf eine halbe Stunde vor dem genannten Termin ein und suchte einen Platz. So wie angewiesen, nahm sie einen im hinteren Bereich des Lokals, entfernt von den Fenstern. Ihr erschien es sinnlos, hier zu sein, aber es war ein Versuch. Tatsächlich traf bald darauf auch der Bekannte ein, tat, als sähe er sie zufällig, und ging auf sie zu, um sie beiläufig zu begrüßen. Erst führte er Small-Talk, dann setzte er sich ihr gegenüber. Schließlich beugte er sich nach vorne und flüsterte: „Ich mach' es kurz. Dir ist hoffentlich klar, ich bin nur hier, weil wir wirklich einmal gut befreundet waren und weil ich Doris einen Gefallen schuldig gewesen bin. Das ist auch der Grund, warum ich meinen Arsch riskiere und mich überhaupt zu dir setze. Aber Doris hat recht, du sollst wissen, woran du bist. Allerdings kann ich ihre Hoffnung nicht erfüllen und dir einen Job in deinem Beruf vermitteln, Bella. Es wäre Selbstmord, wenn ich das täte.

Die Sache ist ganz einfach: Du hast dir damals in der Stiftung mächtige Feinde gemacht und deshalb wirst du nirgendwo mehr einen Job bekommen. Ich weiß von drei Listen, auf denen du stehst. Das sind Listen, wo man davor abrät, jemanden einzustellen. Keine Ahnung, auf wie vielen du wirklich stehst. Aber kein Arbeitgeber kann es sich leisten, diese Listen nicht zu kontrollieren. Es ist egal, was du machst. Es ist egal, welche Ausbildungen du abschließt. Es ist auch fast egal, mit wem du schläfst: Niemand wird dich mehr für eine seriöse Arbeit nehmen. Immerhin wirst du mit einem Diebstahl in Verbindung gebracht, und dein Selbstverstümmelungstrip kam auch nicht gut. Mir ist es egal, ob die Sachen stimmen oder alles erfunden ist, aber ich kann es mir nicht leisten, dich zu vermitteln."

Mirjam fragte: „Du weißt, dass alles erfunden ist, oder? Irgendjemand zerstört meine Existenz! Wer ist das? Das gibt es doch nicht! Wir leben hier in Österreich, nicht im Ostblock. Was habe ich denn getan, dass …?"

Der Mann unterbrach sie gleichgültig: „Nichts. Das ist es ja. Du bist zur falschen Zeit am falschen Ort gewesen und hast deine Arbeit wie immer zu genau gemacht. Wahrscheinlich warst du wirklich gut. Peter war von deinen Ausarbeitungen begeistert und sie waren ihm sehr hilfreich bei seinem Programm.

Aber einer der wichtigen Politiker meint, du hättest ihm ans Bein gepinkelt, und egal ob das stimmt, du bist somit eliminiert und man sieht zu, wie lange du es aushältst. Du hättest damals nicht so tugendhaft sein sollen, dann wäre deine Lage besser. Aber da war so überhaupt kein Entgegenkommen von dir. Wie kann man nur so dumm sein, Bella! Na ja, deine Umgebung färbt auf dich ab. Soll sein. Der Schachzug, dich in den Schutz der Kirche zu stellen, war genial. Hast du da einen Tipp bekommen? Oder ist dir das passiert? Es war auf jeden Fall gut und hat dich etwas aus der Schusslinie gebracht."

Er sah ihren überraschten Blick und fuhr fort: „Du hast echt keine Ahnung, wie das läuft, oder? Klar hängt deine Situation mit der Stiftung und dem Verwalter zusammen. Wahrscheinlich weißt du gar nicht, wo du da reingeraten bist. Und es ist auch besser so, wenn du das nicht weißt, glaub mir. Aber du ahnst auch nicht, wer diesem Verwalter noch immer den Rücken stärkt. Und glaub mir, es sind nicht nur die, an die du denkst, sondern auch andere, auf die du nie kommen würdest. Er hat bereits die nächste Projektleitung und ist wieder hinaufgefallen. Die stehen alle im richtigen Stall drinnen und der Kaiser hat sogar in jedem Stall einen Platz gefunden Aber du stehst nicht in einem dieser Ställe und man nimmt an, dass du etwas weißt, was du nicht wissen darfst. Es ist eine heikle Sache geworden, weil du damals überhaupt etwas mitbekommen hast. So ist die Welt der oberen Zehntausend. Leg dich mit denen nicht an, denn dann kann dir niemand mehr helfen. Das ist scheiße, ich weiß.

Ich soll dir helfen? Doris hat mich darum gebeten. Also gut, ich helfe dir jetzt ein wenig, damit du nicht ganz an deinem Verstand zweifeln musst. Ich weiß, dass du niedergeschlagen wurdest, und es war mir klar, als ich davon hörte. Für so einen Auftrag braucht man nicht lange zu suchen, und so dringend, wie die Polizisten diesen Mann gesucht haben, hätte er zu Fuß über jede österreichische Grenze wandern können. 22 Tage für die Veröffentlichung eines Phantombildes, das hat schon was, echt. Da war man ja mächtig daran interessiert, dass man den Typen nicht findet. Das trägt die Handschrift von einigen Leuten, die involviert waren.

Ah ja, die Leute in deinem Dorf haben mit ihrem blöden Gerede mächtig geholfen, dass alles so gut geklappt hat. Es gibt schon ein paar Kranke bei euch! Die eine Lady, die mit dem Silberblick, die lügt ja, wenn sie das Maul aufmacht, und wenn sie über dich herziehen kann, dann geht es ihr gut. Was die alles gesehen haben will … Es passt sicher nicht zusammen, aber sie hat einigen Leuten unglaublich glücklich in die Hände gespielt. So gut hätten wir die Sache gar nicht planen können. Und dann noch der pensionierte Richter, der immer wieder bei seinen Kollegen angerufen hat und von seiner Seite die Verfahren frisiert hat. Auch er holte seine Infos bei der Dreckschleuder. Ich sag dir, sie hatte in den letzten Monaten viele gute Tage, glaub mir. Weißt du eigentlich, dass sie gemeinsam mit ihrer Tochter in jedes Haus, das bei euch neu gebaut wird, geht und die Leute instruiert, dass du Abschaum bist und dass man an dich nicht anstreifen darf? Du seist ein echtes Gesindel, das sind ihre Worte. Nein, das weißt du nicht, oder? Aber das solltest du wissen. Sie zieht diese Nummer seit Jahren durch. Ich finde es faszinierend, dass sich die Zuwanderer dann auch noch an diese Empfehlungen halten. Da siehst du wieder, wie leicht man Menschen manipulieren kann. Die macht es richtig, schläft auch mit jedem, den sie braucht. Tolle Einstellung und eine tolle Frau. So einfach geht es, einen Menschen zu ruinieren."

Mirjam fragte, während sie sich um Ruhe bemühte: „Und was willst du mir mit dieser Aussage jetzt eigentlich vermitteln?"

Der andere zögerte und erklärte schließlich: „Du kapierst es einfach nicht. Was denkst du, warum keine der Zeitungen deine Geschichte genommen hat? Warum du keine Termine beim Volksanwalt bekommen hast? Warum du überall zurückgewiesen wirst, egal was du versuchst? Was denkst du? Sie haben alle gewusst, dass du die Wahrheit sprichst, aber das Eisen ist zu heiß! Niemand wird dir helfen, sie alle fürchten die Konsequenzen! Und es gäbe tatsächlich welche. Du musst dir selbst helfen und dazu gibt es für dich nur noch einen Weg, auch wenn er für dich nicht erstrebenswert erscheint. Mach es so wie die anderen auch. Das ist nicht so schlecht, wie du denkst. Du musst ein wenig von deinem Jeanne-d'Arc-Status ablegen und damit auch gleich deine eiserne Rüstung. Mach es wie die anderen erfolgreichen Frauen: Leg dich ins richtige Bett und streu deine Wahrheit, dann wird sie vielleicht ja doch einmal jemand hören."

Mirjam blickte ihn lange an, ehe sie sarkastisch fragte: „Du meinst wohl in dein Bett?"

Der andere lachte und flüsterte: „Ich würde da nicht Nein sagen, Mirjam, aber das weißt du. Ich habe mich schon mehrmals um dich bemüht, und ich könnte dir viele gute Stunden geben und … vielleicht gefällt es dir ja, was ich dir alles geben kann. Es soll nicht dein Schaden sein, das weißt du. Ich war immer großzügig, wenn es um diese Sachen gegangen ist und ich würde dich auch gut bezahlen, wenn du auf diesen Deal eingehen könntest."

Mirjam fragte überrascht: „Deal?"

Er lächelte und erklärte: „Nichts, was du nicht zusammenbringst. Du bist Krankenschwester und wirst ja wissen, was ich meine. Und du kannst dich zusätzlich einbringen, in einem Partyservice zum Beispiel. Das ist immer sehr gut bezahlt. Es hat sich noch nie ein Mädchen beschwert, das ich zu diesen Treffs mitgebracht habe. Du solltest dir mein Angebot schon überlegen. Es kommen zu meinen kleinen Partys auch Politiker … und du könntest dort schon die Dinge richtigstellen … zimperlich darfst du dann aber auch nicht sein. Das kannst du dir noch überlegen, aber ich möchte dich zuerst natürlich selbst behalten, denn umsonst ist der Tod und der kostet das Leben. Es wäre schon schade um dich, Mirjam. Das ist nur ein Angebot. Aber eben auch ein gut bezahltes Angebot! Dann hättest du wenigstens keine existenziellen Sorgen mehr, von denen du derzeit ja genug hast, wie man weiß. Du könntest sofort einsteigen, quasi mit der neuen Arbeit beginnen."

Mirjam zischte: „Dass du dich nicht schämst, so etwas überhaupt anzubieten! Diese Nummer dürfte ja in euren Runden sehr beliebt sein. Allerdings, das hat schon jemand anderes probiert und der ist auch gescheitert."

Der Mann entgegnete: „Peter war tatsächlich sehr enttäuscht. Du hast damals die falsche Entscheidung getroffen. Aber offensichtlich lernst du auch nichts aus deinen Fehlern."

Sie blickte ihn verwundert an. Nach kurzer Pause fragte sie: „Sag, wie tief steckst du in diesem dreckigen Sumpf eigentlich selbst drinnen?"

Der Mann streckte sich durch und sagte nun sehr klar: „Glaub mir, du willst es nicht wissen."

Mirjam brauchte ihre Beherrschung, um diesen Mann nicht zu ohrfeigen, deshalb blieb sie stumm. Da sie nichts mehr sagte, erklärte er schließlich: „Zieh weg von dort. So bald wie möglich! Geh weg aus Österreich, sonst wirst du es nicht überleben! Ich habe wohl schon viel zu viel verraten. Egal, aber ich wollte dich auch warnen. Unterschätze die Leute nicht. Die, von denen du meinst, dass sie dahinterstünden, die sind nur die Handlanger. Du musst größer denken … und wenn du das tust, wird es immer noch zu klein sein. Sei vorsichtig, das solltest du auf jeden Fall sein. Ich habe nun gegen die großen Regeln verstoßen, das kann mir Probleme bringen. Aber ich … mag dich noch immer… irgendwie.

Doch jetzt ist die Plauderstunde vorbei. Ich verbiete dir, mich noch einmal zu kontaktieren, außer … du willst auf mein Angebot eingehen! Pass auf dich auf, Kleine. Es wäre schade um dich! Ich mag es, dich orgeln zu hören, du spielst wirklich nett. Solltest was draus machen. Na ja, aber das wirst du auch vergessen können. Ich denke, man hat auch in der Diözese ein wenig vorgesorgt, dass dir keine Flügel wachsen. Unser Boss hat eben alles gern im Griff. Also erwarte dir nicht zu viel von dieser Seite. Probiere es bei Christian, mit dem bist du ja noch gut, wie wir wissen.

Schau nicht so überrascht, wir wissen tatsächlich alles über dich. Sie haben einige Zeit alle Telefonate überprüft, auch die mit Christian. Das war sehr hilfreich, wenn du überlegt hast, was du bei den Verhandlungen als Nächstes machen wirst. Du hattest durchaus gute Ideen, und man war überrascht, wie oft du es versucht hast. Na ja, sie waren immer schneller. Du sollst wenigstens jetzt wissen, warum.

Und jetzt noch ein kleiner Rat von mir: Du solltest dich in den Jachthafen einschreiben lassen!" Mirjam blickte ihn groß an. Sie verstand kein Wort. Er lachte und wiederholte: „Du solltest dich öfter dort aufhalten. Es ist interessant, wer dort alles verkehrt. Dort werden viele Entscheidungen getroffen. Glaub mir! Das ist der Boden, wo sich die wichtigen Leute wie Richter, Politiker, Ärzte und Geschäftsleute treffen. Ja, dort werden die Dinge entschieden, glaub mir, Kleines!" Er machte eine Pause, dann fuhr er fort: „Tut mir leid, dass ich dir nicht helfen kann! Aber das kann derzeit keiner. Es laufen übrigens Wetten, dass du doch noch von der Brücke springen wirst. Ich hoffe, du enttäuschst diese Schweine weiterhin, Bella." Der Mann stand auf und sagte laut: „War nett, dich zu treffen!" Dann ging er zu einem anderen Tisch und bestellte ein Wiener Frühstück. Gedankenabwesend blickte er aus dem Fenster, auch nachdem der Kellner die Bestellung vor ihm abgestellt hatte. Mirjam beachtete er mit keinem Blick mehr.

Francescos Forschungsprojekte zeigten gute Erfolge. Er und sein Freund John, mit welchem er intensiv zusammenarbeitete, publizierten in den entsprechenden Fachliteraturen. Zudem erhielt er auch die Möglichkeit in Yale vorzutragen – und das tat er.

Auch international wurde Francesco immer gefragter, und er erhielt Einladungen, um bei den verschiedensten Kongressen zu sprechen. Er nahm sie alle an, denn das lenkte ab. In wenigen Monaten hatte er sich international einen Namen gemacht und er hatte entsprechende Erfolge. Bald war er einer der gefragtesten Referenten weltweit.

In dieser Zeit intensivierte sich seine Freundschaft zu John, der ihm nicht nur ein großartiger Kollege, sondern vor allem ein liebenswerter Freund war. Sie verbrachten ihre Freizeit in den Rocky Mountains, sie fuhren im Winter Ski, trieben im Sommer Sport und verbrachten viel Zeit miteinander.

Allmählich begann Francesco wieder zu leben, und er war so dankbar, dass ihm das nach so langer Zeit gegeben war.

Sophie hatte ein großes Problem. Sie brauchte so schnell wie möglich eine Vertretung. Da Francesco nun nicht mehr in Wien seine Ordination führte, war die Möglichkeit einer Vertretung nicht mehr gegeben. Es war für Sophie unmöglich, die zunehmenden Arbeitszeiten allein zu bewältigen. Sie brauchte dringend eine Vertretung, auf die sie sich verlassen konnte.

Also hatte Sophie ihrer Dienstgeberin vorgeschlagen, selbst eine kompetente Vertretung zu suchen, und Ellen del Negro war damit einverstanden. Natürlich hatte Sophie schon länger an Mirjam gedacht und ihrer Freundin diese Möglichkeit vorgeschlagen.

Doch Mirjam zögerte, denn Wien war sehr weit entfernt, und sie überlegte, ob sie es so schaffen könne, dass Hannah nicht zu sehr leide. Auf der anderen Seite war das ein Job, und dort würde die Dienstgeberin möglicherweise nicht auf die schrecklichen Listen schauen. Sie konnte es sich eigentlich nicht leisten, diese Chance nicht zu ergreifen.

So entschied sie schließlich, einen Vorstellungstermin wahrzunehmen. Nach all den Niederlagen war es diesen Versuch noch wert. Doch Mirjam glaubte nicht daran, den Vorstellungen der Dame, von der Sophie immer wieder so nette Dinge zu berichten wusste, zu entsprechen

Ellen del Negro unterhielt sich mit der jungen Frau, die Sophie als Vertretung vorgeschlagen hatte, lange und fand sie sympathisch. Sophie hatte ihr schon erzählt, dass Mirjam Steiner eine begabte Musikerin war, und so lenkte Ellen das Gespräch in diese Richtung. Sie war überrascht, wie profund das Wissen der Frau war. Je länger sie sich mit Mirjam unterhielt, umso besser gefiel sie ihr.

Schließlich einigte man sich darauf, dass Mirjam zwei Abende in der Woche fix übernehmen sollte, den Freitag und den Samstag. Weitere Dienstzeiten würden sich durch zusätzliche Anforderungen ergeben.

Während der Fahrt überlegte Mirjam viele Dinge. Was wäre, wenn sie jetzt ein Jahr in Wien eine Existenz aufbauen könnte und Hannah zu sich holte? Es wäre vielleicht das Beste was sie tun konnte. Wenn sie noch irgendwo ein paar Stunden zusätzlich arbeiten könnte, dann wäre es möglich, eine Wohnung zu mieten, und Hannah wäre bei ihr. Aber die Zeit dazwischen wäre eine Durststrecke. Sie musste mit ihrer Nichte reden.

Es war ein langes Gespräch, welches sie mit Hannah führte. Das Mädchen blickte sie lange mit seinen großen Augen an, ehe es sagte: „Du musst mich nur bald zu dir holen, Tante Mirjam. Wir schaffen das."

Mirjam erklärte ihr: „Es kann schon ein wenig dauern, bis alles klappt."

Das Kind schmiegte sich an sie und flüsterte: „Aber du holst mich zu dir und dann darf ich bei dir bleiben. Bitte!" Mirjam versprach es und zog das Mädchen fest in ihre Arme.

Vorläufig fuhr Mirjam von zu Hause aus in die Dienste. Da sie aber immer wieder sehr spät von ihrer Arbeit wegkam, war sie gezwungen, eine Entscheidung zu treffen. Doch sie schob diese noch immer hinaus.

Ellen erzählte ihrem Sohn bei einem der regelmäßigen Telefonate von Sophies Vertretung und dass sie mit dieser zufrieden war. Er bot an: „Gib ihre Daten Michael durch, er wird die Anmeldung durchführen." Doch Ellen hatte das bereits getan. Sie wollte aber nicht über ihre neue Pflegerin reden. Vielmehr interessierte es sie, wie es ihrem Sohn ging, und dieser wich wie immer aus. Es gäbe viele Dinge zu tun, die Forschungen wären unbefriedigend, aber er sei glücklich. Die Frage, ob er wieder nach Wien zurückkehren wolle, beantwortete er nicht.

Ein Monat später begann Mirjam als Quereinsteigerin im Frühjahrssemester mit dem Medizinstudium. Sie freundete sich sehr bald mit deiner jungen Kollegin, namens Anna an. Die beiden legten die ersten Prüfungen bald ab und Mirjam fühlte sich endlich angekommen.

Im Herbst fing Hannah nach dem Jahr der Vorschule in der Volksschule an und Mirjam begleitete sie zu diesem großen Tag. Doch noch immer mied man sie und es gab nur wenige Menschen, die mit ihr einige Worte reden wollten. In der Klasse wollte sich auch niemand zu Hannah setzen und so blieb das Mädchen eher im hinteren Bereich der Klasse allein in seiner Bank sitzen.

Anna, Mirjams Studienkollegin, bot schließlich an, Mirjam in Untermiete zu nehmen, und sie stellte ein Zimmer in der kleinen Wohnung zur Verfügung. Mirjam nützte dieses Zimmer allerdings nur teilweise. Noch immer fuhr sie sooft es ging zu Hannah, um sie bei ihren Aufgaben zu unterstützen.

In den beiden Nächten nach den Diensten, in denen sie erst nach 22 Uhr von der Arbeit wegkam, schlief Mirjam in Wien. Das lief einige Zeit einigermaßen gut.

Auch wenn sich Hannah sehr bemühte: Sie litt darunter, dass ihre Tante nicht mehr jederzeit erreichbar war und hatte Angst, dass diese sie vergessen könnte.

Kinderseelen sind große Bücher und doch voller Ängste. Vor allem suchen sie die Schuld immer bei sich. Hannah war da wahrlich keine Ausnahme, denn sie fühlte sich schon schuldig, dass ihre Eltern im Himmel waren. Sie wusste zwar nicht, was sie getan haben sollte, aber sie fühlte sich schuldig. Und nun war Tante Mirjam auch nicht mehr so viel da. Dabei brauchte das Mädchen seine Tante jetzt doch besonders!

Auffälligkeiten in der Schule wurden von der Klassenlehrerin als typisch für dieses schreckliche Kind hingestellt. Durch das

Verhalten der Lehrerin war das Schicksal des Kindes in dieser Schule besiegelt.

Doch Hannah lernte auch, dass Tante Mirjam immer wieder zurückkehrte und dann nur für sie da war. Tante Mirjam kam auch in die Schule und sprach mit der Lehrerin, wenn Elternsprechtage waren. Diese Tage waren für Hannah besonders schlimm, denn sie befürchtete immer, dass Tante Mirjam sie dann nicht mehr mögen könnte. Aber das war nie so. Tante Mirjam hatte sie immer noch lieb, auch wenn die Nachrichten, die sie erhielt, keine guten waren.

16. Kapitel

Es war nun das dritte Weihnachtsfest seit Francescos Abreise und er wollte dieses Mal mit seiner Mutter in Wien feiern. Deshalb kehrte er zu diesem Fest in die Stadt zurück. Er genoss diese Tage sehr und begriff, auch wenn er das nicht gedacht hatte, er vermisste es, in dieser Stadt zu leben. Ihm fehlten das Kulturleben, das Flair und er dachte das erste Mal darüber nach, ob er es wagen könnte, wieder zurückzukommen. Er wurde sich auch dessen bewusst, wie gerne er dies getan hätte.

Ellen wollte die Weihnachtstage mit ihm in Salzburg verbringen und hatte bereits alles gebucht. Darüber war Francesco weniger glücklich, denn er wäre gern in Wien geblieben. Aber seine Mutter entschied fünf Tage mit ihm zu verreisen, und das tat sie schlussendlich auch. Danach sei Zeit genug, sein Wien zu genießen.

Ellen hatte ihre Bediensteten über die Feiertage freigestellt. Zudem hatte sie jedem Mitarbeiter für Weihnachten Gutscheine von verschiedenen Geschäftsketten im Wert von 500 Euro und den gleichen Geldbetrag in bar geschenkt. Mirjam verwendete die Gutscheine dafür, ihre Nichte warm einzukleiden. Das Mädchen erhielt einen Anorak, eine passende Hose, zwei Pullover und warme, pelzgefütterte Stiefel, die das Kind am liebsten nicht mehr ausgezogen hätte. Für sich selbst kaufte Mirjam ein Buch, welches sie für das Studium brauchte. Den Rest legte sie als Reserve an.

Mirjam war über die unerwarteten Urlaubstage froh und verbrachte mit ihrer Nichte eine unbeschwerte und schöne Zeit. Für Hannahs Großmutter bedeutete die Tatsache, dass Mirjam nun für eine Woche zu Hause verbrachte, dass sie über die Feiertage ihre Schwester besuchen konnte, was sie auch tat.

Auf dem Land waren schon seit einer Woche dicke Schneeflocken gefallen, und eine weiße Decke überzog bald die Gegend, die sich in ein Wintermärchen verwandelte.

Mirjam schaufelte immer wieder die Zufahrt in den Hof frei. Einen Tag vor dem Heiligen Abend baute sie mit ihrer Nichte mehrere Schneemänner und Schneefrauen, die das Haus nun zu bewachen schienen. Das glucksende Lachen des Kindes war immer wieder zu hören, und es war herzerwärmend.

Tante Mirjam zeigte ihrer Nichte schließlich auch, wie man in der Küche ganz einfach flüssige Schokolade zaubern konnte, die sie in Formen gossen. Die gefüllten Formen wurden in einer Pfanne, in die Mirjam Schnee gegeben hatte, gestellt, und die Schokolade wurde kalt und hart. Schließlich wurde jedes Stück aus den Formen genommen, in Papier gepackt und in eine Schale gelegt. Hannahs Gesicht verriet sehr bald, dass wohl nicht jedes Stück eingepackt und schon gar nicht in der Schüssel gelandet war.

Am nächsten Tag brachte Mirjam in den frühen Morgenstunden zwei kleine Christbäume auf den Friedhof und stellte je einen auf die nebeneinander liegenden Gräber. In dem einen schliefen ihre Eltern den ewigen Schlaf, im anderen Grab Gernot und seine Margit. Während sie die Bäumchen mit roten Äpfeln und vergoldeten Nüssen behängte, sprach sie mit den Gräbern und erzählte ihren Lieben, was sich so seit ihrem letzten Besuch vor einigen Wochen zugetragen hatte.

Doch bald eilte sie nach Hause, wo sie Hannah noch schlafend wusste. Auch dort gab es viel zu tun, damit alles in der Weise klappte, wie sie das geplant hatte.

Als Hannah nach der Kindermette aber dann den großen Christbaum, den das Christkind gebracht hatte, im Wohnzimmer fand, und als an diesem auch noch die Schokolade hing, welche sie am Vortag gezaubert hatten, war das Mädchen begeistert. Der Baum hatte auch Kerzen, große rote Kugeln und Ketten. Hannah war sich sicher, das Christkind hatte ihr den schönsten Baum von allen gebracht. Darunter stand eine Krippe und Mirjam erzählte dem Mädchen, dass diese Krippe schon sehr lange in diesem

Haus stand. Sie setzte sich mit ihrer Nichte auf den Boden, sie nahmen eine Figur nach der anderen und Mirjam erklärte, wer das sei. Hannah gefiel das Jesuskind am besten und die Maria war auch sehr schön.

Das Kind nahm die Figur des Jesuskindes an sich und streichelte sanft darüber, ehe es fragte: „Bleibt seine Mama bei ihm?"

Mirjam zog sicherheitshalber die kleine Person fest in ihre Arme, ehe sie sagte: „Ja, Maria bleibt bei ihm."

Das Mädchen drängte sich fest an sie, ehe es flüsterte: „Er hatte Glück!"

Die Tante küsste das Mädchen auf die Stirn und erklärte: „Die beiden hatten es auch schwer in ihrem Leben, glaub mir."

Hannah überlegte: „Ich weiß es nicht. Aber Maria hat ihm sicher in der Schule geholfen, wenn ihn die anderen ausgelacht haben, oder?"

Jetzt war Mirjam hellhörig geworden: „Sag, brauchst du mich in der Schule?"

Das Kind blieb stumm und biss sich auf die Lippen. Es hatte doch nichts erzählen wollen und jetzt war es herausgerutscht. Tante Mirjam fragte nach und schließlich nickte es unsicher.

Mirjam überlegte: „Warum? Wobei soll ich dir helfen?"

Hannah dachte nach, ehe sie fragte: „Kannst du machen, dass mich die anderen nicht immer auslachen?"

„Wie, sie lachen dich aus?", forschte Mirjam nach.

„Ja, immer wieder. Ich bin ein dummer Esel und sie sagen so schlimme Sachen!", fuhr das Mädchen fort. „Und die Frau Lehrerin sitzt dabei und lacht mit."

Mirjam fühlte, wie sie zornig wurde. Sie kannte diese Lehrerin, die ihre Lieblinge hatte und die andere Kinder mit Gleichgültigkeit und scheinbar sogar Spott bedachte. Mirjam versprach: „Ich werde gleich nach den Ferien in die Schule gehen und da ein paar grundlegende Fragen klären, das verspreche ich dir, Flitzer." Das Mädchen kuschelte sich noch mehr an sie und blieb jetzt stumm.

Es war Mirjam, die die entstandene Stille unterbrach: „Da schau einmal, da liegt ja ein Packerl und dahinter liegt noch eines. Wem das wohl gehören mag?"

Hannah holte nun das eine und öffnete es, nachdem sie tatsächlich den Namen Hannah darauf gefunden hatte. Dabei erklärte sie: „Das Christkind schreibt wie du, ist dir das schon aufgefallen?" Mirjam musste lächeln.

Endlich hatte das Mädchen das Spiel ausgepackt und zeigte es stolz her. *Wer schneller die Zahlen richtig finden kann*, stand auf dem Deckel der Schachtel. Hannah verzog den Mund und murrte: „Das Christkind hat sich geirrt, ich mag keine Zahlen."

Doch Mirjam fand dieses Spiel toll und wollte es gleich spielen.

Davor öffnete das Mädchen noch das zweite Päckchen und darin fand sich eine weiche Kuscheldecke, auf welcher das Bild eines Einhorns dargestellt war. Hannah rollte sich sogleich in die Decke ein und versteckte sich schon im nächsten Moment kichernd vor ihrer Tante darunter. Das war lustig, bis Mirjam sie endlich gefunden hatte. Noch mehrmals musste die Tante das Mädchen suchen, doch dann spielten sie das Rechenspiel.

Hannah war begeistert, dass Tante Mirjam noch langsamer rechnete als sie. Dabei konnte sie doch das nicht mit den Zahlen, Mirjam wohl auch nicht. Das war gut, damit würde sie sich nicht schämen müssen. Bald war Hannah ein bisschen schneller als die Tante, und das gefiel dem Kind. Schließlich gab es einen klaren Sieger; und der hieß Hannah!

Nach dem Abendessen läutete das Telefon und Hannah hob ab. Ihr helles Lachen war gleich darauf zu hören und Mirjam hörte sie flüstern: „Heute feiern wir Geburtstag, na klar weiß ich das. Pater Raphael, ich weiß, wie das Geburtstagskind heißt, du musst mich nicht fragen. Kommst du zu uns? Das Christkind hat mir den schönsten Christbaum gebracht, mit der Schokolade, die Mirjam gemacht hat … ja, ich weiß, dass es der schönste Christbaum ist. Und wir haben eine Krippe, mit einem Esel … und einem Jesuskind … und … ich habe eine Kuscheldecke bekommen … und ein Spiel! Willst du mit mir spielen? … Na gut, aber … wir sind morgen auch da. Oh … warum? … okay, dann kommst du übermorgen. Soll ich Tante Mirjam sagen, dass du angerufen hast? … Okay, ich hole sie!"

Nun, Tante Mirjam stand schon hinter ihr und übernahm den Hörer: „Frohe Weihnachten, Christian!", sagte sie schließlich.

Der andere wünschte auch frohe Feiertage und fuhr fort: „Das Fräulein Hannah hat mich soeben eingeladen. Ist es okay, wenn ich am Stephanitag vorbeischaue?"

Es passte und Mirjam lud ihn bereits zum Mittagessen ein. Schließlich fragte er: „Wie machst du es morgen mit der Morgenmesse?"

Mirjam entgegnete: „Hannah wird mir registrieren, weil ich das sicher ohne sie nicht schaffen kann ... aber das soll eigentlich eine Überraschung werden."

„Das ist gut so", dachte der Geistliche. Nun würde er Hannahs Geschenk auf die Orgelbank legen und dann hätte es das Christkind eben dort verloren. Schließlich wünschte er noch einmal ein gesegnetes Fest und legte auf.

Hannah staunte nicht schlecht, als am nächsten Tag ein Päckchen auf der Orgelbank lag, auf welchem groß zu lesen stand: *Für Hannah Steiner!* Doch sie wagte nicht es zu öffnen, weil es Tante Mirjam nicht erlaubt hatte. Aber sie zog die Register, die ihre Tante ihr gezeigt hatte, wenn sie ein Zeichen gab, und war sehr konzentriert, um keinen Fehler zu machen.

Nach der Messe kam Pater Raphael zu ihnen und wünschte noch einmal ein frohes Fest. Nun fragte ihn Hannah leise: „Du, da liegt etwas und da steht *Hannah Steiner* drauf. Denkst du, das Christkind hat hier etwas für mich verloren?"

Der Priester meinte: „Das kann schon sein, zeig einmal her!"

Das Mädchen reichte ihm das Päckchen, und er sah sich dieses an, drehte es und flüsterte dann: „Interessant, da steht nur ein Name drauf. Hm ... sag, bist du nicht diese Hannah Steiner?"

Das Mädchen entgegnete aufgeregt: „Ja, das bin ich!"

Da reichte ihm der Mann das Päckchen und gestand: „Ich bin sicher, dass es dann dir gehört!"

Doch Tante Mirjam entschied: „Das sollten wir möglicherweise nicht in der Kirche auspacken. Komm mit, Flitzer, wir machen das im Restaurant, wo du jetzt einmal eine heiße Tasse Schokolade bekommst!"

Bald saßen sie zusammen im Restaurant und blickten auf die dick verschneite Terrasse. Während Hannah fachmännisch das Papier mit wenigen Handgriffen entfernte, erklärte sie beiläufig: „Ihr braucht unbedingt einen Schneemann. Und eine Schneefrau."

Der Geistliche meinte: „Nun, dann solltest du nächste Woche einmal kommen und wir werden auf diese Terrasse so einen Schneemann stellen, junge Dame!" Klar war Hannah für derlei Vorhaben gleich zu haben. Im nächsten Augenblick hielt sie eine kunstvoll gestaltete Holzschachtel in der Hand. Darauf stand zu lesen: *Hannahs Schätze!* Als sie den Deckel öffnete, fand sie darin ein Buch: eine Kinderbibel. Der Mönch erklärte: „Oh, was für eine schöne Schachtel. Da kann man alles hineingeben, was man gerne mag … und vielleicht auch den einen oder anderen Zettel mit einem Wunsch."

Hannah gefiel die Schachtel und sie wusste auch schon, was sie hineinlegen wollte. Sie öffnete das Buch und blätterte darin, fand bald die Geschichte von Weihnachten und sagte: „Hast du gewusst, dass die Mama von Jesus ihn nicht allein lässt?"

Mirjam und der Geistliche blickten sich stumm an, ehe er leise entgegnete: „Du bist nicht allein, Hannah."

Das Kind antwortete: „Ich habe eine Tante, aber keine Mama!"

Nun wurde die Bestellung gebracht und somit war dieses Gespräch vorerst einmal beendet.

Als Pater Raphael am nächsten Tag zum Essen kam, musste er erst einmal Hannahs schönen Christbaum bewundern. Dabei verriet sie ihm, dass in ihrer Schachtel schon ein Wunsch läge, der sich vielleicht erfüllen werde. Irgendwann.

Danach musste er mit ihr das neue Spiel spielen, bei dem sie rechnen musste. Sie war überrascht, dass auch Pater Raphael langsamer rechnete als sie, und sie wollte es erneut spielen und noch einmal. Schließlich wurde Pater Raphael von Mirjam befreit und Hannah und er kamen zum Mittagstisch.

Doch am Nachmittag spielten sie noch einmal dieses Spiel, auch wenn Mirjam gar nicht so begeistert schien. Hannah genoss es, wieder die Siegerin zu sein, obwohl Pater Raphael ihr schon recht nahe kam. Doch zu guter Letzt hatte Hannah dann doch gewonnen. Das war eben eine reine Nervensache, dass sie sich nun konzentrieren konnte. Das Mädchen begann das Spiel zu mögen.

Die Tage vergingen. Der Jahreswechsel begann mit großen Schneemengen, weshalb Mirjam in der Früh erneut die Einfahrt freischaufeln musste. Sie verließ das Haus nur, um einzukaufen oder mit Hannah durch den knirschenden Schnee zu stapfen, was sie fast täglich taten. Dann waren sie wieder in der Stube, Hannah zeichnete oder machte ein Puzzle und Mirjam stickte. Oder sie spielten das neue Spiel, bei dem Hannah so viel rechnen musste. Aber sie lernte nun sehr rasch, dass vier mal vier einfach 16 war. Bald musste sie darüber nicht mehr nachdenken, sondern wusste es einfach. Bei anderen Rechnungen ging das auch. Jetzt musste sich Tante Mirjam aber wirklich anstrengen, dass sie sie noch einholte.

Nach dem 6. Jänner kam Mirjam mit Hannah in die Schule und wollte mit der Lehrerin reden. Das Gespräch verlief nicht sehr freundlich, aber Mirjam klärte dabei deutlich, dass die Lehrerin gegen Mobbing vorzugehen habe. Als diese entgegnete: „Da muss man halt schon darüber nachdenken, was man tut oder nicht tut, dann müssen die Kinder nicht leiden!", sprach man schließlich vor der Direktorin weiter. Die Lehrerin musste sich entschuldigen.

Für die nächsten Wochen bemühte sich nun auch die Lehrerin, Hannah ein besseres Klima zu schaffen, auch wenn es ihr schwerfiel.

Mirjam musste noch für zwei Dienste nach Wien. Danach hatte Madame del Negro eine neunwöchige Reise nach Asien geplant, die sie in der Woche darauf antreten wollte. Ellen liebte es, den kalten Wintertagen zu entfliehen und tat das jedes Jahr. Durch Paolo hatte sie Asien kennen und lieben gelernt und deshalb zog es sie auch jetzt wieder in diese Länder. In diesem Jahr wurde sie von einer Freundin begleitet.

Francesco verweilte zwar an einigen Tagen noch in Wien, hatte aber am ersten Nachmittag und Abend ein Treffen mit seinem

Freund Michael vereinbart, wobei er auch Zeit mit seinem Patenkind verbringen konnte. Am nächsten Abend besuchte er die Oper und wollte erst am nächsten Morgen wieder im Haus seiner Mutter eintreffen. Noch immer fiel es ihm schwer, in die Villa nach Döbling zu fahren. Deshalb wohnte er auch in seinem Haus im ersten Bezirk.

Marie, die Köchin, hatte in seiner Abwesenheit jede Woche zweimal nach dem Rechten in seiner großen Wohnung geschaut. Überhaupt war das ganze Haus ein wahres Schmuckkästchen geworden. Doch noch immer wohnte niemand sonst darin und das sollte auch so bleiben, bis Francesco dies ändern würde.

Aber so geschah es, dass er die neue Pflegerin seiner Mutter nicht kennenlernte.

Eine Woche später reiste Ellen del Negro ab, und auch Francesco kehrte am nächsten Tag in die Staaten zurück. Diese Abreise fiel ihm wesentlich schwerer als die letzte. Als der Lear startete, wusste er, dass er nach Wien zurückkehren werde.

Alle Bediensteten blieben während der Abwesenheit Ellens unter Vertrag und erhielten auch ihr Gehalt weiter. Mirjam hatte zwar ihre Vorlesungen in Wien und auch ihre Praktika absolviert, aber sie kam nun im Jänner wieder jeden Tag nach Hause und blieb auch in den Semesterferien bei ihrer Nichte. Es waren tolle Tage, und das Kind hoffte, dass es so bliebe. Aber Ende Februar kehrte Ellen nach Wien zurück, und für Mirjam begann wieder der Dienst. Das bedeutete für Hannah, Tante Mirjam kam nun nicht mehr jeden Tag nach Hause. Aber fast jeden Tag.

Im Studium hatte Mirjam nun den kleinen Sezierkurs abgeschlossen und sie besuchte bereits den großen Kurs, den sie mit Semesterende abschließen sollte. Ihre Freundin und sie wurden von dem Professor, bei dem sie die Kurse absolviert hatten, gefragt, ob sie Tutorinnen sein wollten, was sie beide annahmen. Der Professor war Waldenstein, der die beiden Studentinnen als durchaus engagiert erlebte.

Mirjam beschäftigte sich auch mit Röntgenanatomie und erhielt schließlich von Waldenstein den Auftrag, diese bei den Studierenden vorzutragen. Mirjam arbeitete die Vorträge zu Hause schriftlich aus und legte sie Waldenstein vor. Er war von den Ausführungen beeindruckt, und so begann Mirjam in der Einheit Waldenstein mit ihren Vorträgen, die gut besucht waren. Mirjam kam nun fast jeden Nachmittag wieder nach Hause. Diese Tatsache gab Hannah eine gewisse Stabilität.

In den ersten Wochen des neuen Jahres wurde in Wien die Stelle des Leiters am Institut der Histologie ausgeschrieben. Aus einer Laune heraus bewarb sich Francesco für diesen Posten. Er wurde schließlich vier Monate später zu einem Hearing geladen, welches er klar für sich entscheiden konnte. Mit September würde er seine neue Arbeit in Wien antreten können, und er begann seine Rückkehr zu planen.

Es war Anfang Mai, als Sophie Mirjam um ein dringendes Gespräch bat. Sophie definierte es sehr vorsichtig, aber wie konnte man das vorsichtig definieren? Sie war schwanger. Sophie bat ihre Freundin ihre Vertretung für die Karenzzeit zu übernehmen. Ab sofort übernahm Mirjam vier der Dienste und Sophie versprach, die restlichen weiter auszuführen. Dadurch übernachtete Mirjam nun mehrere Male bei Anna in Wien. Und Mirjam suchte gezielt eine günstige Wohnung, was allerdings nicht so einfach war.

Ende. Juni bestieg Francesco in New York am John-F.-Kennedy-Flughafen einen großen Lear, der bald darauf auf die Startbahn rollte. Wenige Augenblicke später hob das Flugzeug ab. Der Pilot gab die Koordinaten ein und flog in Richtung Nordosten weg. Francesco blickte gedankenverloren aus dem Fenster in den Himmel.

Der Autor

Peer Karlson wurde 1963 in Österreich geboren. Er erlernte einen sozialen Beruf und absolvierte viele berufsbegleitende Kurse. Der Autor lebt mit seiner Familie in Niederösterreich und Wien.

novum ◆ VERLAG FÜR NEUAUTOREN

Der Verlag

*Wer aufhört
besser zu werden,
hat aufgehört
gut zu sein!*

Basierend auf diesem Motto ist es dem novum Verlag ein Anliegen neue Manuskripte aufzuspüren, zu veröffentlichen und deren Autoren langfristig zu fördern. Mittlerweile gilt der 1997 gegründete und mehrfach prämierte Verlag als Spezialist für Neuautoren in Deutschland, Österreich und der Schweiz.

Für jedes neue Manuskript wird innerhalb weniger Wochen eine kostenfreie, unverbindliche Lektorats-Prüfung erstellt.

Weitere Informationen zum Verlag und
seinen Büchern finden Sie im Internet unter:

w w w . n o v u m v e r l a g . c o m

Bewerten Sie dieses Buch auf unserer Homepage!

www.novumverlag.com